내 인생의
첫 책쓰기

내 인생의
첫 책쓰기

초판 1쇄 발행 2018년 12월 25일

지 은 이	허재삼
발 행 인	권선복
편 집	유수정
디 자 인	오지영
전 자 책	서보미
발 행 처	도서출판 행복에너지
출판등록	제315-2011-000035호
주 소	(07679) 서울특별시 강서구 화곡로 232
전 화	0505-613-6133
팩 스	0303-0799-1560
홈페이지	www.happybook.or.kr
이 메 일	ksbdata@daum.net

값 15,000원
ISBN   979-11-5602-679-2   (13800)

"인생에서 너무 늦은 때란 없습니다."

3개월의 기적

내 인생의
첫 책쓰기

허재삼 지음

책을 쓰는 일은 곧 내 삶을 새로 쓰는 일,
읽고 쓰는 자만이 변화할 수 있다.

도서
출판 **행복에너지**

작가가 되어
가슴 뛰는 인생을 살아보자

당신은 지금 가슴 뛰는 하루하루를 살고 있는가? 내일 떠오를 태양을 기다리며 오늘밤 잠 못 이루고 뒤척인 적이 있는가? 잠자리에 들기 전 내일은 어떤 일들이 눈앞에 펼쳐질지 즐거운 상상을 하며 하루를 마무리 하고 있는가?

나는 매일 그렇게 살고 있다. 더 정확히 말하자면 그렇게 살려고 노력하고 있다. 책을 읽고 작가가 되기로 결심했다. 그이후로 나의 일상은 변화의 연속이었다. 또한 실제로 책을 출간한 작가가 됨으로써 어제보다 나은 오늘, 오늘보다 더 나은 내일이 기다리고 있다는 설렘에 일상이 즐겁다. 책을 읽고 그 속에서 깨달음을 얻고, 책을 발간한 저자가 됨으로써 다른 사람들에게 희망과 용기를 주는 인생, 이 얼마나 멋진가! 책 쓰기는 나와 타인의 성장을 함께 견인하는 쌍두마차다. 책을 통해 나의 인생을 녹여내고 나를 고백함으로써 타인의 지평을 넓혀 줄 수 있다. 당신의 인생경험을 통해 체화된 암묵지暗默知와 통찰력이 있다면 꼭 한 권의 책을 써 볼 것을 권한다.

나비의 작은 날갯짓이 날씨 변화를 일으키듯, 책 쓰기는 나에게 크나큰 나비효과Butterfly effect를 불러 일으켰다. 책을 읽기 시작하면서 내게 다음과 같은 변화가 생겼다.

심신이 안정되고, 지식과 지혜가 쌓이며 감수성이 풍부해졌다. 나 자신과 타인을 바라보는 시선이 관대해지고 긍정적으로 변화되었다. 책을 출간한 작가가 됨으로써 나를 바라보는 주위의 시선이 달라졌다. 나 또한 가슴 뛰는 일상을 보내고 있다. 책 쓰기는 좁은 우물 안에서 하늘만 바라보던 나를 커다란 바깥세상으로 인도한 구세주였다. 책 쓰기를 통해 나의 삶이 등대처럼 환하게 빛을 발하게 되었다. 거대한 해일이 밀려오듯 성공에 대한 확신이 온몸을 휘감고 있다. 여러분도 좁은 우물에서 나와 진짜 세상을 만나기를 바란다.

지난 25년간 나는 직장이라는 보호막에 갇혀 있었다. 온실 속의 화초처럼 말이다. 나는 첫 직장을 은행원으로 시작했다. 주경야독으로 원하던 대학도 졸업했다. 은행을 평생직장으로 생각하며 20대의 젊은 시절을 회사를 위해 몸을 던졌다. 그러나 영원할 것 같았던 대기업이나 은행들이 1997년 IMF라는 외환위기를 맞아 추풍낙엽처럼 스러져 가기 시작했다. 경제구조가 극도로 취약해져 있는 상태에서 이전에는 겪어보지 못했던 외환 위기의 소용돌이로 깊이 빨려 들어간 대재앙 같은 사건이다. 대마불사大馬不死라는 말처럼 대기업이나 은행은 평생 무너지지 않을 것 같았다. 이런 현상을 우리는 흔히 '대기업병'이라고 한다. 이는 위기의식의 부재와 안일한 생각에서 발생했다. 전례 없는 구조조정과 대량 실업 사태 등을 겪으며 평생직장의 개념은 사라지고 평생직업이라는 말이 생겨났다. 가장은 설 자리를 잃고 가정은 뿔뿔이 해체됐다. 집안의 대들보인 가장이 흔들리니 집에 균열이 생기고 집 전체가 붕괴되고 말았다. 바로 이 시기가 나의 인생 변곡점이 시작된 시기였다.

내가 이렇게 나의 인생 이야기를 풀어가는 이유는 '인생에서 너무 늦은 때란 없다'는 것을 강조하기 위해서다. 우리는 백세시대에 살고 있다. 은퇴 후 3, 40년을 더 살아야 하는 시대다. 인간의 이상향은 무병장수다. 하지만 애석하게도 유병장수의 시간이 늘어나고 있다. '속도 전쟁'의 시대라고 일컬어지는 4차 산업혁명은 이미 도래했다. 사회 전반에 걸쳐 급속한 변화는 이미 시작되었다. 누구에게나 위기와 기회가 공존하고 있다. 시시각각 변화하는 시대에 과연 어떤 종류의 사람이 살아남을 수 있는가. 그건 바로 지식과 정보를 누구보다 빠르게 흡수하는 사람이다. 이러한 변화의 흐름을 예측하는 사람은 위기를 기회로 만들 수 있다. 그러나 대비하지 않고 현실에 안주하는 사람은 기회를 상실하고 위기를 맞이할 것이다. 시대 변화를 빠르게 인지하고 뒤처지지 않도록 그에 맞는 개인의 역량을 강화해야만 한다.

향후 5년 안에 약 510만 개의 일자리가 사라질 것이란 보고서가 2016년에 개최된 다보스포럼에서 발표됐다. 또한 현존하는 일자리의 약 50퍼센트가 몇 년 안에 자동화 된다고 한다. 4차 산업혁명 시대란 정보통신기술ICT의 융합으로 사람과 장소, 사물, 제품 등이 인공지능AI이나 로봇기술을 통해 연결되는 기술 주도형 사회의 대혁명 시대를 말한다. 이로 인해 단순 반복 업무의 자동화에 따른 일자리 감소가 새로운 사회문제로 부상하고 있다. 반면, 창의적이고 가치가 있으며, 인간의 감성과 심리를 자극하는 유사한 일자리는 인간을 위해 존재할 확률이 높다. 이러한 시대의 변화에 우리는 무엇을 준비하고 어떻게 대비할 것인가. 이러한 세상에서는 누구나 검증할 수 있는 지식이 중요하다. 책을 통해 당신이 문제를 해결할 지식과 정보를 가지고 있으며 어떤 분야의 전문가임을 알려주는 좋은 도구로 활용할 수 있다. 현실에 안주하지 말고 책을 쓰는 작가가 됨으로써 퍼스널 브랜딩Personal Branding 해야 한다. 책을 읽는 독자에서 벗어나 책을 쓰는 작가가 되어 당신의 가치를 한껏 끌어올려야 한다. 책 쓰기는 실질적으로 당신의 인생을 바꾸는 '터닝 포인트'가 될 것이다. 당신이 현재 어떠한 직업에 종사하든, 어떠한 인생을 살아왔든 책 한권에 오롯이 담을만한 스토리텔링은 분명 가지고 있을 것이다. 자기의 인생경험, 거기에 무한한 상상력을 뒤섞어 이야기를 발효시킨다면 독자에게 생동감을 전해줄 수 있을 것이다.

이 책은 50대 초반에 독서를 시작하고, 작가가 되기로 결심해서 실제 3개월 만에 책을 출간한 저자가 책을 쓰게 된 계기부터 책이 출간되기까지의 주요 과정을 기술했다. 원고를 완성하고 실제 투고할 출판사 리스트 및 메일 주소 300곳도 수록했다. 이 책은 작가가 되고자 하는 분들에게 '나도 할 수 있다. 꿈★은 이루어진다'라는 희망과 동기부여를 드리기 위해서 집필한 책이다. 본인의 이름으로 책은 출간하고 싶은데 어떻게 해야 될지 방법을 몰라 망설이는 분들을 위해 실질적인 도움을 줄 수 있는 희망서이다. 따라서 책 쓰기에 대해서 특별한 비법이나 기교에 대해서 쓴 것은 아니다. 책 쓰기라는 도전에 맞설 용기와 확신이 없는 분들에게 자신감을 심어주기 위해서 집필한 책이다. 어떤 일이든 손쉽게 할 수 있는 비법 같은 것이 존재하는 것은 사실이다. 책 쓰기에도 기술과 방법, 원리 등이 있다. 서서히 갈 수 있는 '서행차선'도 있지만 빠르게 갈 수 있는 '추월차선'도 존재한다. 그러나 글쓰기와 책 쓰기를 지속적으로 잘하려면 지름길을 찾기보다는 꾸준하면서도 반복적인 연습이 제일의 비법이 아닐까 하는 생각이다. "호랑이는 죽어서 가죽을 남기고, 사람은 죽어서 이름을 남긴다고 한다."

살아가면서 자신의 이름으로 된 책 한 권을 남긴다는 것은 인생의 길목에서 무엇보다 값지고 의미 있는 일이다.

  내가 만약 작가의 길을 걷지 않고 현실에 안주하는 삶을 살았다면 변화된 지금의 내 모습은 어디에서도 찾아볼 수 없을 것이다. 독자들은 이 책을 통해 나도 '할 수 있다'라는 자신감을 갖게 될 것이다. 본인의 이름이 선명하게 각인된 책을 통해 인생 후반부를 멋지게 살 수 있으리라 확신한다. 본인 이름의 책이 세상에 출간되는 순간, 당신은 사람들로부터 다양한 호칭으로 불릴 것이다. 작가님, 작가 코치님, 선생님 등의 호칭으로 불릴 것이다. 책이 발간된 후에는 세상이 나를 바라보는 눈이 달라진다. 나 또한 세상을 바라보는 눈이 달라진다는 것을 실감할 것이다. 책은 대단한 사람만이 쓸 수 있다는 선입견과 고정관념에서 벗어나야 한다. 오히려 내가 책을 쓰면 남들이 나를 대단한 사람으로 볼 것이라는 상상을 해야만 한다. '서 있는 곳에 따라 보이는 풍경은 다른 법이다'라는 말이 있다. 현재의 삶과, 작가가 된 후의 세상 풍경은 분명 다르다. 내가 쓴 책 한 권이 동네 서점 책장에 진열되고 내 이름이 책 표지에 인쇄되어 불특정 다수의 사람들이 읽어 본다는 상상을 해 보자. 이 얼마나 가슴 설레고 기쁜 일인가!

  인간이 특별한 생각 없이 실천할 수 있는 능력을 우리는 '습관'이라고 한다. 일상생활에서의 많은 행동들이 이런 습관적 행동들을 통해 자동화 된다. 모든 성공 스토리는 생각의 전환과 습관으로부터 시작된다. 생각과 습관이 변화해야 한다. 많은 사람들이 여러 가지 사정으로 인해 당장 자기만의 길을 가기가 어려울 수도 있다. 또한 처음으로 책을 내려는 사람들은 손전등 없이 어두운 동굴 속으로 들어가는 것처럼 막막하고 두려운 마음을 가지고 있을 것이다. 글을 쓰고 책을 낸다는 것이 고된 노동의 체감을 동반하는 일이라는 것도 명심해야 한다. 그렇다고 미리 포기하거나 좌절하지 말자. "미래의 나의 삶이 어떤 모습"인지 알고 싶다면 오늘 우리가 하고 있는 선택들을 살펴보면 된다는 말이 있다. 지금 이 순간 우리가 행하는 모든 선택과 행동들은 미래에 반드시 우리들 삶에 반영된다. 우리가 어떠한 선택을 하던 그것은 우리 자신의 몫이다. 그러나 그 결과에 대한 책임을 지는 것도 역시 우리 자신이다. '드넓은 바다도 한 알의 작은 모래가 켜켜이 쌓여 이뤄진 것이고, 깊고 넓은 바다도 한 방울의 물이 모여 이뤄진 것이다.' 작가라서 책을 쓰는 것이 아니라 책을 썼기에 작가가 된다.

　원시불교의 경전인 《숫타니 파타》에 실린 시 〈지치지 않는 힘, 무소의 뿔처럼 혼자서 가라〉에 이런 글귀가 있다. "홀로 행하고 게으르지 말며 비난과 칭찬에도 흔들리지 말라. 큰 소리에도 놀라지 않는 사자와 같이, 그물에 걸리지 않는 바람과 같이, 물에 젖지 않는 연꽃과 같이 저 광야를 가고 있는 코뿔소의 외뿔처럼 혼자 가라." 여러분이 진리를 깨달았을 때, 다른 사람들의 의견에 휘둘리지 말고 자신이 진심으로 옳다고 믿는 바를 선택하고 앞으로 나아가라는 것이다. 이 책을 읽은 독자 여러분, 책을 쓰기로 결심하라. 실제 실행에 옮겨 '평범한 독자에서 비범한 저자'가 되어 인생 2막을 화려하게 살아가길 기원한다. 저자가 됨으로써 작가로부터 사인을 받는 입장에서 독자에게 사인을 해주는 작가가 되자. 저자의 강연을 듣는 독자의 입장에서 독자가 나의 강연을 듣는 강연자의 모습으로 변모하자. 작가들에게 사진을 찍자고 요청하는 대신 독자들과 같이 사진을 찍어주는 주인공이 된 모습을 상상해 보기 바란다. 위기는 언제나 예고 없이 찾아온다. 본인의 졸저를 통해 현재의 위기를 극복하고 또 다른 기회를 잡을 수 있기를 바란다. 책쓰기의 고통과 환희를 직접 경험해 보기를 바란다. '아는 자는 좋아하는 자만 못하고, 좋아하는 자는 즐기는 자만 못하다'는 말이 있다. 즐기는 마음으로 책을 쓴다면 자신도 모르게 창조적이 될 것이다. 평소에 보았던 자신의 모습이 아닌 또 다른 나를 발견할 것이다. 처음 책을 쓰고자 하는 분들에게 이 책이 마중물이 되어 낙수효과보다 더 큰 분수효과를 낼 수 있는 지침서가 될 수 있기를 희망한다. 책을 써야겠다는 진리를 깨닫고 뒤도 돌아보지 말고 앞만 보고 달려가기를 기원해 본다.

감사드립니다!

무명작가의 책이 출간되어 세상의 빛을 보기까지 물심양면으로 도움을 주신 행복에너지의 권선복 대표님과 전재진 편집장님 이하 직원 분들에게 감사를 드립니다. 제가 작가의 길로 들어설 수 있도록 많은 조언과 가르침을 주신 김병완 퀀텀칼리지 대표님 감사합니다. 제 생애 첫 책을 출간해주신 나비의 활주로 나성원 대표님에게도 감사드립니다. 제가 사랑하는 아내와 두 아들 성준, 성현에게도 지면을 통해 사랑한다는 말을 전하고 싶습니다.

허재삼

목차

Chapter 6. 출간기획서는 어떻게 작성할까?

 Chapter 7. 어떤 출판사와 계약할까?

 부록 출간일기

독서는 삶의 도약이다

어린 시절 나의 꿈 ✎

일생의 계획은 어린 시절에 달려 있고, 일 년의 계획은 봄에 있으며, 하루의 계획은 새벽에 달려 있다. 어려서 배우지 않으면 늙어서 아는 것이 없고, 봄에 밭을 갈지 않으면 가을에 바랄 것이 없으며, 새벽에 일어나지 않으면 할 일이 없게 된다.

– 공자

인간이 세상을 바라보는 기준은 항상 자기 몸이다. 즉 '나'라는 존재를 우주의 중심에 두고 사물을 바라보는 관점도 그 안에서 제한된다. 어릴 적 그렇게 커보였던 집 앞 도로와 골목길, 여름이면 가재잡고 겨울이면 토끼 쫓던 동네 뒷동산의 나지막한 야산들, 친구들과 뛰어놀던 학교 운동장이 어른이 되어 가보면 왜 그렇게 작게 보이는지……. 어려서 보았던 사물들은 그 자리에 변함이 없는데 왜 어른이 되어서는 그렇게 작아 보일까! 그만큼 사물을 바라보는 나의 관점이 변한 게 아닐까! 사람의 기억記憶이란 참 묘하다. 오래된 일도 바로 얼마 전에 일어난 것처럼 생생한 기억이 있는가 하면, 얼마 지나지 않았는데도 아스라하게 우리 기억 저편에 자리 잡고 있는 기억이 있다. 나이가 들수록 사람들의 기억이나 추억은 고무줄이 되는 것 같다. 현대 심리학의 창시자라 할 수 있는 미국의 윌리엄 제임스가 공식적으로 발표한 심리학 용어 중에 '설단현상舌端現象'이라는 것이 있다. '특정 단어나 사람 이름이 생각 날 듯 말 듯 하고, 입안에서만 빙빙 도는 현상'이다. 이러한 현상은 나이가 들면서 자연스럽게 얻게 되는 세월의 산물이지만 아쉽고 두렵기도 하다. 이제 40여 년 전의 기억을 소환해 흩어져 있던 기억의 편린들을 한 데 모아 내 이야기를 풀어보고자 한다.

고향故鄕이란 명사를 사전에서 찾아보니 여러 가지 뜻이 있다. 그중에 하나가 '마음속에 깊이 간직한 그립고 정든 곳'이란다. 그만큼 고향이란 우리의 향수鄕愁를 자극하는 단어다. 까마득히 잊고 있던 나의 어린 시절을 추억하고 미소 짓게 만드는 정겹고 그리운 곳이다. 때로는 모든 것을 잊고 편안하게 내려놓고 쉬게 하는 곳이다. 나이가 들수록 더욱 더 그리운 곳이 고향이다. 내 고향故鄕은 경기도 광명시 일직동이다. 지금이야 고속전철도 들어서고 상가나 아파트들도 많이 지어져서 상전벽해를 이룬 도시가 되었지만 내가 자랄 때는 그야말로 10여 가구 정도가 올망졸망 모여 살던 인심 좋은 전형적인 시골이었다. 나는 삼형제 중 막내로 태어났다. 형 둘은 어려운 가정형편에 일찍 생활 전선에 뛰어 들었다. 같은 어머니 뱃속에서 태어났는데 우리 형제들은 다른 점이 참 많았다. 학창시절 나는 십여 리 정도 떨어진 학교까지 매일 걸어서 등·하교를 했다. 가끔은 친구들을 만나 같이 갈 때도 있었지만 거

의 혼자 가는 날이 많았다. 학교 가는 길은 거칠고 투박한 비포장
도로였다. 길 양옆에는 코스모스 꽃들이 서로의 자태를 뽐내며 마
치 열병식이라도 하듯 '각'을 맞춰 늘어서 있었다. 들에 핀 이름 모
를 야생화도 방긋 웃으며 나를 반겼다. 새소리와 바람소리도 나의
귓가를 울리며 나에게 벗이 되어주었다. 한적하고 고요한 길을 걸
을 때면 꿈같은 상상의 세계로 빠져들기도 했다. 자연은 계절이
바뀔 때마다 새로운 옷단장을 하고 우리에게 일용할 양식을 제공
해 주었다. 구름이 유유히 흘러가는 산길을 걷다보면 지천에 널려
있는 게 뽕나무였다. 가까이 가보면 까만 오디가 주렁주렁 달려있
었다. 오디는 안토시아닌이 풍부해 노화 방지와 시력 개선에 효과
가 있단다. 비타민E도 풍부해 항산화 효과도 많단다. 그때는 몰랐
고 지금은 알았다. 그때가 그립다. 가을걷이가 끝난 포도밭에 들
어가 보면 미처 수확하지 못한 포도알들이 듬성듬성 달려있다. 그
런 포도를 만나면 마치 무슨 횡재라도 한 양 좋아했던 그때의 기
억들이 새록새록 떠오른다.

인간의 생물학적인 욕구이면서도 살아가는 데 반드시 필요한
것이 식욕이다. 식욕은 공복 때의 일반적인 욕구상태인 허기와는
달리 특정한 음식물을 선택하는 욕구를 가리킨다. 먹는 행동은 1
차적으로 배고픔을 느끼면서 발생하지만, 자연적·사회적 환경에
따라서 2차적인 식욕의 결과로도 나타난다. 음식물을 섭취할 때
는 혀의 미각뿐만 아니라 시각, 청각, 후각을 모두 동원하는 원초

적인 행위이다. 배고픔은 생물학적인 현상이면서 먹는 행위와 결합된 시간과 장소, 사건과 함께 '맛'은 아련한 기억을 동반한다. 맛은 추억이라고 했다. 어머니의 음식이 맛있고 평생 잊을 수 없는 것은 손끝에서 우러나는 추억을 품고 있기 때문이다. 누구든 기억이나 그리운 추억으로 남는 '맛'이 있을 것이다. 나는 그 중에서도 어렸을 때 먹었던 짜장면의 맛을 잊을 수가 없다. 그때 당시 내가 먹었던 짜장면은 한 끼 식사 때우기나 배고픔을 달래기 위한 음식이었을 뿐만 아니라 스토리가 있고 추억이 있는 음식이다.

나에게는 '깨복쟁이 친구'들 세 명이 있다. 어릴 적 냇가에 가서 옷을 다 벗고도 부끄러운 줄 모르고 함께 자란 친구들이다. 초등학교 저학년 때의 일이었다. 짜장면이 먹고 싶은데 주머니에 있는 돈이 모자라 동네 친구 세 명이 십시일반으로 돈을 걷기로 했다. 나는 주머니에 손을 찔러 잔돈을 찾았다. 왼쪽 주머니와 오른쪽 주머니를 다 뒤져봐야 동전 몇 푼 되지 않았다. 정확한 액수는 가물가물 하지만 세 명이 함께 모은 동전이 짜장면 곱빼기 한 그릇 정도는 됐을 것이다. 중국집에 가려면 광명시에서 안양까지는 족히 2시간 이상은 걸어야 갈 수 있는 비포장 도로였다. 우리는 짜장면을 빨리 먹고 싶은 간절한 소망과 부푼 기대를 안고 터덜터덜 중국집으로 향했다. 우여곡절 끝에 중국집에 도착했지만, 흙먼지가 풀풀거려 뽀얀 먼지를 뒤집어 쓴 우리의 몰골은 가관이었다. 우리는 이에 아랑곳하지 않고 내부로 들어갔다. 때가 지나서 그런지

홀 안에는 손님이 별로 없어 스산한 느낌을 주었다.

"아주머니 짜장면 곱빼기 한 그릇만 주세요."

내 목소리가 홀 안을 진동했다.

"너희 세 명이서 짜장면 한 그릇만 시키는 거냐?"

어린애들 세 명이 들어와 짜장면을 한 그릇만 주문하자 아주머니는 '누구 코에 붙이겠는가' 하는 표정이었다. 친구 세 명이 모은 돈이 짜장면 곱빼기 한 그릇만 주문할 수밖에 없는 처지다. 잠시 후 아주머니가 툴툴거리시며 짜장면 한 그릇을 식탁에 놓고 가셨다. 난생 처음 먹어 보는 중국음식이었다. 코끝을 간질이는 냄새가 후각을 자극했다. 주린 배를 움켜쥐고 있던 우리들은 '두꺼비 파리 잡아먹듯' 뚝딱 한 그릇을 해치웠다. 간에 기별도 안가는 양이었다. 하지만 그 맛은 세상 무엇과도 견줄 수 없는 꿀맛 그 자체였다. 순식간에 그릇 밑바닥이 훤하게 들어나며 마치 혓바닥으로 설거지를 끝낸 듯이 깨끗했다. 파리도 미끄러져 내려 앉을 것 같았다. 우리 친구들은 사이좋게 짜장면 한 그릇을 먹고 집으로 돌아왔다. 지금도 그때의 모습이 마치 무성영화의 한 장면처럼 떠오른다. 그로부터 세월이 흐른 오늘날, 짜장면은 배고픔을 해소하기 위함보다는 감성을 채우기 위해 음식을 먹는 시대다. 그 시절에 먹은 짜장면은 아직도 잊을 수 없는 인생 음식이다. 그때 당시 친구들과 함께 나눈 것은 어쩌면 서로의 우정이라는 생각이 든다. 어릴 적 당시엔, 짜장면이라는 맛만 알았다. 지금은 맛과 추억이라는 두 가지를 알게 되었다. 그 후에도 중·고등학교 졸업식 때나 옛 추억이 생각날 때 짜장면은 나의 일등 기호 식품이 되었다.

초등학교 시절, 태양이 작열하던 여름. 친구들과 들로 산으로 들개처럼 쏘다니며 여러 과일들을 먹고 다녔다. 머루며 달래며 온갖 과일들 말이다. 먹을 것이 귀하던 시절이었다. 산과 들은 우리에게 달콤한 양식을 제공해 주었다. 가을 햇빛을 받아 알알이 영글어 가던 밤을 밤나무에 올라가 따기도 했다. 밤을 따다가 떨어지는 사고도 겪었다.

한번은 친구들과 한여름 강가에서 멱을 감다가 빠져 죽을 뻔했다. 친구 한 녀석이 장난을 치려고 나를 물가 가운데까지 끌고 갔다. 나는 순순히 따라 들어갔다. 그러다가 어느 지점에서 문득 바닥이 푹 꺼졌다. 발이 땅에 닿지 않았다. 그 바람에 허우적거리다 간신히 빠져 나올 수 있었다. 정말 죽는 줄 알았다. 한 번은 이런 일도 있었다. 무더운 여름 날, 수업을 마치고 집으로 들어왔다. 엄마가 반갑게 나를 맞아 주셨다.

"재삼아, 맛있는 고기 있으니 이리 와서 먹어보렴."

시골에서는 평소에 고기 구경하기가 민족의 고유명절 외에는 찾아보기가 힘든데 이게 웬일인가 싶었다.

"이게 무슨 고기예요?"

나는 마른 침을 삼키며 엄마에게 여쭤봤다.

"응, 아버지가 사 오신 소고기란다."

엄마는 아무렇지 않게 말씀하셨다. 나는 게걸스럽게 먹기 시작했다. 평소에는 맛볼 수 없는 꿀맛이었다. 고기를 맛있게 먹고 주위를 두리번거렸다. 어째 강아지가 보이질 않았다. 평소 같았으면 내게 달려와 반갑게 맞아주던 강아지였다.

"엄마, 왜 강아지가 안보여요?"

나의 물음에 엄마는 아무렇지 않은 얼굴로 말했다.

"응, 네가 좀 전에 먹은 고기가 우리가 키우던 강아지야!"

나는 순간 경악했다. 강아지라니, 가족 같았던 강아지 아닌가. 그런 강아지를 어떻게 아무렇지 않게 잡아먹을 수 있는지. 눈물이 앞을 가렸다. 싱싱한 광어나 물오른 고등어처럼 고기를 맛있게 먹었던 나 자신이 너무도 미웠다. 먹었던 걸 다 게우고 싶은 심정이었다. 어린 마음에도 깊은 상처로 남을 수밖에 없던 사건(?)이었다.

북아메리카에 살았던 인디언 중에 체로키 부족이 있다. 이곳에 사는 소년들은 어릴 때부터 부족 사람들과 함께 사냥하고, 정찰하고, 물고기 잡는 법을 배운다. 이 부족은 어린 소년들에게 강인한 성인이 되기 위해 그들만의 특별한 성인식을 준비하고 독특한 훈련을 시켰다. 아버지가 성인이 될 아들을 멀리 떨어진 숲 속 깊은 곳으로 데리고 간다. 그리고 아들의 눈을 가린 채 홀로 남겨둔다. 숲 속에 홀로 남겨진 아들은 눈을 가린 채로 아버지가 정해준 숲 속의 그루터기에 앉아 꼬박 밤을 지내야만 한다. 그동안 가족이나 부족을 떠나 본 적도 없고 언제나 가족이나 부족의 안전한 울타리에서만 있었던 소년은 얼마나 두렵고 무서울까? 풀잎 사이로 들리는 바람소리와 지척에 있을 것 같은 동물 소리로 인해 소년의 공포심은 극에 달한다. 그러나 아침 햇살의 광선이 고요히 비출 때까지 눈가리개를 절대 벗어서는 안 된다. 누구에게도 도움을 요청할 수도 없고, 그렇게 홀로 그 밤을 견뎌내야 진정한 남자로 거듭난다고 아버지는 가르친다. 그렇게 지새운 밤이 지나고 새벽 햇살이 비출 때 마침내 눈가리개를 벗고 두려움에서 벗어 날 수 있다. 비로소 소년의 주위에는 꽃들과 나무들 그리고 작은 오솔길이 눈에 들어왔다. 그런데 인디언 소년 앞에 더욱 더 놀라운 일이 벌어진다. 아들 곁에서 밤새 아무 소리도 없이 나무 그루터기에 앉아 두려움에 떨고 있을 아들을 안타까운 심정으로 지켜봤던 아버지의 모습이었다. 혹시 아들이 무슨 일이 생기지나 않을까 하며 아버지는 뜬 눈으로 하얀 밤을 지새운 것이다. 우리도 결코 혼자가 아니라는 사실을 깨달아야 한다. 우리 자신이 그것을 느끼지 못하더라도 알게 모르게 부모님은 우리를 지켜보며 노심초사하고 계시다는 사실 말이다.

변화를 두려워하지 마라 ✏️

그대는 인생을 사랑하는가? 그렇다면 시간을 낭비하지 말라, 시간이야말로 인생을 형성하는 재료이기 때문이다.

– 벤저민 프랭클린

고등학교를 졸업하고 첫 직장을 은행원조흥은행: 현 신한은행으로 시작했다. 난생 처음 보는 주판을 신기해서 이리 저리 만져 보기도 했다. 은행원으로 정식발령 받기 전에 연수원에서 받는 교육시간에 가짜 돈을 가지고 돈 세는 연습도 많이 했다. 은행 업무는 공식적으로 아침 9시 30분에 시작됐다. 물론 업무시작 30분전에 출근해서 그날 하루 일과를 준비하기도 하고 선임자의 구령에 맞춰 고객에 대한 인사 연습도 했다. 문 셔터가 내려가는 업무 종료 시간은 오후 4시 30분이지만 하루하루 입·출금을 맞춰야 했다. 1원이라도 금액이 남거나 모자라면 밤 11시고 12시고 은행에 남아서 원인을 규명해야만 했다. 그렇게 직장생활을 하면서 배움의 한을 풀기로 결심했다. 야간대학을 알아보기 시작했다. 그러던 중 국민

대학교에서 수능시험 없이 고등학교 내신 성적과 면접만으로 뽑는다는 입학 공고를 보게 됐다. 다행히 면접을 통과하고 영어영문학과에 입학하게 되었다. 4년 동안 직장생활과 학교생활을 병행하는 삶이 시작되었다. 그야말로 '주경야독'의 시간이었다. 한번은 학교를 끝마치고 집에 와서 방에서 책을 보고 있었다. 문을 두드리는 소리가 났다. 그 당시 큰아들이 세 살 쯤 된 나이였다. 아빠가 방에 틀어 박혀 놀아주지 않으니 놀아 달라는 신호였다. 나는 아들의 유혹(?)을 뿌리치고 그냥 공부하기로 마음먹었다. 평소에는 애들하고 놀아줄 시간이 많지 않아 늘 아쉬웠다. 그러나 주말에는 가족들을 위해 놀러 다니기도 하고, 여행도 가곤했다.

인생의 위기는 언제나 예고 없이 찾아온다. IMF라는 전례 없던 외환위기는 많은 직장인들을 거리로 내몰았다. '대마불사'로 여겼던 대기업들도 추풍낙엽처럼 떨어졌다. 평생 망하지 않으리라 생각했던 은행들도 구조조정을 하기 시작했다. 은행 간 합종연횡이 시작됐다. 명동 거리에서 동료들과 함께 머리띠를 두르고 투쟁하던 그때의 일이 지금도 눈에 선하다. 누구보다 직장과 학업을 병행하면서 열심히 살았던 나 역시 마찬가지였다. 명예퇴직할 수밖에 없는 일이 발생한 것이다. 은행에 사직서를 제출한 날 밤, 나는 좀처럼 잠을 이룰 수 없었다. 텅 빈 방안에 덩그러니 누워있자니, 스스로가 망망대해에 떠도는 처량한 어부의 신세처럼 여겨졌다. 난파선에서 구조를 기다리고 있는 기분이었다. 하품은 밀물처럼 밀려오고 눈꺼풀은 점점 무거워졌다. 잠을 청하는 일도 어려웠다. 모로 누웠다가 똑바로 누웠다가 하면서 밤새워 뒤척였다. 그렇게 나는 하얀 밤을 뜬눈으로 지새웠다. 고등학교 졸업 이후 첫 사회생활이었다. 그만큼 애착이 남다를 수밖에 없었다. 누구보다 나의 큰 꿈을 펼쳐 보고 싶었고 최고의 은행원이 되고 싶었다. 그러나 돌이켜 보면 많은 아쉬움과 회한이 남는다. 은행을 퇴사한지 20여 년이 지났지만 지금도 함께 근무했던 동료들 꿈을 꾸곤 한다. 그 당시 같이 근무했던 선·후배들이 많이 그리워지곤 한다. 이런 걸 보면 이제 나도 나이를 먹어가나 보다.

외국의 경영이론의 대가인 마이클 해머Michael hammer는 다음과 같은 말을 했다.

"변화를 두려워하고 현재 상황을 유지하려는 사람들이야말로 가장 위험한 사람이다."

'냄비 속 개구리' 얘기를 많이 접해 봤을 것이다. 처음부터 뜨거운 물에 개구리를 집어넣으면 화들짝 놀라 냄비 밖으로 뛰쳐나올 것이다. 그러나 적당한 온도에 개구리를 집어넣고 온도를 서서히 높이면, 개구리는 온도에 적응한답시고 서서히 체온을 올린다. 그러다가 어느 순간 삶아져서 배를 뒤집고 죽어버린다. 이것은 우리의 모습과도 닮아 있다. 대부분의 사람들은 현재의 모습에 안주하며 평온한 삶을 누리려 한다. 그러나 시시각각 변화하는 세상에 적응하지 못한다면, 아니 아예 처음부터 적응할 생각조차 하지 않는다면 서서히 도태되고 낙오되는 삶을 살게 될 것이다.

영국속담 중에 "불행은 혼자 오지 않는다"는 말이 있다. 은행 퇴사 후 나는 거의 1년 동안 번듯한 직장을 잡지 못했다. 은행에서 근무했었다는 알량한 자존심, 그리고 은행의 급여와 복리후생을 생각하며 눈높이만 높아져 있었기 때문이다. IMF라는 전례 없는 경제위기 탓에 실업자는 길거리에 넘쳐났다. 부도나서 문 닫는 회사는 부지기수였다. 경제가 힘들고 어려울수록 절박한 사람들의 심리를 이용하는 회사들은 우후죽순처럼 늘어났다. 그 당시만 해도 지금처럼 이력서나 자기소개서를 이메일로 보내는 회사는 거의 없었다. 정성껏 작성한 이력서는 우체국에 가서 등기로 발송하거나 직접 회사로 찾아가 접수해야 했다. 구직 활동 기간 중 회사에 보낸 이력서만도 수십 통은 넘는 걸로 기억한다. '나처럼 유능한 인재(?)가 이렇게 취업이 안 되다니 이게 뭔가'하는 자괴감도 들었다. 나는 온실 속 화초처럼 궂은 일을 해 보지 않았기 때문에 세상물정에 어두울 수밖에 없었다. 면접을 보러 오라는 전화를 받으면 하루 전날부터 긴장되기 시작했다. 면접관 질문에 어떻게 답변해야하나 하는 생각에 쉽게 잠을 이룰 수가 없었다. 서울에서 구직 활동을 했기 때문에 서류전형에 합격했다는 전화가 오는 곳은 많았다. 그러나 막상 면접을 보러 가면 신문 공고에서 본 것과는 해야 되는 일이 많이 달랐다. 신문 공고는 '관리직 사원 모집' 이라고 해놓고 막상 가서 면접을 보면 '영업 관리직 사원'을 뽑는 곳이 부지기수였다. 특히 합법을 가장한 불법 다단계 업체가 많았다. 홍삼제품 파는 회사, 정수기 파는 회사, 책 파는 회사, 심지어는 가스총을 판매하는 회사 등 판매하는 품목도 다양했다. 처음에는 멋모르고 다니다가 1주일정도 지나면 회사의 실체를 알게 되고 실망해서 퇴사한 적이 한 두 번이 아니었다. 은행을 퇴직하면서 받은 퇴직금은 빚잔치로 끝낸 터라 하루하루 생활은 궁핍해져 갔다.

"재삼아! 요새 뭐 하고 지내냐?"

중소기업에 입사와 퇴사를 반복하며 지내고 있던 어느 날 고등학교 동창으로부터 온 전화였다.

"응, 그냥 그럭저럭 구직활동 하면서 지내고 있어."

"특별히 하는 일 없으면 나랑 같이 일 해보는 게 어때?"

고등학교 친구는 그 때 당시 공인중개사 자격증을 취득하고 서울에서 부동산을 운영하고 있었다. 그렇게 해서, 나는 부동산 중개업에 발을 내딛게 되었다. 방 구하러 오는 손님이 있으면 모시고 가서 방을 보여줬다. 새로운 부동산 물건을 따러 돌아다니는 게 주업무였다. 고등학교 다니며 친하게 지냈던 친구는 모든 면에서 성실하고 근면한 친구였다. 고등학생 때는 집에서 콩나물 공장을 운영해서 자전거로 배달도 하고 공부도 열심히 했던 친구다.

타고난 근면 탓에 군대 제대 후에 돈도 제법 많이 모은 것 같았다.

그렇게 부동산 중개업을 하던 어느 날, 한통의 전화를 받았다.

"허재삼 씨지요, 일주일 후에 면접 가능하신가요?"

그동안 나는 이직할 생각을 갖고 있었다. 틈틈이 다른 회사에 이력서를 보내고 있던 차였다. 부동산이 나의 적성에 맞지 않는다는 생각이 들었다. 그리고 친구한테 매월 고정급으로 월급을 받고 있었는데 아무래도 두 아이를 키우면서 가정생활을 꾸려 가기에는 턱없이 모자라는 금액이었다. 물론 집사람도 직장을 다니면서 맞벌이를 하고 있었다. 하지만 하루 먹고 하루 사는 실정이었다.

"네, 면접 보도록 하겠습니다."

기쁜 마음에 흔쾌히 승낙했다. 그로부터 일주일 후, 면접시험을 통과하고, 최종합격통지를 받았다. 실직기간 일 년여, 부동산 중개업 일 년을 더해 이 년여 만에 중견 회사에 입사하게 되었다. 무명의 운동선수가 침체의 늪에 빠져 허우적대다가 비로소 전성기를 맞이한 느낌이었다. 그때가 꼭 엊그저께 일 같다. 입사 후 담당 업무는 자금을 취급하는 경리과장 이었다. 직원은 약 100여 명 정도 있었다. 하지만 연간 매출은 200억 원 이상 되는 중견 회사였다. 그렇게 두 번째 직장생활은 시작됐다.

"인생은 자전거를 타는 것과 같다. 계속 페달을 밟는 한 넘어질 염려는 없다." 이건 클라우드 페퍼의 말이다. 인생의 목적은 끊임없는 전진에 있다. 끊임없이 전진하려면 자전거 페달을 멈추어서는 안 된다. 길을 가다가 때로는 돌부리에 걸려 넘어지기도 하고 크고 작은 상처를 입을 수도 있다. 그러나 그러한 두려움을 떨쳐 내야 한다. 앞에는 언덕이 있고, 강이 있고, 진흙탕도 있다. 전진 하기에 좋고 평평한 길만 놓여 있는 것은 아니다. 때로는 울퉁불퉁한 좁은 길도 있고 빠질 수 있는 수렁도 만날 것이다. 먼 곳으로 항해하는 배가 풍파를 만나지 않고 그저 조용히 갈 수만은 없다. 풍파는 언제나 전진하는 자의 벗이다. 차라리 고난 속에 인생의 기쁨이 있다. 풍파 없는 항해! 이 얼마나 단조로운 것인가? "역경에 부딪힐수록 부딪히는 자의 가슴은 뛴다!" 니체의 이 말은 오히려 평탄하기만 한 우리의 인생을 경계하는 말이다. 쇠는 두드릴수록 단단해 지듯, 우리네 인생도 마찬가지다. 좌절과 고통 속에 더욱더 성장하며 크나큰 성공을 이룰 수 있다. 책상 앞에 앉아 세계지도를 펼쳐놓고 아무리 뚫어져라 들여다본들 무슨 소용인가? 들여다보기만 해서는 그 세계에 대해 알 수 없다. 직접 몸으로 부딪쳐야 한다. 뭔가를 이루고자 할 때는 자신감을 가져야한다. '한 번 부딪쳐 보자'라고 결심한 후, 자신감을 가지고 노력한다면 분명히 이룰 수 있을 것이다.

독서를 통해 재기에 성공했다 🖉

나는 실패했지만 실패를 통해 많은 것을 배웠다. 젊은 시절에 고난을 겪는 것은 중요한 통과의례이다.

— 월트 디즈니

    지금은 작고한 현대그룹 정주영 명예 회장의 자서전 '시련은 있어도 실패는 없다'라는 책을 보면 빈대^{bedbug·노린재목 빈대과의 곤충}에 관한 일화가 나온다. 정주영 회장은 가난한 농부의 아들로 태어났다. 농사짓는 일이 지겨워 새로운 삶을 개척하고자 가출을 반복했다. 그런 과정을 겪으며 생긴 일화다.

    "옛날에는 시골 도시 할 것 없이 빈대가 많았다. 네 번째 가출로 인천 부두에서 막노동할 때, 그곳의 노동자 합숙소는 그야말로 빈대 지옥이었다. 떡을 메고 가도 모를 만큼 고단한 지경에도 잠을 잘 수 없었다. 그만큼 빈대가 극성이었다. 하루는 다 같이 꾀를 써서 밥상 위에 올라가 잤다. 잠시 잠깐 뜸한가 싶더니 이내

밥상 다리로 기어 올라와 물어뜯었다. 다시 머리를 써서 밥상 다리 네 개를 물 담은 양재기 넷에 하나씩 담가놓고 잤다. 빈대가 양재기 물에 익사하게 하자는 묘안이었다. 쾌재를 불렀다. 편하게 잘 수 있었다. 하루나 이틀쯤 이었을까, 녀석들은 우리를 다시 물어뜯기 시작했다. 불을 켜고 살펴보았다. 도대체 빈대들이 무슨 방법으로 양재기 물을 피해 올라왔나. 그랬더니 글쎄 기가 막힐 일이었다. 빈대들은 네 벽을 타고 천정으로 올라간 다음, 사람을 목표로 뚝 떨어지는 게 아닌가. 그런 식으로 목적 달성을 하고 있었다. 그렇다. 빈대도 물이 담긴 양재기라는 장애를 뛰어넘으려 그토록 전심전력으로 연구하고 필사적으로 노력해서 제 뜻을 이루는데 나는 사람이 아닌가."

     − 『시련은 있어도 실패는 없다』 정주영, 도서출판 제삼기획, 1991,

나는 빈대한테도 교훈을 얻었다. 사람들은 곤경에 처하면 어떻게 할 방법이 없다. 길이 아무 데도 없다는 체념의 말을 곧잘 한다. 그러나 그렇지 않다. 찾지 않으니까 길이 없는 것이다. 빈대처럼 필사적인 노력을 안 하니까 방법이 없어 보이는 것이다.

인생을 살다보면 누구나 난관에 직면할 때가 온다. 직장문제, 인간관계, 돈, 건강 문제 등 개개인에 따라 깊이와 넓이만 다를 뿐이다. 하나를 해결하면 또 다른 어려운 문제에 직면하기도 한다. 그러나 그것을 회피하거나 두려워해서는 안 된다. 그것이 인생이요, 우리네 삶이다. 어떤 사람들은 그러한 고통을 디딤돌 삼아 일어서기도 한다. 하지만 어떤 사람들은 슬퍼하기도 한다. 자책하기도 한다. 그러나 인생엔 결코 양탄자 길만 있는 것이 아니다. 자갈투성이의 길도 있다는 사실을 명심하자. 이러한 문제가 있다는 것은 우리가 살아 있다는 증거이며 열심히 살아가는 과정이라고 생각한다. 나는 그동안 은행원, 부동산 중개업소 직원, 중소기업 임원 등의 다양한 직업에 종사했다. IMF 이후 1년 동안 백수 생활도 해봤다. 시쳇말로 '끈 떨어진 연'이 되어 정처 없이 허공을 떠돌았다. 어느 날은 소주 한 병에 과자봉지 하나 들고 뒷산에 올라 신세 한탄을 한 적도 있었다.

인생 후반기의 첫 자락, 나는 현재 부동산 중개업에 종사하고 있다. 또한 틈틈이 독서하고 책을 쓰는 작가의 일을 병행하고 있다. 오늘의 내가 있기까지 숱한 시련과 어려움도 많이 있었다. 그러나 나는 좌절하거나 포기하지 않았다. 오히려 이러한 시련을 통해서 더 강해지고 단단해졌다. 이러한 어려움을 헤쳐 나가는 데 있어서 내가 살아왔던 인생 경험과 독서는 큰 위안과 해법을 제시해 주었다. '한 번 실수는 병가兵家의 상사常事'라는 말이 있다. 전쟁을 하다 보면 한 번의 실수는 늘 있는 일이라는 뜻으로, 일에는 실수나 실패가 있을 수 있다는 말이다. 내가 경제적·정신적으로 힘들고 어려울 때에도 항상 긍정적인 생각을 가질 수 있었고 평생 배움의 길을 갈 수 있었던 모든 힘은 책으로부터 나왔다. 사실, 인생의 후반기에 새로운 직업을 얻는다는 게 쉽지만은 않다. 누구나 미지의 세계는 두렵고 가기 쉽지 않은 길일 수도 있다. 우리는 그 두려움을 떨쳐 내야 한다. 우리가 재기하기 어려운 이유는 바로 그것 때문이다. 자꾸만 과거를 돌아보는 습관 때문이다. 잘나가던 시절 과거의 나를 뒤돌아보고, 그것을 내려놓지 못하기 때문이다. 어렵게 지냈던 시절에 대한 기억은 내려놓고 잘나가던 때의 자신의 모습만 생각하다보니 앞으로 나가기가 힘든 것이다. 자신을 한 칸 내려놓는다고 해서 뭔가 큰일이 날것처럼 생각하는데 그런 일은 일어나지 않는다. 자신만이 그렇게 생각할 뿐이다. 많은 사람이 체면과 자존심 때문에 새 출발을 하지 못한다. 과거의 경험을 잘만 살리면 앞으로 나아가야 할 길이 좀 더 명확히 보일 것이다. 현실을 벗어나 미래로 나아가기 위해서는 반드시 다시 시작하겠다는 작은 용기가 필요하다. 여기까지 내가 온 것은 실로 기적이라고도 할 수 있다. 기적은 현실에 안주하거나 미적거리는 사람에게 찾아오지 않는다. 행동하는 사람에게 기적은 찾아온다.

"사람은 지금과는 다른 어떤 변화를 싫어하고 두려워하는 잠재의식 때문에 더 발전할 수 있는 새로운 환경으로 나가지 못하고 있다. 그러나 인생은 한 자리에 서 있는 것이 아니고 앞으로 걸어가는 것이다. 만약 당신에게 그 일이 꼭 성공한다는 보장을 누가 확실히 해 준다면 당신은 서슴지 않고 나설 것이다. 남의 힘을 바라지 말고 당신의 신념을 믿어라. 굳은 신념이 당신의 새로운 성공을 보장할 것이다."

– 노먼 빈센트 필 (목사·작가)

변화나 실패를 두려워하는 사람은 대개 걱정이 많은 사람들이다. 전문가들에 따르면 우리가 하고 있는 걱정의 80퍼센트는 일어나지 않는 일이고, 18퍼센트는 우리 힘으로 해결할 수 없는 일이라고 한다. 나머지 2퍼센트만이 우리가 할 수 있는 일이다. 티베트 격언에도 이런 말이 있다. "해결될 문제라면 걱정할 필요가 없고, 해결이 안 될 문제라면 걱정해도 소용없다" 쓸데없는 걱정은 우리의 시간과 에너지를 낭비하는 필요악이라는 것을 명심하자.

우리 인간은 변화를 싫어한다. 현실에 안주하려고 한다. 어찌 보면 그것이 인간의 본성이고 습성인지도 모른다. 서 있으면 앉고 싶고, 앉으면 눕고 싶고, 누우면 자고 싶은 마음은 누구나 갖고 있다. 그러나 이를 극복해야 한다. 언제까지나 현실에 안주하는 삶은 당신의 미래를 책임져 주지 않는다. "지난날을 절대 후회하지 말라, 좋았다면 추억이고 나빴다면 경험이다." 이 세상에 쓸모없는 경험은 단 하나도 없다. 실패한 인생이라고 자기 자신을 자책할 필요가 없다. 다양한 경험이 많다는 것은 그만큼 산전수전 공중전까지 다 겪었다는 것이고 그만큼 성공할 확률이 높다는 것을 의미한다.

스포츠계에는 황제로 불리다가 은퇴했거나 현재 현역으로 뛰고 있는 수많은 스타들이 있다. 그들의 삶은 실패와 좌절의 연속이었다. 하지만 그러한 역경을 이겨내고 정상의 자리에 서서 대중의 스타가 되었다. 그중에서도 단연 돋보이는 해외 스포츠 스타가 있다. '농구 황제'라 불렸던 마이클 조던은 미국 농구 역사상 가장 위대한 선수로 평가 받는다. 1963년 뉴욕 주 브루클린에서 태어난 조던은 대학 시절 전미 최고 대학선수로 선발되었다. 조던은 13년간 시카고 불스에 6개의 NBA 챔피언 타이틀을 안겨주었다. 그사이 득점왕 10회와 NBA 정규리그 최우수MVP선수에 5번이나 선정되기도 했다. 1984년 로스앤젤레스 올림픽과 1992년 바르셀로나 올림픽에서 국가 대표로 선발되어 두 개의 금메달도 거머쥐었다. 그는 실패에 관해 이렇게 얘기했다.

"나는 경기의 승패를 뒤집을 수 있었던 버저비터buzzer beater · 농구 경기에서 버저의 울림과 동시에 득점하는 것을 이르는 말이며 신호음이 울리기 전에 선수의 손에서 공이 떠나야 유효한 것으로 인정된다의 기회를 26번이나 날렸다. 패배한 경기만 해도 300게임에 가깝다. 나는 9000개 이상의 슛을 놓쳤다. 나는 내 인생에서 실패를 거듭하고 또 거듭했다. 그것이 바로 내가 성공할 수 있었던 이유다. 중요한 것은 실패에 좌절하지 말고 끊임없이 노력하면 반드시 승리할 수 있다는 것이다."

"고난 당한 것이 내게 유익이라 이로 말미암아 내가 주의 율례들을 배우게 되었나이다."

구약성서 시편에 나오는 말씀이다. 인간은 좌절과 실패와 고통

속에서 성숙해진다. 성공한 사람들은 모두 실패의 경험담을 가지고 있다. 산이 높고 험할수록 정상에 올랐을 때 누리는 기쁨은 말할 수 없이 크다. 영국의 수상을 지낸 윈스턴 처칠Winston Churchill은 1941년 모교 졸업식에서 다음과 같은 명연설을 했다. "여러분, 절대 포기하지 마십시오. 절대로 포기하지 마십시오. 절대, 절대, 절대 포기하지 마십시오." 성공이라는 월계관을 쓰기 위해서는 절대 포기하지 않는 집념과 도전 정신이 필요하다는 것을 강조하기 위해 "포기하지 마라."는 말을 여러 번 반복했다. 아무런 열정 없이 하루하루를 헛되이 보내며, 작은 난관에도 무너지고 포기하는 일 없이 지칠 줄 모르는 도전정신을 보여야 한다. 실패하더라도 실패를 통해 귀중한 교훈을 얻고 계속 일어나 전진해야 한다. 하지만 생각보다 실제 행동으로 옮기기는 쉽지 않다. 실수를 저지르거나 실패 했을 때 다시 시도해 보는 사람보다는 좌절하는 사람이 훨씬 많다. 심리학자들에 따르면 우리 뇌는 긍정적인 심리기제 보다는 부정적인 생각을 많이 갖고 있다고 한다. 나아가 실패가 반복 될 때는 '학습된 무기력'이 더 심화된다고 한다.

평생직장이 아니라 평생직업을 구해라

위험에 처했을 때 절대로 도망치지 마라. 그러면 오히려 위험이 배로 늘어난다. 그러나 도망
치지 않고 결연하게 맞선다면, 그 위험은 절반으로 줄어들 것이다. 어떤 일이 위험에 처하거
든 절대로 도망쳐서는 안 된다.

— 윈스턴 처칠

　　2012년 10월의 마지막 일요일. 나는 공인중개사 시험을 보기
위해 청주의 한 고등학교 교실에 앉아 있었다. 1년 전인 40대 후
반 무렵 직장을 퇴사하고 새로운 꿈을 꾸기 시작했다. 옛날에 잠
깐 몸담았던 부동산중개업을 다시 해봐야겠다는 생각을 했다. 공
인중개사 시험은 수학능력시험 다음으로 많은 인원이 응시하는
국가고시다. 예전에는 주로 나이 든 사람들이 노후 대비용으로 따
놓는 국민 자격증이라고 했지만 지금은 응시생들의 연령대가 계
속 하락하는 추세다. 그동안 시험을 준비하면서 술도 끊고 만나던
지인들 하고도 담을 쌓고 살았다.

　　시험을 치르고 약 1개월 후 합격 통보를 받았다. 이듬해인
2013년 자영업의 길로 들어섰다. 이제 직장에서 일만 잘해서 인

정받는 시대는 지나갔다. 과거에는 한 직장에서 정년퇴직할 때까지 오롯이 한길만 파는 것을 자랑스럽게 생각하던 시절이 있었다. 또 그것이 사회의 미덕인 때도 있었다. 그러나 지금은 시대가 변했고, 세상이 변하고 있다. '평생직장'이 아니라 '평생 일자리'로 바뀌고 있다. 학교를 졸업하고 정년퇴직할 때까지 서너 번 직장을 옮기는 사람들도 적지 않다. 직장의 꽃이라는 임원에 올랐더라도 정년까지 보장되는 것은 아니다.

산 정상에 빨리 올랐다고 해서 정상에 마냥 머물러 있을 수만은 없다. 언젠가는 다시 하산해서 가정으로 복귀해야만 한다. 또한 의료기술의 발전과 삶의 변화로 우리의 평균수명은 100세 시대로 가고 있다. 안정적으로 정년을 채워 퇴직을 하더라도 길게는 족히 20~30년 동안의 일거리는 찾아야 한다. 경제적인 이유에서든, 무료한 삶을 벗어나기 위해서든 말이다. 무언가 일거리를 찾아야만 한다. 아무 준비 없이 은퇴한 후 쓰나미처럼 덮치는 환경의 변화와 경제적인 어려움, 시간의 여유로움을 어떻게 보낼 것인지는 전적으로 본인의 의지에 달렸다. 은퇴 이후 새로운 경험을 찾는다는 것은 큰 용기와 결단력이 필요하다. 인간은 나이가 들수록 보수적으로 변한다. 본인이 갖고 있는 편견, 선입견, 고정관념에 빠져 이미 고착화되고 익숙한 라이프스타일을 벗어나는 데에 두려움을 가지고 있을 것이다.

"떠난다는 것은 포기하는 것이 아니다. 계속 움직이는 것이다. 인생의 여정에서 멈추는 것이 아니라 더 나은 방향으로 한 걸음을 내딛는 것이다. 직장이든 습관이든 버리고 떠난다는 것은 꿈을 실현할 수 있는 쪽으로 계속 움직이기 위한 방향 전환이다."

— 롤프 포츠, 『떠나고 싶을 때 떠나라』

롤프 포츠는 정원사와 영어강사를 지낸 이력을 가지고 있다. 그러나 그는 현실에 안주하지 않고 새로운 삶의 방식을 택했다. 그는 많은 사람들에게 말한다. 자신이 떠나고 싶을 때 떠나라고, 스스로가 만든 틀에 갇혀 살지 말라고 말이다. 우리는 직장 생활 틈틈이 짬을 내서 지금 하는 업무나 본인이 관심 있어 하는 분야에 대해 준비하고 대비해야 한다. 이것은 하루아침에 이룰 수도 없는 것이다. 꾸준한 준비가 있어야만 가능한 일이다. 그중에서도 틈틈이 책을 써볼 것을 권한다. 본인 이름 석 자가 인쇄된 책이 나오는 순간, 당신의 가치는 천당과 지옥을 오갈 것이다. 이제는 회사가 경영난에 봉착해서 구조조정을 하거나 권고사직을 받더라도 오히려 '위기는 기회'라는 생각을 가지고 미련 없이 떠날 수 있을 것이다.

지난 25년간, 나는 직장생활이라는 틀 속에서 갇혀 지냈다. 출근하면 상사의 눈치를 봐야했다. 직장 동료들과는 승진경쟁에 매달려야 했다. 하루하루를 그냥 흘려보내는 삶의 연속이었다. 주말만 손꼽아 기다리는 인생이었다. 다람쥐 쳇바퀴 같은 생활이 반복되었다. 우리는 과거에 얽매인 삶을 살아간다. 좋았던 그때 그 시절을 그리워하며 현재를 소홀히 한다. 그러나 지나간 과거를 생각해 봐야 아무 소용없다. 그 시절로 되돌아갈 수는 없다. 그냥 과거의 훈장이라고 생각하자. 우리 인생에서 젊은 시절은 두 번 다시 오지 않으며, 하루 동안에 아침이 두 번 오지 않는다. 지금 이 순간 헛되이 보내지 말고 최선을 다해야 한다. "거인의 어깨에 올라서서 더 넓은 세상을 바라보라"는 아이작 뉴턴의 말처럼 좁은 시야가 아닌 넓은 시야를 가지고 세상을 바라보는 안목을 가져야 한다.

우리 주위에는 '소상공인'이라 불리는 분들이 있다. 소상공인은 소기업 중에서도 규모가 특히 작은 기업이라든지, 생업적 업종을 영위하는 자영업자들을 말한다. 상시 근로자 5인 미만의 종업원을 두고 음식점을 경영하거나, 상시 근로자 10인 미만의 제조업 등을 말한다. 이와 같은 소규모 사업체는 2016년 기준으로 우리나라 총 사업체의 85%인 300만 개에 달하며, 여기에서 일하는 근로자는 무려 600만 명이 넘는다고 한다.

40~50대에 직장에서 명퇴하거나 정년 후 직장을 나와서 우리가 흔히 생각 하는 게 자영업이다. 현재 대한민국은 자영업 천지라고 할 정도로 포화상태다. 한 집 건너 한 집 꼴로 치킨집, 커피숍, 편의점, 식당들이 즐비하다. 새벽부터 밤늦게까지 아등바등해서 버는 수입의 대부분은 직원 급여, 건물 임대료, 원재료비 등

으로 빠져 나간다. 거기다 장사가 잘 되면 잘되는 대로 안 되면 안 되는 대로 세금, 공과금, 신용카드 수수료 등의 명목으로 꼬박꼬박 빠져 나간다. 최근의 통계를 보면 창업해서 5년을 버티는 곳은 10곳 중 3곳에 불과하다고 한다.

한국고용정보원이 최근에 발표한 '4차 산업혁명 미래 일자리 전망 보고서'에 따라 앞으로 수 년 안에 없어질 직업을 살펴보면 대기업과 함께 졸업생들의 선호도가 높았던 은행이 1위에 포함되었다. 과거 고객과의 대면 서비스가 필요했던 금융권의 일자리가 자동화기기 설치, 인터넷 뱅킹 활성화, 인터넷 전문은행의 출현 등으로 갈수록 인원을 감축하고 있는 추세다. 기존 점포는 고객 투자 자문을 위한 상담 창구로 역할이 축소되며 유동인구가 많은 도로변은 무인점포로 대체되고 있다.

5대 시중 은행 점포 수는 2012년 5300여 개에서 2017년에는 4700여 개로 줄었다고 한다. 미국은 2015년 260만 명인 은행원이 2025년까지 180만 명으로 줄어들 것으로 예상했다. 반복되는 고객의 질문에 대해 정형화된 답변을 내놓아야 하는 감정노동자라 불리는 콜 센터 직원들도 인공지능으로 대체되고 있다. 매일 동일한 제품을 생산하는 단순 생산·제조업도 자동화와 대량생산, 인공지능으로 점차 사라질 직업에 포함됐다. 단순히 환자의 상태를 진단해주는 진단의사나 계산원등도 이에 포함된다. 사라질 직업이 있으면 새로 생겨나는 직업도 무수히 많을 것이다. 새로 생겨날 직업들은 주로 인공지능^{AI}·사물인터넷^{IoT}·빅 데이터·생명공학 등 첨단기술의 확산으로 해당 분야의 일자리가 늘어날 것으로 예상된다.

우리는 자의든 타의든 직장에서 그만 둘 수 있다는 가능성을 항시 열어둔 채 미래에 대한 대비를 해야만 한다. 미래를 대비하는 사람과 막상 닥쳐서 허둥지둥 되는 사람과는 천지 차이다. 직장에 있을 때 제2의 인생을 미리 설계하고 준비해야 한다. 퇴직 후 어떤 일을 할 것인가를 미리 고민해야 한다. 최소한 3년 이상의 준비기간이 필요하다. 퇴근 후와 주말을 자기계발에 투자해야만 한다. 자기계발의 목적이나 방법은 개인에 따라 천양지차다. 그러나 어떤 목적과 의도를 가지고 있든 독서는 꼭 병행하기를 권한다. 독서는 여행이다. 과거와 미래를 넘나드는 추억 여행이고 상상여행이다. 우리의 오감을 자극하고 삶의 활력을 불어넣어 준다. 책은 우리가 외롭고 힘들 때 위로와 격려를 해주는 친구이자 스승이며, 고통과 시련을 겪을 때 맞서 싸울 수 있는 지혜와 용기를 불어 넣어 주는 소중한 존재다. 책을 가까이 하는 사람은 행복하다.

2002년 한·일 월드컵 당시 '꿈☆은 이루어진다고 했다.' 모든 걸 소망하고 노력하면 우리의 꿈은 이루어진다. 꿈이 상상이 되고 상상은 현실이 된다.

"쉬운 길, 편안한 길로 가는 사람은 성공의 묘미를 못 느낀다. 어려움 없이 성취되는 것은 하나도 없다." 노먼 빈센트 필^{목사·작가}의 말을 명심하자. 쉬운 길, 편안한 길을 버리고 일부러 어려운 길을 가자. 어려움을 헤쳐 나갈수록 보람과 성취를 맛볼 것이다.

늘어난 기대수명, 갈수록 빨라지는 은퇴 시기, 주52시간 근로제 시행 등으로 평생직장의 개념은 더욱더 사라져 가고 있다. 누구라도, 언제라도 제2의 인생을 시작할 준비를 해야만 한다. 자기 위치에 불안해하는 직장인들이 늘고 있으며 두 번째 직업에 도전하는 사람들이 늘고 있다. 본인의 전문 분야가 아닌 전혀 새로운 길을 준비하고 있는 사람도 부지기수다. 현재보단 미래에 대한 절박감과 함께 4차 산업혁명 등 변화의 시대에 사회 트렌드에 맞는 일자리를 찾고 있다. 주말과 공휴일, 연차휴가 등을 최대한 활용해 시간을 아끼고 아낌없이 돈을 투자하며 꿈을 키워가고 있다.

인생은 유한하다. 주어진 시간은 생각처럼 길지 않다. 신은 인간에게 공평한 시간을 부여했다. 그러므로 시간을 헛되이 낭비해서는 안 된다. 인생에서 성공한 사람들은 자신들의 에너지를 최대로 끌어올린 사람들이다. 시간을 낭비하는 사람들은 대개 과거를 회상한다. 괴롭고 힘든 과거였다면 끊임없이 자책할 것이고, 찬란

했던 과거였다면 그 과거 속에서 머물고 싶을 것이다. 그러나 어떤 경우든 과거와는 작별을 고해야 한다. 그리고 현재에 충실해야 한다. 인생은 과거가 아닌 현재이며 미래이기 때문이다. 지금 당신이 마주하고 있는 현재는 과거에 당신이 꿈꿔왔던 '미래'이다. 현재에 충실한다는 것은 현재를 소중하게 생각하는 것이다. 바로 이 순간을 위해 노력하면서 미래를 꿈꾼다는 것을 의미한다.

스스로를 벼랑 끝에 세워라 🖉

불행과 재난에 쫓겨 더 이상 피할 수 없는 막다른 곳까지 몰리게 되면, 인간은 그것을 극복
할 수 있는 힘을 얻게 된다. 인간에게는 자기 스스로조차도 놀랄 정도의 강력한 지혜와 능력
이 숨어 있는 것이다. 다만 우리가 그것을 알아차리지 못하고 있을 뿐이다.

– 데일 카네기

2018년 러시아 월드컵에서 국제축구연맹 세계 랭킹 57위인 한국이 1위팀 독일을 조별 리그 마지막 경기에서 2-0으로 완파한 놀라운 기적이 일어났다. 독일과의 이 마지막 경기에서 비기거나 패하면 탈락하는 절체절명의 순간이었다. 물론 이기더라도 복잡한 경우의 수를 따져야 되는 그러한 경기였다. 미국의 한 스포츠 매체는 한국이 16강에 올라설 가능성을 1%로 점쳤다. 사실상 불가능에 가깝다는 의미다. 유럽 최대 배팅 사이트도 한국이 승리할 경우 12.5배의 배당을 독일의 승리에 1.2배의 배당을 책정했다. 한국이 승리할 것이라고 1만 원을 걸면 12만 5000원을 가져가고, 독일이 승리할 것이라고 1만 원을 걸면 1만 2000원을 가져가는 비대칭 게임이었다. 그러나 우리 선수들은 모두의 예상을

뒤엎고 전차군단 독일을 침몰시켰다. 이는 죽기 살기를 각오한 집념의 선수들이 만들어낸 한 편의 영화 같았다. 독일전에서 한국 선수들은 멕시코전 때보다 19km나 많은 118km를 뛰었고 독일보다도 3km를 더 뛰었다고 한다. 디펜딩 챔피언 독일도 악바리처럼 달려드는 우리 선수들을 당해내지는 못했다.

독일전에서 선제골을 터뜨린 김영권28은 "월드컵에서 이순신 장군의 좌우명座右銘인 필사즉생必死則生·반드시 죽고자 싸우면 그것이 곧 사는 길 정신이 없었다면 힘들었을 것"이라고 했다. 선수들 모두 이런 절박한 심정으로 그라운드를 뛰어 다녔다고 한다. 선수들은 그라운드에 쓰러지더라도 여한 없는 경기를 펼치자고 서로 격려하며 투혼을 불살랐다. 비록 우리 선수들이 16강에 오르지는 못했지만 모든 국민들을 하나로 똘똘 뭉치게 한 원동력이 되었다. 사람이 살아가면서 일어나는 모든 일의 성패는 운에 달려 있는 것이지 노력에 달려 있는 것이 아니라는 운칠기삼운이 7할이고, 노력이 3할이 통했다면 16강에 오를 수 있는 경우의 수도 있었다. 그러나 이와 정반대로 쉬지 않고 꾸준하게 한 가지 일만 열심히 하면 마침내 큰일을 이룰 수 있음을 비유한 우공이산愚公移山을 기억하고 매사에 최선을 다하는 삶의 태도를 가져야 한다. "하늘은 스스로 돕는 자를 돕는다."라는 속담이 있다. 매사에 최선을 다하고 노력할 때에야 비로소 하늘도 감동하여 목표가 성취되도록 돕는다는 말이다.

"어떤 분야에서든 유능해지고 성공하기 위해선 세 가지가 필요하다. 타고난 천성과 공부, 그리고 부단한 노력이 그것이다." 헨리 워드 비처의 말처럼 어떤 일이든 세상에서 그냥 얻어지는 일은 없다. 당신이 어떤 생각을 가지고 어떤 노력을 했느냐에 따라 결과가 달라지는것이다. 성공에 대한 성패는 오로지 당신에게 달려 있다. 성공은 당신에게 그냥 다가오는 것이 아니다. 당신이 평소에 성공에 대한 씨를 뿌리고 노력을 해야만 다가오는 것이다. 성공에 대한 체계적인 준비와 실행만이 성공의 문은 열리게 될 것이다. 앙드레 말로는 "오랫동안 꿈을 그리는 사람은 마침내 그 꿈을 닮아간다"라고 했다. 보려고 해야 보이고, 찾으려고 해야 찾게 된다. 자기만의 길을 찾겠다는 끈을 놓지 말자. 생각의 끈을 놓지만 않으면 결국 찾게 되고 이루게 된다.

베트남 전쟁에서 8년간 포로로 잡혔다가 살아 돌아온 미군 장교 스톡데일의 이야기를 떠올리면 쉽게 이해할 수 있다. 스톡데일은 "수용소에서 살아남은 사람들은 낙관주의자가 아니라 현실주의자였다"라고 말했다. '곧 나갈 것'이라는 근거 없는 희망만 품은 포로들은 좌절감과 상심 속에서 죽어갔지만, 곧 나가지는 못해도 희망을 갖고 필요한 일을 차근차근 준비한 현실주의자들은 살아남았다는 것이다.

'주역' 계사편에 이러한 내용이 있다. '궁하면 변해야 하고, 변하면 통하게 되고, 통하면 오래 간다窮卽變 變卽通 通卽久.' 어려운 상황에 처하면 이를 돌파하기 위한 대안을 찾으려 노력하게 되고 이 과정에서 해결책이 나온다는 말이다. 나의 인생 전반기는 희로애락이 부침하는 시절이었다. 이제 인생 2막을 맞아 나는 새로운 변신을 꾀하고 있다.

나는 지금 부동산 중개업에 종사 하고 있다. 하루 평균 6시간 정도의 수면시간과 식사 등 인간으로서 기본적으로 해야 될 시간을 빼고 오롯이 독서에 투자한다. 물론 사무실에 손님도 방문하고 부동산 업무를 하다보면 서너 시간 정도는 직업적인 일에 시간을 소비한다. 나머지 시간은 오롯이 나만을 위한 시간으로 확보할 수 있다. 나는 사무실에서 8개 신문을 구독한다. 사무실에는 약 1000여 권의 책이 있다. 나는 1분 1초도 시간을 허투루 쓰지 말자는 생각에 오롯이 독서와 신문정독 및 스크랩, 집필 등으로 하루하루를 보낸다. 지난 50여 년의 시간을 허송세월 했다는 자괴감에 남은 인생은 더욱더 열심히 살아야겠다는 절박감에 빠져있다. 내가 그동안 경험했던 사회생활이 모두 화려했던 것은 아니다. 때로는 성공자라는 말도 들었지만, 때로는 실패자라는 소리도 들었다. 그러나 나는 이에 굴하지 않았다. 오히려 이것들은 오늘의 나를 있게 한 자양분이었다. 남들과 똑같이 먹고 마시고 놀고 해서는 성공적인 삶을 살 수 없다. '성공이란 무엇인가?' 라는 질문에 대해 정해진 답은 없다. 그러나 보편타당한 관념에서 누구나 고개를 끄덕이는 말은 있다. 나의 삶이 성공했다고 단언할 수는 없다. 그러나 나는 그동안 성공을 위해서 구체적인 목표를 세우고 끊임없이 성공을 꿈꾸며, 그것을 이루기 위해 부단히 노력해 왔다고 자부한다.

우리의 삶이 현실에 안주한다면 앞으로 나아갈 수 없다. 어떠한 위험을 감수하더라도 기꺼이 도전해 보겠다는 모험정신이 있어야 한다. 과거와는 다른 삶을 살고 싶다면 모험을 두려워해서는 안 된다. 우리는 매순간 선택의 기로에 서게 된다. 본인의 선택이 옳은 선택이었는지 그 순간은 알 수 없다. 그것이 어떤 결과를 낳을지는 아무도 예측하거나 장담할 수 없다. 그것의 결과물을 확인하는 데는 일정한 시간을 필요로 한다. 맛있는 밥을 먹기 위해서는 적당한 가열시간과 뜸을 들이는 시간이 필요하다. 우리는 실패를 두려워하거나 주저해서는 안 된다. 우리의 일생에서 시련은 누구에게나 다가오며 실패는 누구나 겪게 되는 통과의례다. 시련이나 실패는 사람에 따라 크기만 다를 뿐 수시로 예고 없이 찾아온다. 피할 수 있다면 피하고 싶은 게 사람의 마음이다. 그러나 우리는 이러한 시련을 즐겨야 한다. 어떤 사람은 시련을 고통으로 느끼는 반면 어떤 사람은 시련을 오히려 긍정적인 에너지로 생각하는 사람이 있다. 부정적인 사람은 시련이 앞에 닥치면 자괴감에 빠지고 불평불만을 다른 사람들에게 전가하는 경향이 있다. '내가 잘 되면 창밖을 보고 내가 안 되면 거울을 보라'는 말이 있다. 내가 잘 된 것은 주변 사람들의 덕분이고, 내가 안 되는 것은 나의 잘못이니 남을 탓하지 말고 거울을 보고 반성하라는 의미다. 우리는 잘 되면 본인 탓, 안 되면 조상 탓, 남 탓을 하는 경향이 있다. 그런 생각으로는 인생의 발전을 기대할 수 없다. 긍정적인 사람은 실패 나 시련의 원인을 본인 자신에게서 찾고 해결하려 노력한다. 쇠는 담금질을 하면 할수록 더욱더 강해지는 법이다. 시련을 걸림돌이 아닌 디딤돌로 생각해야 한다.

우리가 타고난 환경은 바꿀 수는 없다. 태어날 때부터 정해진 운명의 틀어느 집에서 태어날지, 어떤 부모와 형제를 만나게 될지, 어떤 나라에 태어 날지 등을 선택할 권리는 우리에게 없다. '왜 이렇게 가난한 집에서 태어난 거야'라고 자기의 운명을 한탄할 수는 있지만, 이것을 운 명으로 받아들여야 한다. 우리가 역경을 일부러 만들거나 조장할 필요는 없다. 그러나 그러한 역경을 순순히 받아들이고 헤쳐나간 다면 그것을 극복해 가는 힘을 갖게 될 것이다.

우리는 인생을 살아가면서 어떠한 고난과 시련을 만나더라도 맞설 수 있는 용기와 준비가 필요하다. 배를 타고 가다 거친 파도 에 직면한다 해도 맞서 싸울 수 있는 용기와 심한 풍랑을 만나 표 류 한다 해도 견뎌 나갈 수 있는 충분한 음식과 구명보트와 조끼 도 준비해야 한다. 우리의 생각이 말이 되고, 말이 행동이 되고, 행동이 습관이 된다. 결국 우리가 어떤 생각을 가지고 어떤 행동 을 하느냐에 따라서 우리의 미래는 달라진다. 어제와 똑같은 생각 과 행동을 하면서 다른 내일을 기대할 수는 없다.

책을 쓰려고 마음을 먹었다면 책을 쓰기 전의 당신과 현재의 당신은 마음가짐부터 달라져 있어야 한다. 집필하는 기간만큼은 기존에 즐겼던 안락함과 편안함을 줄이거나 포기해야 한다. 잠을 줄이고, 친구와의 약속 횟수를 줄이고, 연인과의 데이트 시간을 줄여야 한다. 직장인이라면 하루 종일 쌓였던 스트레스를 풀기위해서 동료와의 술자리도 분명 있을 것이다. 이러한 시간과 횟수도 줄여야 한다. 어린아이를 키우는 부모라면 마음은 아파도 아이들과 놀아주는 시간을 줄여야만 한다. 남들과 똑같이 해서는 앞으로 나아갈 수 없고 기존의 안락함에서 벗어나지 못하면 발전할 수 없다. 책 쓰기를 모든 일의 우선순위로 두고 행동하는 것이 가장 중요하다.

책 쓰기,
인생이
달라졌다

Chapter
2

하루 30분 독서의 힘 ✏️

"글을 읽는 것은 낭비하는 것이 아니라 만 배나 되는 이익을 가져다준다."

— 왕안석「권학문」중에서.

"하루 30분의 독서, 당신의 운명이 바뀔 수 있습니다." 내가 지인들이나 주위 사람들에게 자주 해주는 말이다. 우리는 모두 행복한 가정과 사회생활을 이루기를 소망한다. 많은 사람들이 부와 명예와 행복을 얻고 싶어 한다. 그러나 부와 명예나 행복은 저절로 이루어지지 않는다. 우리는 각 분야에서 리더Leader가 되기를 소망한다. 그러나 리더는 하루아침에 이루어지지 않는다. 리더Leader를 소망하는 사람은 먼저 리더Reader가 돼야 한다. 물론 소위 얘기하는 금수저들은 부모로부터 부와 명예를 한 번에 물려받을 수 있겠지만 그렇게 받은 리더의 자리는 오래 머물 수 없다. 본인이 만들고 쌓아 나가야만 한다. 리더로서의 풍부한 지식과 경험이 축적되어야 한다. 타인을 이끌 수 있는 지혜가 있어야 한다. 경험은 우리가 몸소 체험하는 직접 경험도 있지만 타인이나 책을 통해서 얻는 간접경험도 있다. 이러한 리더가 되기 위해서는 다독多讀을 해야 한다. 다양한 장르의 책을 두루 섭렵해야만 하기 때문에 다른 사람보다 더 많은 시간을 독서에 투자해야 한다. 하루 3시간씩 독서를 하면 한 달에 12권의 책을 읽을 수 있고, 1년이면 약 140여 권, 10년이면 1000권 이상의 책을 읽을 수 있다. '10년이면 강산도 변한다'는 속담이 있다. 이 말은 '어떤 상태나 상황도 오랜 시간이 지나면 각각의 모양이나 특성이 바뀐다' 라는 뜻이다. 이 정도의 책을 섭렵한 다독가라면 어떤 분야에 종사하건 성공할 수 있다고 확신한다. 결국 우리는 자신의 인생을 잘 이끌어 나가기 위해 독서를 해야 한다.

'건강한 신체에서 건강한 정신이 나온다'는 오래된 진리가 있다. 몸이 건강해야 즐겁고 밝게 생활할 수 있고 따라서 정신도 건강해진다는 의미로 쓰이는 말이다. 물론 육체적인 결함이나 장애가 있다고 해서 건강한 정신이 나오지 않는다는 뜻은 아니다. 미국의 루즈벨트 대통령은 어렸을 때 걸린 소아마비 때문에 환자용 휠체어를 타고 다녀야 했다. 세계적인 물리학자 스티븐 호킹 박사는 대학생 시절에 불치의 병으로 몸을 거의 움직이지 못하는 상태였다. 우리가 튼튼한 육체를 유지하기 위해서는 골고루 영양분을 섭취하듯이 건강한 정신을 유지하기 위해서는 마음의 양식을 쌓아야만 한다. 그러기 위해서는 틈틈이 책을 가까이 하는 습관을 들여야 한다. 우리가 책을 읽지 못하는 것은 평소에 책을 읽는 습관을 들이지 못했기 때문이다. 현대인들은 먹고 살기 힘들어 바쁘다는 이유로, 독서할 시간을 낼 수 없다고 한다. 그러나 찬찬히 그 사람이 하는 행동을 쫓아가보면 대부분의 사람들이 시간이 없다는 것은 하나의 핑계에 지나지 않는다는 생각을 해본다. 독서를 하기 위해 별도의 시간을 내라는 말은 아니다. 하루의 일상생활 중 자투리 시간을 활용하라는 것이다. 직장에 메어있든, 자영업을 하든, 집에만 있지 않는 한 누구나 출퇴근하는 시간이 있다. 점심을 먹고 나면 잠깐이라도 쉬는 시간을 낼 수 있다. 퇴근 후 잠자기 전까지의 여유 시간이 있을 것이다. 아침에 늦잠자지 말고 여유 있게 일어나 자투리 시간을 만들 수 있다. 직장동료나 친구들과의 만남 횟수를 줄이거나 시간을 단축해서 자투리 시간을 확보 할 수 있다.

　우리가 새로운 일에 뜻을 세우고 도전할 때 너무 무리한 목표를 세우면 작심삼일이 될 공산이 크다. 반면 매일 매일 조금씩이라도 할 수 있는 작은 목표부터 실천한다면 재미가 생겨 꾸준히 실천할 수 있고 새로운 습관을 내 것으로 만들 수도 있다. 날마다 실천하는 활동이 지나치게 부담이 되면 오랫동안 이끌어 갈 수 없다. 무리하게 하다가 작심삼일로 끝내기 보다는 날마다 꾸준하게 실천하는 습관이 성공으로 이끌어갈 확률이 높다. 처음에는 눈에 띄는 어떤 성과를 기대하지 말고 습관이 내 몸에 정착될 때까지 꾸준하게 지속할 수 있는 힘을 기르자.

독서도 마찬가지다. 평소에 습관도 들지 않았는데 무리하게 읽다 보면 온몸이 쑤시고 눈도 아프고 금세 지치기 마련이다. 자투리 시간을 이용해서 매일 30분씩이라도 독서를 시작한다면 날이 갈수록 독서하는 시간은 늘어날 것이다. '첫 술에 배부르랴'라는 속담이 있다. 너무 욕심내지 말고 쉬운 책부터 읽어 나가도록 하자. 평소에 책을 보는 습관이 들어있지 않다면 쉽고 재미난 책부터 시작하면 된다. 설령 만화책이라도 상관없다. 어떤 사람들은 만화책이라면 무조건 나쁘게만 생각하는 사람들이 있다. 그러나 책 읽는 습관을 들이는 일은 만화책부터 시작해도 나쁘지 않다. 조금씩이라도 매일같이 정해진 양을 채우다 보면 본인도 모르게 책 읽는 행위가 습관이 된다. 우리가 식후에 양치질 하는 것은 누가 시키지 않아도 그냥 본능적으로 의무적으로 자연스럽게 하게 된다. 독서도 마찬가지라고 생각한다. 매일 꾸준히 하다 보면 나도 모르게 자연스럽게 책을 집어 들고 활자를 눈으로 따라가는 습관이 생긴다. 그리고 무슨 일이든 스스로 즐겁게 해야 한다.

일전에 아는 후배가 나에게 독서 상담을 요청한 적이 있다. 평소에 책을 잘 읽지 않다가 마음먹고 독서를 시작하려고 하는 후배였다. 직장 일 때문에 독서할 시간도 내기가 쉽지 않지만 더 괴로운 건 책을 읽고 싶어도 직원들 눈치가 보인다는 것이다. 평소에 책을 안 읽다 읽으려니 새삼스럽게 무슨 책이냐며 상사가 핀잔을 주더란다. 그 이후로는 주위의 시선 때문에 책 읽기가 쉽지 않다고 한다. 이 후배에게 칸트의 말을 해주고 격려의 말을 불어 넣어 주었던 기억이 난다.

"대기가 없다면 새들이 더욱 빠르고 쉽게 날 수 있을 것이라고 생각할지도 모른다. 하지만 대기가 사라진 하늘을 날아야 한다면 새들은 그대로 땅에 떨어지고 말 것이다. 비행을 방해하는 공기가 모든 비행을 가능하게 하고 있는 것이다."

'대기가 없다면 새가 날 수 없듯'이 주위의 시선이나 편견을 부담스럽거나 부끄러워하지 말고 독서하는 것을 오히려 자랑스럽고 당당하게 생각하라고 격려해 주었다. 이 말을 되새기며 그 후배는 직장에서의 독서를 생활화하게 되었다고 한다.

공자의 논어, 옹야 편에 보면 "아는 자는 좋아하는 자만 못하고 좋아하는 자는 즐기는 자만 못하다知之者 不如好之者 好之者 不如樂之者." 라고 했다. 이 말은 아는 것보다는 즐기는 것이 중요하다. 어떤 일이든 즐겁게 하는 자는 당할 수가 없다는 의미다. 스스로 즐겁지 않으면 지속할 수 없다. 의무감에 독서를 하다보면 금세 지치고 포기하기 마련이다. 처음에 의욕을 가지고 시작했는데 작심삼일이 되고 만다. 독서가 의무적으로 해야 하는 과제나 숙제가 돼서는 안 된다. 매일매일 즐기는 오락이나 놀이처럼 기다려지고 설레는 독서가 돼야 한다. "나는 독서할 시간 때문에 다른 일을 할 시간이 없다." 보나파르트 나폴레옹이 한 이 명언을 곱씹어 보자. 독서는 시간의 문제가 아니다. 우리가 부여받은 하루 24시간 중 무엇을 우선순위에 놓느냐의 문제이다. 더 이상 시간이 없다는 핑계로 자신을 가두지 말고 하루를 쪼개서 독서를 최우선 순위에 두고 즐겨야한다. 그러다 보면 독서가 어느덧 나의 연인이 되고, 친구가 되고, 스승이 된다.

책은 우리에게 세상을 열어주는 출구다. 인종과 국경을 넘어 세상을 이어주는 가교 역할을 한다. 책이라는 타임머신을 타고 시간여행을 통해 아주 오래전의 사람도 만날 수 있다. 지구 반대편에 있는 이름 모를 국가의 사람들도 만날 수 있다. 책은 나와 저자가 만나는 만남의 장이며 허심탄회한 대화를 할 수 있는 공간이다. 책은 경제발전의 원천일 뿐 아니라 그 나라 국가경쟁력을 측정할 수 있는 지표다. '독서는 이제 시간이 나면 해야 되는 선택사항'에서 '시간을 별도로 내서 꼭 해야 하는 필수사항'이 되었다. 다양한 장르의 책을 통해 개인의 창의력과 상상력이 자연스럽게 커나간다. 이런 개인의 능력은 기업과 사회에 영향을 끼치며 국가경쟁력 강화로 이어진다. 요 사이 회사차원에서 독서경영을 통해 개인과 기업의 발전을 위해 노력하는 기업들이 늘고 있어 반가운 사회현상이라고 할 수 있다. 독서와 개인의 창의력과 경쟁력은 높은 상관관계를 보인다. 또한 독서는 기업 경쟁력과 기업가정신 등과도 밀접한 관련이 있다.

나는 다양한 종류의 신문을 구독한다. 고등학생 때부터 신문을 즐겨 읽었다. 그리고 사무실에는 다양한 장르의 책들을 구비하고 있다. 뷔페에 가서 다양한 종류의 음식을 보면 입에 침이 고이며 식욕이 당기듯이, 다양한 장르의 책들은 읽고 싶은 마음이 저절로 생기도록 해준다.

주위에 친한 형님이 한 분 계신다. 이 분은 책하고는 담을 쌓고 사시는 분이다. 틈나는 대로 음주가무에 취해 있는 분이다. 일주일에 서너 번은 우리 사무실에 오신다. 사무실에 올 때마다 내가 신문이나 책을 읽고 있는 모습을 보시고, 본인도 신문을 보기 시작했다. 처음에는 흥미 있는 기사거리나 스포츠, 연예 관련 기사를 주로 읽었다. 그러다 읽는 습관이 몸에 밴 모양이다. 나중엔 신문뿐만 아니라 본인이 흥미 있는 책도 제법 읽기 시작하신다. 하루에 한 시간 정도는 책을 읽는다고 한다. 독서를 하다 보니 자연히 술 먹는 시간도 줄어들었다고, 이제는 술 먹는 돈을 아껴 책을 사서 본다고 한다.

책은 술과 비슷하다는 말이 있다. 우리가 술에 빠져들면 계속 술을 먹고 싶은 마음이 들듯이 책에 한번 빠져들면 계속 읽고 싶은 마음이 생긴다. 지금은 한 달에 서너 권은 읽으신다고 한다. 책을 읽고 나서부터 일상생활에도 여러 가지 긍정적인 변화가 생겼다고 한다. 부부관계가 더 좋아졌다고, 예전에는 조그만 일에도 화를 자주 냈었는데 이제는 사람을 대하는 마음이 관대하고 너그러워졌다고 한다. 성격도 밝아지고, 항상 유머를 잃지 않고 긍정적으로 사신다고 한다. 이 모든 것이 독서의 힘이라고 생각하니 대단하다는 생각이 든다. 이와 같이 독서는 남녀노소 누구나 즐길 수 있는 오락이자 삶의 원천이다. 책은 읽을수록 지식이 쌓인다. 지식이 많아진다는 것은 그만큼 많아진 지식을 활용해서 삶의 변화를 꾀할 수 있다. 아는 것이 많아질수록 더 많은 호기심이 생기고 더 많은 것을 알고 싶다는 욕구가 생긴다. 바깥세상을 구경한 적 없는 우물 안에 있는 개구리는 자신이 사는 곳이 최고라고 자랑하며 살고 있다. 독서하지 않고 하루하루 보내는 인생은 우물 안의 개구리와 다를 바 없다. 우물 안의 개구리는 자기만의 세상에 갇혀서 세상 넓은 곳의 풍경을 볼 수 없다. 우물 안을 떠나야 한다. 세상을 바라봐야 한다.

매일의 독서 습관이 사람을 근본적으로 변화시킨다. 인간을 포함한 모든 것을 지배하는 초인간적인 힘을 우리는 보통 '운명'이라고 한다. 운명은 우리가 바꾸고 싶다고 바꾸는 것이 아니다. 그러나 사람은 자신의 습관을 결정하고 바꿀 수 있다. 그 습관을 바꾸면 습관이 운명이 된다. 같은 시간이나 상황에서 동일한 행동을 15일 정도 반복하면 습관이 생긴다고 한다. 독서를 습관화하고 또 이를 행동으로 실천해야 한다. 한 권의 책을 읽었다면 그 안에서 최소 한 가지 이상의 깨달음을 얻어야 한다. 깨달음을 얻었다면 반드시 실천해야 한다. 머릿속에서만 가지고 있는 죽어있는 독서가 아니라 실천할 수 있는 실천력을 길러야 한다. 실천하지 않는 독서는 과거와 같은 굴레에서 벗어날 수 없다는 것을 명심해야한다. 《1천권 독서법》의 저자인 전안나 작가의 독서법 및 독서기술에 대해 들어보자.

〈독서법 및 독서기술〉
– 『1천권 독서법』, 전안나

1. 차일피일 미루지 말고 오늘부터 바로 시작해라!
2. 멈추었다가도 다시 시작해라! 우리는 어떤 결심을 하고 작심삼일에 그치는 경우가 많다. 그러나 작심삼일도 쌓이다 보면 한 달이되고 두 달이 된다. 작심삼일이라도 괜찮다. 독서를 하겠다는 마음이 중요하다.
3. 독서를 습관화 하자! 독서할 수 있는 분위기와 환경을 만들자. 벨이나 문자가 오지 않았는데도 무심코 만지작거리는 핸드폰, 집에가면 습관처럼 대하는 TV등을 멀리하고 책을 가까이 하자.

독서와 집필의 대가를 만나다 🖉

"남의 책을 많이 읽어라. 남이 고생하여 얻은 지식을 아주 쉽게 내 것으로 만들 수 있고, 그 것으로 자기 발전을 이룰 수 있다."

- 소크라테스

　책을 잠시도 손에서 놓지 않고 책 읽기를 생활화 했던 독서의 대가들은 동서양을 막론하고 부지기수다. 학문, 국방, 문화, 예술 등 국정 전반에 걸쳐 위대한 업적을 남긴 조선의 성군으로 꼽히는 세종대왕은 책을 읽고 그대로 몸소 실천했던 분이다. 세종대왕은 어려서부터 독서와 공부를 즐겼다고 한다. 밤낮을 가리지 않고 책을 가까이 했으며 심지어 병이 나서 자리에 누워있는 중에도 책을 가까이 했다고 한다. 병이 점차 심해지자 아버지 태종은 내시를 시켜 처소에 있는 모든 책을 강제로 치우게 했다. 다행히 병풍 뒤에 있던 《구소수간》한 권을 발견하여 천백번을 읽었다고 한다. 이러한 세종의 독서 사랑에 대해 상왕 태종은 이렇게 말했다. "몹시 추울 때나 더울 때에도 밤새 글을 읽어, 나는 그 아이가 병이 날까 두려워 항상 밤에 글 읽는 것을 금하였다. 그런데도 나의 큰 책은 모두 청하여 가져갔다." 조선 초 학자 서거정은 세종의 독서 사랑에 대해 다음과 같은 말을 했다. "어떤 경전을 막론하고 능통했으며, 하루에 열람한 책이 수십 권에 이른다." 세자에서 왕으로 즉위한 후에도 책에 대한 사랑은 남달랐다. 밥을 먹을 때에도 책에서 눈을 떼지 않았으며 늦은 밤 처소에 들 때까지도 책을 손에서 놓지 않았다고 한다. 신하들과는 경연을 통해 정치 철학을 공유하고 국사를 논했다고 한다. 또한 책을 완벽하게 자신의 것으로 만들 때까지 반복해서 읽었다고 한다. 이것이 바로 백독백습百讀百習 독서법이다. 세자시절부터 한 번 읽고 쓸 때마다 '바를 정'자를 표시해 가며 백 번을 읽고 백 번을 썼다고 한다. 책 속에 있는 지식을 완전히 습득하기 위해 책 한 권을 100번씩 읽고 100번 써내려가는 과정을 거쳤다고 한다.

"책을 읽는 데는 여러 가지 방법이 있다. 세상에 크게 도움이 되지 않는 책은 구름 가듯, 물 흐르듯 읽어도 되지만, 백성이나 나라에 도움이 되는 책이라면 반드시 문단마다 이해하고 구절마다 탐구해 가면서 읽어야 하며, 한낮의 졸음이나 좇는 태도로 읽어서는 안 된다."

조선시대 500여 년을 통틀어 가장 뛰어난 최고의 학자라면 단연 다산 정약용 선생을 꼽는다. 그는 자연과학, 법률학, 행정학 등 모든 면에 다재다능했던 학자였다. 다산 정약용의 제자 황상의 글 속에 보면 '과골삼천踝骨三穿'이란 말이 나온다. 독서와 저술에 힘쓰다 '복사뼈에 세 번이나 구멍이 났다'고 하니 얼마나 열심히 책을 읽고 저술에 힘을 쏟았는지를 알 수 있다. 다산 정약용 선생은 다독多讀뿐만 아니라 다작多作으로도 유명하다. 다산은 40세부터 58세까지 유배 생활 18년 동안 500여 권의 책을 집필했다고 한다. 수많은 국보급 저술을 남긴 다산은 지금도 온 국민이 존경하는 최고의 학자로 꼽힌다. 다산에게는 그만의 세 가지 독서법이 있었다고 한다. 그것은 '정독精讀', '초서抄書', '질서疾書' 독서법이다. '정독 독서법'은 글을 아주 꼼꼼하고 세세하게 읽는 것으로 깊이 생각하면서 내용을 정밀하게 따져서 읽는 방법이다. '초서 독서법'은 책을 읽다가 중요한 구절이 나오면 이를 필사筆寫하는 것을 말한다. 이는 독서할 때 중요한 것은 따로 뽑아서 정리해 두고 나중에 필요할 때 쉽게 찾아보는 것을 말한다. 다산 정약용 선생이 가장 역점을 두어 강조했던 독서법이다. 다산은 이 독서법을 통해서 엄청난 양의 책을 쓸 수 있는 밑바탕으로 삼았다. '질서 독서법'은 메모하며 책을 읽는 방법을 말한다. 즉, 책을 읽다가 깨달은 것이 있으면 잊지 않기 위해 적어가며 읽는 것을 말한다.

"조선을 대표하는 독서광을 꼽으라면 '책만 읽는 바보간서치'라는 별칭이 붙은 이덕무1741~1793를 빼놓을 수 없다. 영조 17년에 태어나 정조 17년까지 활약한 조선 후기 문장가이다. 서얼 출

신으로 어릴 때부터 병약하고 가난해 정규 교육을 거의 받지 못
했으나 가학과 독서로 뛰어난 학식과 견문을 갖추게 되었다. 아
들 이광규는 아버지를 회고한 「선고부군유사先考府君遺事」란 글에
서 "한 권의 책을 얻으면 반드시 읽고 또 베껴 써서 잠시도 책을
놓지 않았다. 이렇게 섭렵한 책이 수만 권이 넘고 베껴 쓴 책도
거의 수백 권이 된다. 여행할 때도 반드시 수중에 책을 휴대하고,
심지어는 종이와 벼루, 먹과 종이를 싸 가지고 다녔다. 주막에서
나 배에서도 책을 놓지 않았으며, 기이한 말이나 이상한 소리를
들으면 듣는 즉시 기록하셨다"고 적고 있다.

— 정민, 『책벌레와 메모광』, 문학동네

일본 소프트뱅크 그룹의 대표이사 겸 CEO이자 일본 프로야구
소프트뱅크의 구단주는 손정의다. 손정의는 1957년 일본 사가현
도스 역 근처의 무허가 판자촌 마을에서 재일 한국인 3세로 태어
났다. 대구 출신의 할아버지가 일본에서 낳은 아버지의 4형제 가
운데 차남으로 태어났다. 아버지는 궂은일을 마다하지 않고 자식
들을 지극정성으로 키웠다. 손정의는 어린 시절 '조센징'이라는 온
갖 차별과 멸시 속에 성장했다. 일본에서 고등학교를 1년 만에 중
퇴하고, 미국으로 유학을 떠나 명문 캘리포니아 대학교 버클리 분
교에서 경제학과 컴퓨터 과학을 공부하면서 학업에 매진했다. 대
학시절 시간을 아끼려고 식사할 때도 오른손엔 책을 잡고 왼손엔
포크를 들었다고 한다. 손정의는 24세의 나이에 직원 2명과 함께

허름한 창고에서 회사를 설립하여 당대에 10조 엔 가까운 큰 부를 일궈낸 입지전적인 사업가다. 소프트뱅크를 설립하고 2년 만인 스물여섯 살 되던 해 중증 만성간염으로 3년간 병원에 입원하는 인생 위기를 맞았다. 병원에 입원할 당시 임신한 아내와 딸이 있었고, 10억 원의 빚을 지고 있었다고 한다. 그는 3년간 병원에 누워 투병을 하는 중에도 약 3000여 권의 다양한 책을 읽었다고 한다. "병원 침대에서 평생 먹고 살 지식을 얻었다"고 할 정도로 3년간의 독서는 소프트뱅크를 글로벌 기업으로 키우는 원동력이 되었다. 책을 읽고 의식과 사고 수준이 비약적으로 도약했다고 한다. 3년간의 집중 독서는 새로운 사업을 구상하고 발전시키는 데 큰 틀을 제시해 주었다. 무에서 시작해 세계적인 기업인 소프트뱅크를 건설한 그에게는 자신감과 열정, 방대한 독서라는 원동력이 있었고 결국 오늘날 일본 최고의 부자 손정의를 탄생시켰다.

"내 사전에 불가능이란 없다." 누구나 한 번쯤 들어봤을 명언이다. 프랑스의 외딴섬 코르시카에서 태어나 가난과 설움을 극복하며 군사학교를 졸업하고, 유럽을 호령하며 프랑스 문화 발전의 초석을 일구어낸 나폴레옹이다. 나폴레옹은 작고 왜소한 체격과 어려운 환경을 극복하고 많은 전쟁에서 승승장구하며 유럽을 정복한 위대한 전략가였다. 어린 시절 친구라고는 한 명도 없는 고독한 외톨이 신세를 독서를 통해 극복했고, 육군사관학교에 입학해서는 군인이 갖추어야 될 전술이나 포술 서적 등의 전문서적뿐

만 아니라 역사, 지리, 법률, 수학 등 다방면에 걸쳐 닥치는 대로
책을 읽어 나갔다. 전쟁 중에도 전속 사서와 별동대를 따로 두어
신간 서적을 전쟁터까지 가져갈 정도의 책 벌레였다. 그가 평생
동안 읽은 책은 약 8천여 권에 달한다고 한다. 지금 시대는 인쇄
술이 발달하고 문명이 발달해서 수많은 종류의 수많은 도서가 존
재하지만 책이 귀했던 그 당시에 8천여 권을 독파했다는 것은 상
상을 초월할 정도의 양이라고 할 수 있다.

한국을 대표하는 소설가를 뽑으라면 단연 조정래 작가를 빼놓
을 수 없다. 그의 대표작은 '태백산맥', '아리랑', '한강' 등 한국의
근현대사를 아우르는 대하소설이다. 총 판매부수 1천 500만 부를
기록하며 대중의 인기를 한 몸에 받은 작가다. 한국 문학의 거장
조정래 작가가 '삶 속에서 책이란 무엇인가'에 대해서 일간신문 기
자와 인터뷰한 기사를 인용해 본다.

"사람은 책을 만들고 책은 사람을 만든다"는 명언을 남기며 서
울 한복판 금싸라기 땅인 광화문 사옥 지하에 서점을 짓겠다는
사람이 있었다. 교보문고를 창립한 고故 신용호 회장이다. 그는
그룹 임직원들의 만류에도 불구하고 "서울에 한국을 대표하는 서
점 하나 있어야 하지 않겠냐"며 뜻을 굽히지 않았고 1981년 단일
층 면적 세계 최대 서점인 교보문고 광화문점을 개장했다. 우리
가 가진 자원이라고는 오직 사람밖에 없다는 신용호 회장의 인재

육성의 신념이 빚어낸 결과이다.

'교보문고에는 5가지 영업 지침'이 있다고 한다. 첫째, 모든 고객에게 친절하고 초등학생에게도 존댓말을 쓸 것. 둘째, 한곳에 오래 서서 책 읽는 것을 말리지 말고 그냥 둘 것. 셋째, 책을 이것 저것 빼 보기만 하고 안 사더라도 눈총 주지 말 것. 넷째, 앉아서 노트에 책을 베끼더라도 말리지 말고 둘 것, 다섯째, 책을 훔쳐도 도둑 취급해 망신 주지 말고 눈에 띄지 않는 곳에 가서 좋은 말로 타이를 것 등이다. 신용호 회장은 중학교 때 학교를 다니지 못할 정도로 집안형편은 어려웠고 건강도 좋지 못했다. 친구들은 중학교에 다니던 그때 그는 3년 동안 엄청난 양의 독서를 했다. 독서를 통해 그는 세계에서 유일하게 교육보험을 탄생시키고 문화강국을 주장한 것이다.

성균관대 공대를 졸업하고 삼성전자에서 10년 이상 개발연구원으로, 6시그마 전문가로, IT 전문가로 활동했다. 스타 연구원으로서 승진도 순조로웠고, 장래 역시 희망적이었다. 여기까지 읽다 보면 직장인으로서 엘리트 코스를 밟고 있는 듯이 보인다. 특별한 일이 없으면 정년까지는 갈 것이고 본인의 능력 여하에 따라 승진도 보장될 것이다. 그러나 그는 현실에 안주하지 않았다. 40대 초반이라는 나이에 과감히 직장을 나와 도서관에 틀어박혀 3년여에 걸쳐 만여 권의 책을 독파했다고 한다. 바로『48분 기적의 독서법』의 김병완 작가다. 보통 사람들은 1년에 서너 권도 읽기 어려운데 만 권이라니! 권수에 압도당할 수밖에 없다. 그러나 그보다도 더 가슴에 와 닿는 말을 들려주었다.

"하루도 빠짐없이 도서관에 출근하여 책을 읽었다. 말 그대로 목숨을 걸고 책을 읽었다. 심지어 어느 때는 엉덩이에 피가 나서 도서관 의자에 옷이 눌러 붙는 것도 모르고 책을 읽었다."

단기간에 읽은 책의 양에서도 놀랍지만 독서의 대가가 되기 위해서 어떠한 자세로 독서해야 하는가에 대해서 다시 한 번 생각하는 계기가 되었다.

"나 같은 직장인은 회사라는 나무를 통해 영양분을 공급받아 살아가야 하는 낙엽인 것이다. 생명력이 자체 공급되는 나무 본체가 아니면 아무 의미나 가치, 생명도 유지시킬 수 없는 낙엽과 매우 닮아 있다는 깨달음이었다."

현실에 안주하지 않고 끊임없이 자신을 채찍질하며 앞을 향해 나아가는 그의 이러한 자세를 통해 요즘 젊은이들을 되돌아본다. 공무원이 되고자 목숨 걸고 젊음을 투자하고 있는 우리의 젊은 세대가 다시 한 번 생각해 봐야할 말이다.

위의 사례에서 본 것처럼 독서와 집필의 대가들은 평생에 걸쳐 꾸준한 독서와 책 쓰기 습관을 유지해왔다. 습관은 매일 우리가 행하는 행동의 축적물이다. 우리가 어떤 습관을 들이느냐에 따라 좋은 습관이 되기도 하고 나쁜 습관이 되기도 한다. 우리는 어린 시절부터 식사를 한 후에 양치질하는 습관을 가지고 있다. 이러한 습관이 몸에 완전히 굳어 있기 때문에 누가 시키거나 강요하지 않아도 식사 후에는 스스로 양치질을 하는 것이다. 마찬가지로 독서라는 좋은 습관을 매일 조금씩 쌓아 간다면 누구든지 독서의 대가는 아니더라도 독서광이라는 타이틀은 획득할 수 있을 것이다. 독서라는 습관이 우리 생활에 녹아들기 때문이다. 요사이 생활습관과 식생활 변화 등으로 흔히 성인병이라고 일컫는 고혈압, 비만, 당뇨병 등이 사회 문제화 되고 있다. 이는 우리의 나쁜 습관들이 매일 습관적으로 조금씩 축적되어 나타난 결과이다.

인격을 뒷받침하는 최고의 버팀목은 어떤 경우에도 습관이다. 그 습관에 따라 의지력이 좋은 방향으로 움직이기도 하고 나쁜 방향으로 움직이기도 하는데 경우에 따라서 습관은 자비로운 지배자가 되기도 하고 잔혹한 독재자가 되기도 한다. 그러나 독서습관이나 꾸준함만 가지고서는 독서의 대가라는 타이틀을 획득하기가 쉽지 않다. 꾸준함과 더불어 많은 양의 독서와 고도의 집중력도 필요하다. 이지성 작가는 『리딩으로 리드하라』문학동네 에서 다음과 같은 말을 남겼다.

"가난한 사람은 독서로 부자가 되고, 부자는 독서로 귀하게 된다貧者因書富 富者因書貴"라는 당대 팔대가 중 한 명인 왕안석의 말처럼, 이 나라 대기업 CEO와 부자들은 책을 통해 그 자리에 올라간 것이며, 그리고 역사적인 위인들은 이들보다도 더 많은 양의 책을 통해 역사에 한 획을 그을 수 있는 자신으로 성장시켜 나갔다. 성공과 실패를 가르는 것은 천부적 재능이 아니라, 읽은 책의 양이다. 이 사실을 꼭 명심하여, 많은 책을 읽는 사람이 되어보자. 그렇게 하면 반드시 부자가 되고, 귀한 사람이 될 것이다."

― 『인격론』, 새뮤얼 스마일스Samuel Smiles

꾸준한 노력과 열정이 있어야 한다 ✏️

누구든 열정에 불타는 때가 있다. 어떤 사람은 30분 동안, 또 어떤 사람은 30일 동안, 인생에 성공하는 사람은 30년 동안 열정을 갖는다.

– 노만 빈센트 필

"노력은 수단이 아니라 그 자체가 목적이다. 노력하는 것 자체에 보람을 느낀다면 누구든지 인생의 마지막 시점에서 미소를 지을 수 있을 것이다." 톨스토이의 이 말은 노력의 중요성을 갈파한 말이다. 우리는 꾸준한 노력과 열정이 있는 삶을 살아가야 한다. 열정은 우리가 목표를 도달하는데 있어 큰 에너지이자 원동력이다. 그러나 열정보다 더 중요한 것은 그 열정을 얼마만큼 지속하느냐에 있다.

"나는 재능이라곤 눈곱만큼도 없고, 적성도 맞지 않는 첼리스트였다. 하지만 매일 스물네 시간씩 온 마음을 다해 첼로 공연을 했고, 사람들은 나를 첼로의 거장이라고 말했다. 숨이 다하는 날까지 나는 첼로를 켤 것이다." 여러분은 20세기 첼로의 거장 파블로 카잘스Pablo, Casals를 기억할 것이다. 어릴 때부터 피아노, 바이올린, 오르간을 배웠다. 11세 때 첼로의 매력에 빠져, 바르셀로나 시립 음악학교에 입학해서 이 악기의 공부에 몰두했다. 어린 시절 바하의 〈무반주 첼로 모음곡〉의 악보를 접하고자 10여 년에 걸쳐 이 작품의 연구에 매진하며, 후년에 전곡 연주라는 획기적인 위업을 달성했다. 멘델스존에 의한 〈마태 수난곡〉의 연주에도 필적하는 무반주 모음곡의 전곡 연주도 실현했다. 이와 같이 한 분야의 대가가 되기 위해서 우리는 뼈를 깎는 노력과 지치지 않는 열정을 가지고 있어야 한다. 드넓은 바다도 한 알의 모래가 켜켜이 쌓여 이뤄진 것이다. 거대한 바다도 한 방울의 물이 모여 수백만 톤의 물이 된 것이다.

"하늘은 스스로 돕는 자를 돕는다."라는 경구로 유명한 새뮤얼 스마일즈의 대표작으로 『자조론Self-Help』이 있다. 이 책은 수많은 평범한 사람들이 자신이 처한 삶의 현장에서 근면함과 성실함, 용기와 불굴의 노력으로 운명을 스스로 개척한 이야기들을 담고 있다. 특히 예술가들은 남들과는 다른 노력의 대가들이라는 사실에 대해 다음과 같이 말하고 있다. "다른 분야와 마찬가지로 예술계에서도 분골쇄신의 노력이 없이는 성공할 수 없다. 명화나 빼어난 조각상은 결코 우연히 만들어지는 것이 아니다. 물론 천재성도 있어야겠지만 미술가가 능숙한 솜씨로 붓이나 조각칼을 쉴 새 없이 움직여야만 만들어지는 노력의 산물이다. 그림이든 다른 예술이든 남보다 뛰어난 작품을 만들겠다고 결심한 사람은 아침에 일어나서 저녁에 잠자리에 들 때까지 온 정신을 한 가지 대상에 집중해야 한다. 두각을 나타내기로 결심한 사람은 좋든 싫든 아침이나 낮이나 밤이나 가릴 것 없이 작업에 매달려야 한다."

포르투갈 국가대표팀에는 세계적인 축구선수 크리스티아누 호날두가 있다. 아르헨티나 국가대표팀에는 리오넬 메시가 있다. 호날두와 메시는 나란히 세계 최고의 선수에게 주어지는 발롱도르를 5회씩 수상하며 지난 10여 년간 세계 축구계를 지배했던 라이벌이다. 나란히 '축구의 신'이라고 불리며 한 시대를 양분했던 두 슈퍼스타의 운명이 2018 국제축구연맹FIFA 러시아 월드컵에서 극명하게 엇갈리고 있다. 메시가 아이슬란드와의 1차전에서 결정적인 페널티킥을 실축하며 침묵을 지킨 반면, '월드컵 득점왕'을 노리는 호날두는 머리로, 양발로 폭발적인 골을 터트리며 세계적인 스타의 존재감을 과시하고 있다.

호날두는 가난한 섬에서도 지독히도 가난한 포르투갈의 작은 동네에서 태어났다. 2남 2녀의 막내로 태어나 아버지는 알코올중독, 형은 마약 중독자였다. 형은 약에 취해 삶의 의욕도 잃었다고 한다. 결국 어머니가 청소부 일을 하며 모든 식구들의 생계를 책임졌다고 한다. 어렸을 때는 청소부 일을 하는 어머니가 부끄럽기도 했다고 한다. 가난한 집안 탓에 어려서부터 굶기 일쑤여서 체격도 왜소해 어린 시절 별명이 '작은 벌'이라고 한다. 다섯 살 때 축구를 시작한 호날두는 잘 때도 축구공을 껴안고 잘 정도로 축구만 생각했다고 한다. 가난한 탓에 축구회비는 연습 후 공을 닦고, 낡은 축구화를 수선하는 일로 메웠다고 한다. 노력과 재능을 인정받아 11세에 명문구단에 입단했지만 또래들로부터 심한 질시를 받기도 했다. 어릴 적부터 정상인보다 두 배는 빠르게 심장이 뛰는 질병이 있었는데 이것 때문에 운동선수가 되기 어렵다는 의사의 진단을 받았지만 수술 덕분에 축구를 계속 할 수 있었다. '맨체스터 유나이티드'의 알렉스 퍼거슨 감독과 만나면서 축구 인생에 꽃을 피웠다고 한다. 호날두는 술과 담배, 탄산음료를 철저히 금하며 식이요법으로 근육 관리를 한다고 한다. 매일 팔굽혀펴기 1000번, 윗몸일으키기 3000번을 하면서 자신의 몸을 가꾼다고 한다. 우리나이로 34세지만 20대 초반의 선수들처럼 뛰어난 개인기와 체력으로 화려한 전성기를 누리는 비결은 꾸준한 노력과 축구에 대한 열정이 만들어낸 결과라고 생각한다.

보검의 날카로움은 연마를 통해 생겨나는 것이고 매화의 진한 향은 매서운 추위를 견뎌 나오는 것이다.

– 화려경

날카로운 보검이 탄생하기 위해서는 대장간에서 대장장이의 열정과 혼이 있어야 언 땅 위에 고운 꽃을 피우기 위해서는 혹독한 겨울추위를 견뎌야만 한다. 지금 당장 현실이 힘들고 어렵더라도 이것을 이겨내고 헤쳐 나가야만 더욱더 빛을 발할 것이다.

"어느 분야에 성공한 사람들은 모두 한결같이 쉬지 않고 부지런히 자신이 뜻하는 바를 향해 걸었던 사람들이다. 크게 성공한 사람일수록 그 뒤에는 그만큼 큰 노력이 숨어 있다. 결국 사람은 자신이 노력한 만큼, 부지런한 만큼 거두어들인다는 공통점이 있다. 실패를 걱정하지 말고, 먼저 부지런히 목표를 향하여 노력하라. 노력한 만큼 반드시 보상을 받을 것이다."

— 노먼 빈센트 필 (목사·작가)

책 읽기의 즐거움에 빠지다 ✏️

좋은 책을 읽는 것은 과거 몇 세기의 가장 훌륭한 사람들과 이야기를 나누는 것과 같다.

— 르네 데카르트

'일일불독서 구중생형극 一日不讀書 口中生荊棘'. 하루라도 책을 읽지 않으면 입안에 가시가 돋는다. 1909년 하얼빈역에서 조선 침략의 원흉이자 동양평화의 파괴자인 이토 히로부미를 저격 사살하여 1910년 여순 감옥 형장에서 순국한 안중근 의사가 생전에 남긴 유묵遺墨의 문구다. 1910년 3월 26일 여순 감옥에서 형장의 이슬로 사라지기 직전에 사형 집행인이 안 의사에게 마지막 소원을 묻자 안 의사는 한 치의 망설임도 없이 "5분간만 시간을 주시오. 책을 다 못 읽었소"라 하고 5분간 책을 읽은 뒤 세상을 떠났다고 한다. 감옥에서의 모진 고문에도 굴하지 않고 독서와 집필, 서예에 전력하였고, 죽는 순간까지 책을 놓지 않았던 안 의사야말로 진정한 애국자이자 학인學人이라고 할 수 있다.

문체부는 올해를 '책의 해'로 정하고 국민들의 독서율을 끌어올리기 위해 다양한 행사와 노력을 기울이고 있다. 그러나 정부가 나서서 독서를 권장하기 이전에 우리 스스로가 독서를 생활화하고 몸에 배는 습관으로 굳히고 독서를 통해 책 읽는 즐거움에 빠져야 할 것이다. 요즘 일상에서 느낄 수 있는 작지만 확실하게 실현 가능한 행복, 또는 그러한 행복을 추구하는 삶의 경향을 뜻하는 '소확행小確幸'이란 용어가 유행이다. 원래 소확행이란 말은 일본의 소설가 무라카미 하루키의 에세이 『랑겔한스섬의 오후』에서 1986년에 쓰인 말이라고 한다. 하루키는 소소한 일상에서 우리가 성취하기 쉽고 확실한 행복감을 느끼는 것을 소확행 이라고 했다. 우리는 다른 곳에서 소확행을 찾기보다는 독서를 통해 즐거움과 일상의 피로를 이겨낼 수 있는 원동력을 찾아야 한다. 책은 교양이나 정보, 전문지식 등을 전해 주기도 하지만 타인의 소중한 경험과 인생 이야기, 내 자신을 되돌아보게 하는 철학적인 성찰도 담고 있다.

"오늘도 활기찬 하루가 시작되었구나!" 나는 매일 아침 7시 정도면 사무실에 출근한다. 사무실 문을 열고 들어서면 창문 틈 사이로 비집고 들어오는 아침 햇살과 약 1000여 권에 달하는 책들이 "어서 오세요" 하고 나를 맞이하는 것만 같다. 책꽂이에 나란히 꽂혀 있는 책들이 마치 군대에서 일렬횡대로 늘어서서 사열하고 있는 군인들을 연상케 한다. 깊게 심호흡을 하며 하루의 시작을 알리는 나만의 의식을 시작한다. 더불어 서향書香이 나의 코끝을 자극한다. 책에서는 특유의 냄새가 난다. 특히 오래된 고서에서는 좋은 냄새가 난다. 고서 특유의 냄새에 대해 사람마다 표현하는 내용은 제각각이다. 새 책은 특유의 향을 풍긴다. 종이, 잉크, 접착제 등의 화학 물질이 섞인 냄새일 것이다. 이러한 화학 물질이 빛, 열, 물 등에 반응하며 서서히 분해되어 공기 중에 휘발성 유기 화합물로 방출된다고 한다. 사람의 손때와 먼지, 습기를 머금은 냄새이기도 하다. 아침부터 책을 눈으로 보고 책의 향기를 맡는 것만으로도 책의 기운을 한껏 받는 느낌이다. 매일 매일 수많은 저자와의 만남이 흥분되고 짜릿하다. 내가 살아 있음에 감사하고 책이 내 곁에 있음에 감사하다. 일전에 어떤 건물주 분에게 이런 말을 들었다. "본인 소유 건물 한 채를 갖고 있으니 마음이 든든하고 밥을 안 먹어도 배가 부르단다." 그런데 나는 내 소유의 건물은 없어도 많은 책을 갖고 있다는 것만으로도 건물주 못지않은 든든함과 행복감을 느낀다. 나는 책을 한꺼번에 인터넷으로 대량 주문한다. 어떤 때는 주문한 책이 두 세 박스로 한꺼번에 올 때도 있다. 주로 책을 읽다가 인용된 도서나 신문에 나와 있는 추천 도서 등을 구입한다. 지금 당장 읽지 않아도 책장에 하나 둘 질서정연하게 꽂혀 있는 책들을 볼 때마다 저것들이 두고두고 내 마음을 살찌우고 든든한 양식이 될 거라는 생각을 하면 마음이 저절로 흐뭇해진다. 가슴 가득 자신감이 물밀듯이 밀려온다. 바람을 가득 실은 돛처럼 희망이 뭉게뭉게 피어오른다. 어떤 시련이나 불가능한 일이 닥치더라도 능히 뚫고 나갈 수 있을 것 같은 자신감이 충만해진다.

사실 지금은 사무실에 출근하면 책 읽는 행위가 일상이 되었지만 예전에는 그렇지 않았다. 가장 큰 문제는 TV 시청이었다. 사무실에는 50인치가 넘는 대형 TV가 떡하니 한쪽 면을 차지하고 있다. 출근하면 습관적으로 TV부터 틀었다. 시간 가는 줄 모르고 바보상자 속으로 빠져 들었다. 자연히 책을 읽을 시간도 부족했지만 TV를 꺼도 방금 시청했던 프로그램의 잔상이 머리에 남아 독서하는 데 지장이 많았다. 어느 날 큰 결심을 하고 TV를 한쪽 구석으로 치워놓고 오로지 독서에 집중하기로 마음을 먹었다. '든 자리는 몰라도 난 자리는 안다'는 말이 있듯이 TV가 없으니 그 허전함과 지루함은 독서가 완전히 내 몸에 습관이 되기 전까지 큰 고통이었다. 불필요한 것을 없애는 일은 쉬운 일이 아니다. 거기에는 크고 작은 고통이 따른다. 그러나 그 작은 것을 뛰어넘을 때 엄청난 변화의 바람이 불어올 것이다.

자녀들이나 지인들에게 틈틈이 독서할 것을 권한다. 책읽기의 즐거움과 장점을 누구보다도 잘 알기에 사자후를 토하며 권해보지만 그들의 반응은 시큰둥하다. '말을 물가에 끌고 갈 수는 있어도 억지로 물을 먹일 수는 없다'는 속담이 틀린 말은 아니라는 생각이 든다. 그런데 그들의 말을 가만히 들어 보면 나한테 해주는 메아리는 비슷하다. 연세가 좀 있는 분들은 노안이 와서 글자도 잘 안 보이고 책을 읽으면 머리가 아프단다. 그리고 대다수 거의 비슷한 답변은 책 읽을 시간이 없단다. 과연 그들 말대로 독서할 시간이 없을까, 하고 나는 되묻고 싶다. 식사 후에 지인들과 어울려서 커피숍에서 달달한 커피를 마시며 노닥거릴 시간은 있을 것이다. 퇴근 후에 동료들이나 친구들과 부어라 마셔라 술 마실 시간은 있을 것이다. 물론 지인들과 달달한 커피도 마시고 술을 마시는 것 자체가 잘못됐다는 얘기는 아니다. 인간은 '사회적 동물'이라고 한다. 당연히 인간관계를 유지하려면 필요한 시간들이다. 때로는 힐링의 시간이 될 수도 있다. 퇴근 후 집에 오면 소파에 누워 과자를 먹고 TV를 보며 허송세월하는 시간은 무엇이란 말인가? 하루 종일 앉으나 서나 길을 가면서도 스마트폰에 빠져드는 좀비 생활은 뭐란 말인가? 시간이 없다는 말은 그저 핑계일 뿐이라고 생각한다. 그런 사람들은 독서할 시간을 따로 내줘도 독서하지 않을 사람들이다. 독서할 필요를 느끼지 못했기 때문이다. 아무리 바쁜 사람이라도 하루에 최소한 30분 정도의 시간은 확보할 수 있다고 생각한다. 버스나 지하철을 이용할 때 보거나, 점심시간을 빨리 끝내놓고 읽거나, 퇴근 후 잠자리에 들기 전 30분 정도는 마음만 먹으면 얼마든지 낼 수 있는 시간이라고 생각한다. 나는 지금도 때와 장소를 가리지 않고 꾸준히 자투리 독서를 실천하고 있다. 사무실에서 혼자 있는 시간에는 몸이 저절로 알아서 움직이며 뇌에서는 어서 책을 보라고 재촉한다. 『CEO 안철수, 영혼이 있는 승부』에서 안철수는 자투리 시간 활용법에 대해서 이런 말을 남겼다. "엘리베이터를 기다리는 틈틈이 책을 읽어보니 그 시간만으로 한 달에 한 권은 너끈히 읽었다."

택배~. 낭랑한 여성의 목소리가 스마트폰을 통해 흘러나온다. 요새는 스마트폰에 택배회사 어플을 설치해 놓으면 몇 시쯤 택배가 도착한다고 미리 알려준다. 참 좋은 세상이다. 잠시 후 사과상자 만한 부피의 택배가 도착했다. 모두 책이다. 세어보니 30권이었다. 역사, 에세이, 자기계발, 철학 등 다양한 분야의 도서가 섞여 있다. 책에 대한 욕심이 많다보니 한 번에 대량으로 구매해서 일단 책꽂이에 잠겨 놓고 읽는 습관이 있다. 사무실에 있는 5단짜리 책장에는 정리된 책들이 알록달록한 표지 디자인을 서로 뽐내고 있다. 도토리 키 재기 하듯이 서로가 길게 줄지어 늘어서 있다. '늦게 배운 도둑이 날 새는 줄 모른다'는 속담이 실감 났다. 늦게 시작한 책과의 인연이니 조급증이 앞서나 보다. 우리가 음식을 먹을 때 편식하지 말고 다양한 반찬을 골고루 섭취해야 건강에 이롭다고 한다. 독서도 본인이 좋아하는 어느 한 분야만 읽을 것이 아니라 다양한 장르의 많은 책들을 접하는 것이 좋다. 우리가 뷔페에 가서 다양한 음식을 보면 없던 식욕이 되살아나듯이 다양한 책들을 집이나 사무실에 구비하고 매일 접한다면 저절로 읽고 싶은 생각이 들 것이다. 음식도 골라 먹는 재미가 있듯이 책 또한 골라 읽는 재미가 쏠쏠하다. 또한 근사한 책 장식장이 아니더라도 서너 칸 정도 있는 책꽂이를 구비해서 책을 꽂아 놓으면 실내 분위기도 살아나고 장식품으로서도 유용할 것이다. 따로 시간을 내서 읽지 않더라도 가까이 두고 시간 날 때 틈틈이 책을 꺼내 쳐다보는 것만으로도 독서 습관을 붙이는데 유용할 것이다.

미국의 언어학자인 스티븐 크러션 교수는 "모국어든 외국어든 많이 읽을수록 더 잘 쓰고 어휘력이 풍부해지며 문법도 잘한다. 지식을 쌓고 세상을 보는 시야를 넓히는 데에도 도움이 된다"고 말했다. 우리가 인생을 살아가면서 책을 읽지 않는다고 당장 어떻게 되는 것은 아니다. 학창시절에는 부모님이나 선생님 성화에 못이겨 어쩔 수 없이 읽은 경험도 있을 것이다. 그러나 성인이 되어 책을 읽으라고 재촉하거나 채근하는 사람은 별로 없을 것이다. 책을 읽을 필요성도 느끼지 못할 것이다. 또한 책을 읽어야만 부자가 되고, 훌륭한 사람이 되고, 성공한 사람이 된다는 보장도 없다. 그러나 책을 읽지 않고 성공한 사람보다는 책을 읽음으로써 성공한 사람이 훨씬 많다는 사실은 만고의 진리다. 또한 책을 읽다보면 책의 즐거움에 빠져들 것이다. 우리는 책을 통해서 무궁무진한 지식과 지혜를 터득하고, 점점 더 사려 깊어지고 재치 있어짐을 느낄 것이다. 거목으로 성장하기 위해서는 기름진 땅의 힘을 빌려야 하듯, 우리의 삶도 책을 통해 점점 더 거목으로 성장해 나가야한다.

프랑스 계몽시대의 정치학자인 몽테스키외는 "나는 한 시간의 독서로 누그러들지 않는 그 어떤 슬픔도 알지 못한다."라는 말을 남겼다. 영국 서섹스 대학교 인지심경 심리학과 데이비드 루이스 박사팀의 연구 결과를 보면 스트레스를 풀기 위한 가장 효과적인 방법이 '독서'인 것으로 알려졌다. 연구팀이 산책, 음악 감상, 커피 마시기, 게임, 독서 등을 대상으로 비교 연구한 결과 책을 읽은 지 6분 정도 지나자 스트레스가 68% 감소한 것으로 나타났다. 리처드 스틸은 "독서가 정신에 미치는 효과는 운동이 신체에 미치는 효과와 같다"라는 말을 남겼다. 공자는 "아는 것이 좋아하는 것만 못하고 좋아하는 것이 즐기는 것만 못하다"고 했다.

또한 책은 재미있게 읽어야 한다. 어떤 사람들은 일단 책을 집어 들었으면 끝까지 읽으려고 노력한다. 물론 책을 끝까지 읽는 것이 나쁘다고 할 수는 없지만 너무 의무감에 사로잡혀 읽다보면 쉽게 지칠 수도 있다는 생각을 해 본다. 때로는 가벼운 마음으로 부담감이나 의무감에 휩싸일 필요 없이 즐기듯이 읽으면 된다. 즐기는 마음으로 하는 독서는 우리의 스트레스를 풀어주고 우리의 삶을 풍요롭게 해 줄 것이다.

"오늘의 나를 있게 한 것은 우리 마을 도서관이었고, 하버드 졸업장보다 소중한 것이 독서하는 습관이다"라는 말을 남긴, 세계 최고 부자이자 자선가인 빌 게이츠는 그의 삶을 이끈 엔진은 '독서의 힘'이라고 말한다. 우리는 인생을 살면서 하고 싶은 것도 많고, 가고 싶은 곳도 많고, 먹고 싶은 것도 많다는 생각을 하게 된다. 그러나 시간적, 물리적, 공간적, 금전적 이유 때문에 그것들을 다 해볼 수는 없다. 그러한 우리의 욕구를 채워주고, 인생을 풍요롭게 해 주는 것이 바로 '독서'다. 또한 독서는 논리적으로 생각하는 힘을 키워준다. 요사이 우리는 많은 정보들을 인터넷이나 SNS, 페이스북 등을 통해 얻고 있다. 그러한 정보들은 단편적인 정보를 전달하거나 오감을 자극하는 내용들로 가득하다.

가끔가다 보면 지인들 중에 책을 빌려 달라는 사람이 있다. 여러분은 삼치三癡라는 말을 들어본 적이 있는가? 고등어, 꽁치와 함께 대표적인 등 푸른 생선인 삼치를 생각하면 안 된다. 김판용 작가는 『예로부터 내려오는 독서삼치』라는 책에서 남에게 "책을 빌려달라고 하는 것이 첫 번째 바보이고, 남에게 책을 빌려 주는 것은 두 번째 바보이고, 남에게 빌린 책을 돌려주는 것이 세 번째 바보다"라는 말을 했다.

나는 책을 사는 데 돈을 아끼지 않는다. 책은 기본적으로 내 주머니 속에서 꺼낸 돈으로 사야 한다는 게 내 지론이다. 내가 번 돈으로 아껴가면서 사들인 책들은 누구한테 선물로 받은 책보다도 정이 들고 귀하게 여겨지기 때문이다. 책을 구입하는 데 드는 돈은 비용이 아니라 나를 위한 값진 투자이며 미래를 위한 자본이라고 생각한다. 책은 다른 소비재와 다르다. 한 번 쓰고 버리는 일회용품이나 몇 년 동안 사용하고 신제품으로 대체하는 가전제품이 아니다. 내 돈을 들여서 무언가를 구입한다는 것은 기쁨이면서 애착이 가는 것이다. 그 무엇보다 소중한 나의 부속물이다. 사무실 근처에 도서관이 있지만 도서관을 이용하기보다는 책을 사기 위해서 서점을 직접 방문하거나 인터넷 구매를 한다. 책을 구매해서 책장에 꽂아 놓는 행위는 지금은 아니더라도 언젠가 반드시 읽겠다는 각오를 하기 위해서다. 도서관에서 빌린 책이나 지인에게 빌린 책은 시간을 정해 반납해야 되는 의무감이 생긴다. 물론 반납할 시간에 쫓겨 의무감에라도 읽을 수 있지만, 우리 경험상 읽지도 못하고 반납하는 경우가 비일비재하다. 또한 사람은 내 주머니에서 지출한 돈이라야 더 애착을 느끼고 더 읽고 싶은 마음이 생긴다. 돈 주고 구입한 책은 책장에 꽂아 놓거나 가까이 놓아두면 계속 눈에 들어오기 때문에 읽게 될 확률이 높다. 누구한테 빌리거나 받은 책들을 잠잘 때 베개로 이용하거나 라면 끓이면 받침대로 사용하는 사람도 부지기수다. 나는 책을 사면 일단 펜을 오른손에 쥐고 본격적인 읽기 모드로 돌입한다. 읽다가 마음에 남는 구절이 있으면 밑줄 쫙 긋고, 동그라미도 치고, 별표도 그린다. 빈여백에다가는 나의 단상斷想을 적기도 한다. 도서관이나 타인에게 빌린 책들은 이렇게 할 수가 없다. 신줏단지 모시듯이 보관했다가 되돌려 줘야 한다.

또한 책은 내가 읽을 당시의 상황과 여건에 따라 마음속에 다른 느낌으로 다가오기도 한다. 따라서 한 번 보고 버릴 것이 아니라 평생 소장하고 두고두고 봐야 할 가보家寶라고 생각한다. 한평생 같이 지내는 동물을 흔히 '반려동물'이라고 칭한다. 마찬가지로 책도 직접 구매해서 나와 함께 같이 가야 할 '반려도서'로 생각해야 한다. 우리 집에 있는 책들은 내가 죽으면 자녀들에게 유산으로 물려주려고 생각하고 있다. 재산은 제대로 관리하지 못하고 탕진하면 그때뿐이지만 책은 그 어떤 재산보다 내 자녀들이 인생을 살아가는 데 귀한 재산이라고 생각하기 때문이다. 책은 우리가 평생 간직하고 후손에게 물려줘야 할 유산이다.

추사 김정희는 "가슴 속에 만 권의 책이 들어 있어야 그것이 흘러 넘쳐서 그림과 글씨가 된다"고 했다. 내 평생 만 권은 아니더라도 죽는 그날까지 독서를 게을리하지 말아야겠다는 굳은 신념이 있다. 특히 작가가 되기로 결심하고 몇 개월 동안 나는 책을 닥치는 대로 구입해서 사무실에 비치해 두고 있다. 1000여 권의 책이 비치돼 있으니 족히 1000만 원 이상은 넘을 거다. 요새 책값이 만만치 않기 때문이다. 우리가 커피 전문점에 들어가서 몇 천 원짜리 커피를 마시는 것은 아무렇지 않게 여기는 경향이 있다. 커피 2~3잔이면 책 한 권을 살 수 있는 가격이 나온다. 커피를 마시는 호사도 좋지만 책을 통한 호사도 누려보기를 권한다. 책은 다양한 지식과 정보를 얻을 수 있다. 소설의 경우에는 우리의 일상과 맞물려서 다양한 간접 체험도 가능하다. 또한 전문가가 내놓은 책들은 수십 년 동안 연구한 지식이 책 속에 오롯이 녹아있다. 좋은 책은 몇 번이고 반복해서 읽어야 한다.

　최근에는 인터넷이나 스마트폰의 발달로 언제 어디서나 다양한 정보를 얻을 수 있다. 하지만 인터넷에서 얻는 정보는 폭이 넓은 대신 깊이가 없다. 단편적인 지식들이기 때문이다. 그리고 자극적인 뉴스들이 많아 진정한 지식을 얻기는 힘들다. 지성을 쌓고 학문을 연구하기에는 어렵다. 특정한 정보수집이나 오락수준이라고 봐야 한다. 나는 마치 골동품을 수집하듯이 책을 사서 잠겨 놓는 나의 습성 때문에 초창기에는 아내하고 싸운 적도 여러 번 있었다. 아내는 가끔 사무실을 점검차 방문한다. 들어오면 매의 눈으로 책이 얼마나 늘었는지 헤아리고 비용으로 환산한다. 쭉 훑어보는 눈썰미가 매섭다.

　"아니, 도대체 이 많은 책들을 사서 잠겨두고 읽으면 밥이 나와요? 돈이 나와요? 왜 이렇게 책만 사들여요. 나중에는 책을 머리에 이고 살 작정이에요?"

　나의 뒤통수에서 아내의 목소리가 울려퍼진다. 소프라노 조수미보다 한 톤 높은 날카로운 목소리다.

　"밤에 주점 가서 부어라 마셔라 술 마시러 놀러 가는 것도 아니고, 어디 가서 밤새 도박을 하는 것도 아닌데 왜 그러시나~."

　퉁명스럽게 대답하고 모른 척하고 돌아선다. 책장 속에 우두커니 꽂혀있는 책들이 마치 나와 아내의 부부싸움을 재미있다는 듯이 쳐다보는 것 같다.

생산적 책읽기 Q&A ✏

독서는 절대 나를 배신하지 않는다. 어떤 삶의 고비에도 쓰러지지 않고 꿈을 향해 달리고 싶다면 지금 당장 책을 펼쳐라. 당신의 인생을 바꿀 열쇠는 책 안에 있다.

― 사이토 다카시

누구에게나 24시간이라는 같은 시간이 주어진다. 공평하다. 시간은 남녀노소를 차별하지 않고 부자나 빈자나 현자를 가리지 않는다. 다만, 시간을 활용하는 방법은 천차만별이다. 사람에 따라 각자 다르다. 세상에 정도正道란 없다. 내가 만들어 가면 그것이 정도다. 타인의 시선을 의식할 필요가 없다. 나만의 방식으로 독서를 하면 된다. 책을 읽는 방법도 사람에 따라 다르다. 그렇기 때문에 본인에 맞는 독서 방법을 택하면 된다. 책을 읽는 방법이 중요한 것이 아니라 어떤 마음으로 책을 읽느냐에 따라 다른 독서 효과를 볼 것이다. 효과적이고 생산적인 책 읽기를 통해서 본인만의 독서 방법을 찾기 바란다. 이번 장에서는 저자가 그동안 책을 읽으면서 나름대로 적용해본 방법들을 소개해 보고자 한다.

Q. 독서하는 방법에 대해서 구체적으로 알려주세요.

A. 독서의 다양한 방법들의 장·단점을 살펴보자. 본인에게 맞는 독서방법을 선택하면 될 것이다.

· 정독精讀: 뜻을 새기며 꼼꼼하고 자세하게 책을 읽는 방법이다. 정독은 속독速讀과 달리 글자와 낱말의 뜻을 자세히 알아가며 읽는 방법이다. 학습을 위한 독서를 한다든가, 정보 획득을 위해서 자세하게 읽는 방법이다. 때로는 밑줄을 긋거나 별도의 메모를 하고 독서노트에 필사하기도 한다. 정독은 책을 통해 책의 내용을 구체적으로 상상하며 판단하고 머릿속에 글의 내용을 정리정돈하며 읽을 수 있다. 독서할 충분한 시간이 있고 본인 전문분야의 책을 읽거나 내용을 깊이 되새김질할 때 좋은 독서방법이다. 분석하고, 해석하고, 비판적인 독서를 할 경우에 필요한 독서 방법이다. 그러나 많은 책을 읽을 수 없고 제한된 독서를 할 수밖에 없는 독서 방법이다.

· 속독速讀: 말 그대로 빠르게 읽는 독서 방법이다. 글의 내용이나 필요한 정보를 파악하며 읽는 방법이다. 하루에도 수백 권의 신간 서적이 쏟아지는 현실을 고려할 때 책을 많이 읽고 빨리 읽어 좋은 점이 있다. 시간이 부족하고 시시각각 쌓여가는 정보를 습득하고자

할 때 효과적이다. 그러나 책을 읽고 난 후에 머릿
속에 남는 것은 특별히 감명 받은 문장이나 책 제목
등 단편적일 수밖에 없다. 그렇기에 과도한 속독은
오히려 좋지 않다. 책 속에 있는 중요정보를 간과하
고 그냥 지나칠 수도 있다.

· 다독多讀: 많이 읽는다는 뜻이다. 다양한 분야의 많은 책을 처
음부터 끝까지 모두 읽는 것을 말한다. 지식과 정보
가 넘쳐나는 시대에 대비하기 위한 독서법이다.

· 편독偏讀: 자신이 좋아하는 특정한 분야나 장르만을 선택해서
읽는 방법이다. 한쪽으로만 치우쳐 읽기 때문에 다
양한 정보를 얻기가 힘들다.

· 통독通讀: 처음부터 끝까지 쭉 읽는 독서방법이다. 책을 이해했
든 못 했든 끝까지 다 읽었다면 통독이라 할 수 있다.

· 건너뛰며 읽기: 처음부터 꼼꼼하게 읽지 않고 중간 중간 건너
뛰며 독서하는 방법이다. 본인이 필요한 정
보만 얻을 경우 필요한 독서 방법이다.

· 묵독黙讀: 음독과 대비되는 독서방법이다. 입으로 소리 내지
않고 그저 눈으로만 보는 방법이다. 음독이 글자 단
위로 읽는 행위라면 묵독은 문장 단위, 의미 위주로
글을 읽는 방법이다. 대부분의 사람들이 이 방법으
로 책을 읽는다. 활자가 발달하고 읽을거리가 많아
지면서 음독에서 점차 묵독으로 바뀌어 갔다.

· 음독音讀: 입 밖으로 소리 내어 읽는 방법이다. 묵독과 대립되는 독서방법이다. 우리가 학창시절 국어시간에 많이 사용했던 방법이다. 입으로 읽고 귀로 듣기 때문에 외국어를 공부할 때나 난삽한 문장을 읽을 때 효과적인 독서방법이다. 옛날 서당에서 공부할 때나 조상들은 이 방법을 많이 사용했다. 어린이나 노인들 중에서도 이 방법을 사용해야 의미를 파악하는 사람들도 있다.

· 일독一讀: 말 그대로 한 번만 읽는 독서 방법이다. 우리는 보통 책을 한 번만 읽고 그만둔다. 그러나 난해한 책이나 좋은 문장 등을 마음에 새길 때는 여러 번 읽는 것도 괜찮다.

· 재독再讀: 읽었던 것을 다시 한 번 더 읽는 것이다. 전문서적이나 본인의 전문분야 등은 재독이나 그 이상으로 읽어야 한다.

Q. 처음 독서습관을 들일 때 어떤 장르의 책을 읽어야 하나요?

A. 나는 특별한 장르를 정하지 말고 본인이 읽고 싶은 책을 보라고 권한다. 설혹 그것이 만화책이라도 상관없다. 어떤 사람들은 만화책에 대해서 부정적인 시각을 가지고 바라보기도 한다. 그러나 요즘의 만화책은 치밀한 구성이나 스토리

로 어려운 주제를 재미있게 풀어나가는 책들이 많다. 풍부
한 지식과 기발한 상상력이 가미된 만화를 읽다보면 저절로
책 읽는 습관을 들일 수 있다. 분량도 적고 단락도 짧은 읽
기 편한 에세이나, 자신의 취미 생활과 연관 지어 등산이나
골프 등과 관련된 책도 무난하다. 처음부터 스스로 관심 있
는 분야를 찾아서 읽어야지 남이 추천해주는 책이나 어렵고
무거운 주제를 다룬 책을 읽다보면 책에 대한 흥미를 잃기
쉽다. 책은 음식과 비슷한 면이 있다. 내가 좋아하고 선호
하는 음식을 먹어야 맛있고 즐겁게 먹을 수 있지, 남이 추천
해 주는 음식은 나하고 맞지 않을 수도 있다. 또한 책을 읽
을 때는 그냥 눈으로만 활자를 좇는 데서 끝나서는 안 된다.
그것은 일종의 죽은 독서다. 나는 책을 읽으면서 마음에 와
닿는 부분이 있으면 펜으로 밑줄을 치거나 별도의 독서 노
트에 기록해 둔다. 인간은 망각의 동물이라고 한다. 머릿속
에 저장된 기억들은 시간이 지나면 자연스럽게 우리의 뇌리
에서 사라진다. 뇌에서 기억을 담당하는 부위는 '해마'다. 해
마에 저장할 수 있는 기억의 양은 무한대라고 한다. 해마는
장기 기억과 공간 개념, 감정적인 행동을 조절하는 부위다.
독일의 심리학자 헤르만 에빙하우스에 따르면 사람은 지식
을 습득한 후 10분이 지나면 바로 잊기 시작한다고 한다. 1
시간이 지나면 50%를 잊고, 하루가 지나면 70%를 잊는다고
한다. 우리가 이러한 사실을 인식하고 책을 한 번 읽고 끝낼

것이 아니라 좋은 문장은 따로 메모해서 서너 번 반복하는
습관을 들여야 한다.

Q. 독서는 어떤 방법으로 하는 게 효과적인가요?

A. 독서를 하다보면 자기만의 스타일과 방법을 스스로 체득하
게 될 것이다. 여기서는 내가 하는 방법을 소개해 본다. 책
을 구입하면 나는 먼저 책 목록표를 작성한다. 목록표는
다음에 도서를 주문할 때 중복해서 주문하는 실수를 줄여
준다. 구매일자, 책 제목, 출판사, 작가 등을 적는다. 그리고
실제 책을 읽기 시작할 때는 책날개 다음 페이지쯤 여백 공
간에 날짜를 기록한다. 소장하는 책이 늘어나다 보면 읽은
책인지 읽지 않은 책인지 구분하기가 곤란할 수 있다. 또 여
러 번 재독을 할 필요가 있는 책들은 읽은 횟수를 기록해 놓
는 것도 필요하다. 또 책을 읽으면서 밑줄을 치기도 하고 동
그라미를 그리기도 하고 별표를 만들기도 한다. 그냥 눈으
로만 하는 독서보다 더 머리에 잘 들어온다. 그리고 나중에
다시 한 번 볼 기회가 있을 때 내가 표시해 놓은 부분만 읽
어도 충분히 책 한 권을 빠른 시간에 재독할 수 있다는 효과
도 있다. 또 본인이 직접 글을 쓰거나 인용할 때에도 많이
참고가 된다. 사람은 망각의 동물이라 읽었던 부분도 금방
잊어버리기 마련이다. 그리고 감동적이거나 저자와 다른 의

견이 있다든가 생소한 용어나 보충적으로 알고 싶은 부분이 나오면 사전에서 찾아서 빈 공간 여백에 적기도 한다. 책을 다 읽고 나면 독서노트를 만들기도 한다. 독서노트는 간략하게 책의 개략적인 내용과 개인적인 느낌과 소감 등을 적으면 된다. 독서노트를 꾸준히 만들다 보면 문장실력도 쑥쑥 자라남을 느낄 것이다.

Q. 책 읽기의 집중력을 키우는 데는 어떠한 방법이 있을까요?

A. 나는 웬만해서 책을 처음부터 끝까지 한번에 다 읽지는 않는다. 물론 흥미진진하고 재미있는 책은 시간 가는 줄을 모른다. 그런 책은 첫 장을 넘기기가 무섭게 어느새 마지막 장까지 도달하기도 한다. 하지만 때론, 읽다가 문득 지루함을 느낄 때도 있다. 이럴 땐 굳이 한번에 다 읽을 필요는 없다. 조금 읽다가 지루하면 다른 책을 읽고, 또 지루하면 다른 책을 읽는다. 집안 곳곳이나 사무실 여기저기에 여러 권의 책을 비치해둔다. 특히 장르나 콘셉트가 다양한 책들이 효과적이다. 이러한 독서법을 '동시병행 독서법' 또는 '초병렬 독서법'이라고 한다. 다른 장르의 책과 병행해서 읽는 독서법이다. 초병렬 독서법의 장점은 바로, 서로 다른 장르의 책들이 만나 시너지 효과를 극대화할 수 있는 점이다. 어떤 분들은 내게 이렇게 묻기도 한다. 이것저것 바꿔서 읽다 보면 내용이 헷갈

리거나 집중력이 떨어지지 않느냐고. 나의 대답은 아니라고 말할 수 있다. 서로 다른 장르를 읽다보니 뇌를 자극하고 신선해진다. 덕분에 오히려 집중력이 높아지고 읽은 내용이 머릿속에 또렷이 남는다.

Q. 오감五感 독서讀書란 무엇인가요?

A. 오감五感이란 외부의 여러 자극에 의해서 생기는 감각을 말한다. 시視각·청聽각·후嗅각·미味각·촉觸각 등 다섯 개의 감각기능이다. 흔히 인간을 망각의 동물이라고 한다. 그만큼 보고 들었던 기억들은 쉽게 잊혀지기 마련이다. 특히 눈으로만 하는 독서는 더욱 빨리 기억 속에서 사라진다. 조금이라도 오랫동안 기억을 유지하기 위해서는 눈으로만 하는 독서를 탈피하고 오감을 사용해야 한다. 글자를 눈으로 보면서 메모를 하고 소리 내어 읽는 방법이다. 글자를 눈으로 보면서 적고 동시에 귀로 듣기 때문에 더욱 기억에 오래 남는다고 한다. 여기에 우리의 일상이나 자연풍경, 과거의 기억 등을 연결하면 더 효과적일 것이다.

Q. 바쁜 현대인들이 별도의 시간을 내서 독서하기란 쉽지 않은 것이 현실입니다. 어떠한 방법을 사용해서 독서하는 것이 효율적인 방법인가요?

A. 책 읽기는 마음의 문제이지, 시간의 문제는 아니라고 생각
한다. 사람에겐 누구나 같은 시간이 주어졌다. 공부하는 학
생이든, 자영업을 하는 사장이든, 직장에 소속되어 있는 사
람이든 마찬가지다. 본인의 시간을 자세히 쪼개보라. 평소
에 시간을 어떻게 보내고 있는지, 자신의 생활을 유심히 살
펴보라. 분명 헛되이 보내는 시간이 있을 것이다. 이러한 시
간을 활용한 틈새독서가 필요하다. 흔히 독서란 별도의 시간
을 일부러 내서 책상에 정자세로 앉아서 읽어야 한다고 생각
하는 사람들이 있다. 그러나 이렇게 시간을 내서 독서하기란
쉽지 않은 게 현실이다. 이와는 정반대의 독서를 해야 한다.
아침에 집에서 나와 저녁에 퇴근할 때까지 소요되는 출퇴근
시간, 일상생활 중 헛되이 보내는 틈새시간, 저녁에 집으로
퇴근해서 즐기는 게임이나 오락, 스마트폰, 텔레비전 시청시
간의외로 이 시간이 많은 비중을 차지한다 등을 줄이거나 없애면 얼마
든지 독서할 수 있는 시간을 확보할 수 있다. 유익한 텔레비
전 프로그램을 꼭 시청할 필요가 있을 경우에는 프로그램 시
작 전이나 중간에 나오는 광고시간에 볼륨을 줄이고 책을 읽
는다. 독서하는 자투리 시간을 확보하려면 지금 쓰고 있는
시간에서 의미 없이 보내는 시간을 줄이거나 없애야 한다.

Q. 하루에도 수백 종의 신간서적들이 쏟아지고 있습니다. 저자
님만의 좋은 책을 고르는 기술이 있나요?

A. 흔히 초보자들은 책 제목이나 베스트셀러 목록에 나와 있는 책들을 사려는 경향이 있다. 물론 베스트셀러는 그 사회의 시대정신을 반영하고 많은 사람들이 읽은 책이라서 트렌드를 파악하는 데는 참고할 만한 가치가 있다고 본다. 그러나 그것보다는 서문과 목차를 꼼꼼하게 살펴보고 작가가 말하려는 의도를 파악해보는 것이 중요하다. 목차를 통해서 본인이 흥미가 가는 부분 서너 꼭지 정도만 읽어봐도 많은 도움이 된다. 전문가들이 추천하는 서평도 유심히 살펴서 참고로 삼아도 좋을 것 같다. 전문가가 추천하는 책은 좋은 책을 찾는 데 투자하는 시간과 에너지 소모를 줄여 주기 때문이다. 그러나 무엇보다 중요한건 자신에게 유익하게 느껴지고, 읽을수록 재미와 감동이 있고, 책을 통해 자신의 편견과 선입견, 고정관념을 타파해줄 수 있는 책이라고 할 것이다.

읽고 쓰는 자만이 변화한다

Chapter 3

글쓰기 VS 책 쓰기 🖊

> "독서는 충만한 인간을 낳고, 논의는 준비된 인간을 낳으며, 글쓰기는 완전한 인간을 만든다."
>
> — 프랜시스 베이컨영국의 철학자

서양 근대철학의 출발점이 된 철학자로 프랑스의 르네 데카르트1596. 3. 31~1650. 2. 11를 꼽을 수 있다. 그는 다음과 같은 명언을 남겼다. "나는 생각한다, 고로 나는 존재한다." 사람은 느끼고 생각하는 존재다. 일상생활 속에서 많은 느낌을 받고 생각을 하는 행위야말로 삶의 본질이자 원초적인 행위인 것이다. 그리고 글쓰기는 일상생활에서 얻은 생각과 느낌을 정리해서 표현하는 중요한 행위이다. 다양하고 풍부한 관점에서 사물을 바라보고 체계적으로 생각하게 만드는 원천이기도 하다. 그러므로 진정한 삶은 글쓰기에서 시작된다. 우리는 어디를 가든 무엇을 하든 자신이 나아가야 할 인생의 방향을 설정하고 그에 맞는 준비를 해야 한다.

글쓰기란 무엇인가? 뭔가를 표현할 때, 방식은 크게 두 가지로 나눌 수 있다. 바로 말과 글이다. 말에는 말의 맛이 있고 글은 글의 맛이 있다. 특히 말은 특별한 훈련 없이도 전달이 가능하다. 상대에게 즉흥적으로 전달할 수 있다. 물론 유창한 말을 하기 위해 학원이나 기관에서 별도로 돈과 시간을 투자해 배우는 경우도 있다.

말은 소멸성이다. 한번 내뱉으면 주워 담을 수 없으며 어떠한 흔적도 남기지 않는다. 그러나 글은 평생 남는다. 강력한 전파성이 있으며 국적과 대상을 가리지 않고 전파된다. 때로는 시간과 공간을 초월하기도 한다. 강력한 힘을 가진 책을 쓰기 위해서는 준비과정이 필요하고 쓰는 요령을 배우거나 터득해야만 한다. 글쓰기도 일종의 정신적인 노동이다. 누구나 쉽게 글을 쓸 수 있는 것은 아니다. 좋은 문장을 남기기 위해서는 끊임없는 자기 절제와 피나는 과정이 필요하다. 들어가는 입구가 있어야 나오는 구멍이 있듯이 많은 독서가 병행돼야 글쓰기도 가능하다.

"글은 엉덩이 힘으로 쓰는 것이다"라는 말이 있다. 글을 쓴다는 것은 많은 책을 읽고 사색하고 그 결과물을 원고지 위에 그려내는 작업이다. 글을 쓴다는 행위는 결코 쉽게 생각할 수 없는 하나의 정신적 노동이다. 국민들의 독서율은 갈수록 떨어지고 있다. 하지만 이와는 반대로, 책을 쓰려는 사람들은 늘고 있다고 한다. 책은 누구나 쓸 수 있다. 그러나 아무나 쓸 수 있는 것은 아니다. 책 쓰기도 하나의 기술이 필요하고 꾸준한 노력과 연습이 병행되어야 가능한 일이다.

우리 주변에는 '글쓰기'와 '책 쓰기'를 동일시해서 생각하는 사람들이 있다. 물론 글을 써야만 한 권의 책이 완성되지만, 글쓰기와 책 쓰기는 분명히 다르다. 보통 논술학원이나 글쓰기 학원에서는 글을 쓰는 방법, 어휘력, 문장력, 문법 등을 가르친다. 대학 수학능력시험 대비 논술이나 자기소개서 등이 교과목이다. 글쓰기는 쓰는 분량이 적고 하나의 제목으로 글을 쓰는 행위이지만, 책 쓰기는 보통 30~50여 개의 소주제를 바탕으로 짧게는 수개월에서 길게는 수년이 걸릴 수도 있는 지난至難한 과정을 필요로 한다.

글쓰기는 신문이나 잡지 등에 기고문 형태로 쓰면 A4 용지 1~3페이지 정도다. 그러나 책 쓰기는 200자 원고지 기준으로 700~900매 정도를 써야 한다. A4 용지글자 크기 10포인트 기준로는 110페이지 정도의 양이다. 글쓰기는 쓰는 양이 적기 때문에 큰 무리가 없으나 책 쓰기는 장기적인 전략을 가지고 꾸준히 써 나가야 한다.

책 쓰기는 글쓰기를 바탕으로 기획력을 발휘하여 하나의 묶음으로 만들어 가는 과정이다. 금전적인 보상에서도 글쓰기나 책 쓰기는 큰 차이가 있다. 기고문 형태의 글쓰기는 몇 만 원에서 몇 십만 원 정도를 받는다. 책 쓰기는 작가의 수준에 따라 인세로만 몇백만 원에서 몇 억 원까지 받을 수 있다. 또한 본인의 책을 출간함으로써 강의요청, 방송 출연, 자격증 과정 개설 등의 다양한 활동을 통해 억대 연봉을 받을 수도 있다. 꾸준한 독서를 하는 분들이라면 이름만 대면 알 수 있는 유명 작가들이 있다. 그들이 처음부터 유명 강사로 활약할 수 있었던 건 아니다. 본인의 책을 출간한 후에 유명 강사가 됐다고 할 수 있다. 그들은 바쁜 중에도 자신만의 브랜드를 계속 알리기 위해 서너 권의 책을 지속적으로 쓴다. 유명 작가들이 계속적인 강의 의뢰를 받을 수 있는 비결은 강의를 들어본 사람들의 입소문과 그의 책을 본 기업과 공공기관 교육 담당자들이 그를 계속 찾기 때문이다. 책 쓰기는 당신의 미래를 새롭게 업그레이드 해줄 것이다. 새로운 사람들과의 설레는 만남도 이어질 것이다.

미국에선 글쓰기 교육으로 혹독하기가 유명한 대학이 있다. 1872년부터 시작해서 147년째 이어오는 전통을 가진 하버드대의 글쓰기 수업이다. 대학 측은 학생들에게 하버드대 재학생으로서 수년에 걸쳐 글쓰기와 생각하는 능력을 검증한다. 바로 이 과정에서 다양한 자원을 제공한다. 아무리 뛰어난 기술이라도 글과 소통하는 능력을 통해 공유하고 발전시키지 않으면 소용없다는 인식에서 출발한다. 신입생 전원이 참여하는 입문 과정부터 단계별 과정으로 올라간다. 수업은 토론 중심의 세미나 방식으로 진행한다고 한다. 이 과정에서 교수들은 분야별 전문지식과 논리력, 표현력들을 학생들이 습득할 수 있도록 앞에서 이끌어 주는 역할을 한다. 학생들은 학기당 서너 편의 긴 에세이를 완성해야 한다. 하버드대를 졸업한 학생들에게 "학교생활 중 가장 도움이 된 수업은 무엇이었는가?"라는 질문을 하면 80% 이상이 '글쓰기 수업'이라고 답한다고 한다. 이렇게 훈련된 능력은 학교 졸업 후 사회에 진출해서도 빛을 발한다는 연구 결과가 있다. 단순한 학교 성적이나 지능, 부모의 경제적 지위보다도 독서량과 작문 실력 등이 졸업 후의 소득 수준과 안정적인 노후 등에 많은 영향을 끼치는 것으로 조사됐다. 인공지능AI, 사물인터넷IoT 등으로 대표되는 4차 산업혁명 시대에는 고도의 전문적 능력을 가진 사람들이 각광을 받을 것이다. 따라서 앞으로는 창의적인 글쓰기의 위력이 더 커질 것으로 생각된다.

사람은 누구나 그 사람만의 이야기가 있다. 나이가 많으면 많을수록 그렇다. 다양한 사회생활을 경험하면 할수록 이야기는 차곡차곡 쌓일 것이다. 이러한 경험들을 에세이나 자서전 식으로 누구든지 한 권 정도는 담아낼 수 있는 양이 될 것이다. 관건은 바로, 그 이야기를, 그러니까 그 재료를 용광로에 넣어서 녹일 수 있느냐의 문제다. 작가는 누구나 될 수 있다. 하지만 아무나 될 수는 없다. 글을 쓰려면 기술이 필요하다. 글 쓰는 기술을 배워야 한다. 식당에서 종업원으로 일을 하거나 편의점에서 아르바이트를 하고자 해도 경험이 있어야 한다. 기술이 있어야 한다. 손님이 오면 손님을 맞이하는 방법, 음식을 주문받고 서빙하는 방법, 음식 값 계산하는 방법 말이다. 그런 일에 대한 경험이 없다면 배워야만 한다. 글쓰기는 과거의 경험과 어디선가 보고 듣고 읽은 기억들을 한데로 묶어 풀어나가야 한다. 또한 경험하지 않았던 일이라도 상상력과 추리력을 발휘해야 한다. 글쓰기는 과거의 일과 미래의 상상을 함께 녹이는 작업이다. 책을 쓰는 행위는 머릿속의 생각을 종이에 적는 일이다. 당신이 쓴 책을 통해 충성스런 독자를 확보해야 한다. 그들의 입소문을 통해 당신의 책을 홍보하게끔 해야 한다. 새로운 책이 출간될 때마다 예비 구매 고객이 되도록 만들어야 한다. 그렇게 하기 위해서는 독자에게 책 가격보다 높은 가치를 제공해야 한다. 독자에게 책을 통해 이익을 주고 재미와 감동을 줄 수 있도록 집필에 최선을 다해야 한다. 독자는 그리 멀리에 있지 않다. 내 주위에 있는 가족부터 시작해서 주위에 있는 모든 사람들이 잠재적 독자다.

하늘 아래 새로운 것은 없다고 한다. 기존에 있는 것들을 모방하며 새로운 것을 창조하는 과정이 있을 뿐이다. 창조는 무에서 유를 창출하는 행위가 아니다. 이미 존재하고 있는 것들을 뒤섞고 숙성시켜 세상에 없는 새로운 것을 만들어 내는 것이다. 글을 쓰려면 훌륭한 문장들에 대한 모방이 필요하다. 그렇다고 타인의 문장을 오롯이 베끼라는 의미는 아니다. 독서를 통해 자기만의 스타일을 만들라는 것이다. 동일한 사물을 바라본다고 하더라도 사람에 따라 대상을 각자 다르게 해석한다. 얼마든지 다르게 표현할 수 있다. 하늘에서 눈이 내린다. 그걸 보고 누군가는 단순히 눈이 내린다고 표현한다. 그런 반면 누군가는 시적으로 표현하는 사람도 있을 것이다. 이 차이는 어디에서 비롯된 것일까. 평소에 얼마만큼 책을 읽고 사색을 했느냐가 바로 차이를 가르는 척도가 될 것이다. 나무가 자라기 위해서는 세 가지의 요소가 필요하다. 비료와 물과 햇빛이다. 글쓰기도 마찬가지다. 글을 쓰기 위해서는 독서라는 행위와 사색이라는 자양분이 필요하다. 책을 읽거나 글을 쓰다보면 마음이 차분해지는 걸 느낄 수 있다. 글 쓰는 행위는 나이 든 이후에도 얼마든지 이어갈 수 있는 작업이다. 나이가 들어가면 인간관계도 많이 소원해질 수 있다. 또 젊을 때처럼 육체적인 활동을 많이 하지 못함으로써 오히려 더 많은 시간을 확보할 수 있을 것이다. 글쓰기는 시공간을 초월하는 행위다. 타인의 간섭 없이 자유롭게 쓸 수 있다. 나이가 들어서도 죽을 때까지 즐길 수 있다는 것이 글쓰기의 매력이다.

글쓰기는 성별, 연령별, 경력에 상관없이 누구나 할 수 있다. 글쓰기를 취미로 삼을 수도 있다. 본인이 적성에 맞고 소질이 있다면 인세를 받으면서 생활에 보탬이 될 수도 있다. 나처럼 50대 이후에 인생 2막을 준비하는 사람들에게 가장 추천하고 싶은 것이 글쓰기다. 글쓰기는 우리의 마음을 풍요롭게 해주고 정신적인 위안을 준다. 산 정상에 올랐을 때처럼 말이다. 성취감은 산을 오른 사람만이 경험할 수 있다.

작가이자 전 장관인 유시민, 그는 요즘 예능 프로그램에도 출연해 영역을 넓혀가는 지식소매상이다. 그는 자신의 저서, 『유시민의 글쓰기 특강』에서 다음과 같이 말한다. "책을 많이 읽어도 글을 잘 쓰지 못할 수는 있다. 그러나 많이 읽지 않고도 잘 쓰는 것은 불가능하다." 글쓰기는 나이가 많이 들어도 글을 쓸 기력만 있다면 충분히 가능하다. 하지만 글쓰기 자체가 쉽지만은 않다. 글쓰기도 일종의 기술이 필요하며 꾸준한 노력이 병행돼야 한다. 지금 당장, 한 문장부터 시작하자. 서두르지 말고 하루에 30분이라도 꾸준히 쓰다보면, 어느 순간 한 권의 책을 낼 수 있는 양에 도달할 것이다.

이제, 인생 2막의 목록표에 글쓰기를 포함시켜 보자. 인생 후반부가 행복해지는 가장 손쉬운 방법으로 글쓰기처럼 좋은 방법을 찾기도 쉽지 않다. 머지않아 자신의 이름이 새겨진 책 한 권이 내 손 안에 있다고 상상해 보자. 글쓰기는 인간이 가진 언어적 능력이 최고로 발휘되는 행위라고 한다. 누구든 마음만 먹으면 자신의 자서전이나 특별한 주제를 정해 글을 쓰는 것이 어려운 일만은 아니다. 당장 행하지 않고 머리로만 생각하기 때문에 어려운 것이다. 글쓰기로 인해 삶이 등대처럼 환하게 빛을 발할 때가 있을 것이다. 글쓰기를 통해 희열을 느껴본 사람들은 계속해서 책을 쓰려고 한다. 글쓰기도 하나의 요령과 기술이 필요하다. 그 방법을 터득하면 자신의 책을 여러 권 쓰는 일이 어렵지 않다. 첫 책을 쓰기가 어려울 뿐이지, 그 다음 책부터는 그렇게 대단한 일이 아니구나 하고 느낄 것이다.

뇌에는 언어 습득을 담당하는 베르니케라는 영역이 있다. 이 기관은 유아기 때 가장 발달한다고 한다. 이 시기가 지나면, 누구든 외국어를 원어민만큼 유창하게 말하는 것은 불가능하다고 알려졌다. 그런데 최근 이러한 주장을 반박하는 주장이 제기됐다. 어릴수록 잘 할 것이라는 믿음은 과학적 근거가 없다고 한다. 에식스 대학교의 언어학과 교수인 모니카 슈미트는 자신의 논문을 통해 다음과 같이 말했다. '나이가 들어도 외국어 습득능력은 저하되지 않는다. 성인도 외국어를 습득하는 데 문제가 없다'.

실제로 어린 아이들이 언어를 습득할 때, 일부러 단어를 암기하거나 문법을 배우는 일은 없다. 단지, 호기심을 가지고 특정 사물에 주의력과 집중력을 발휘하고, 귀를 통해 특정 소리에 주의를 기울일 뿐이다. 시각적 자극과 청각적 자극을 통해 수용언어로 인지한다고 한다.

성인이 외국어를 습득하기 어려운 이유는 다음을 들 수 있다. 첫째, 새로운 언어를 학습할 동기가 부족하다. 일과 가족 등 환경적인 요인으로 아이들처럼 학습에 집중할 시간이 부족하기 때문에 습득 속도가 늦어지는 것일 뿐, 유아들만 가지고 있는 '특별한 능력'이 사라졌기 때문은 아니라고 한다. 성인이 되어서 새로어떤 악기나 스포츠를 배울 때 시간이 걸리는 것과 다르지 않다고 한다. 따라서 성인들도 유아나 청소년만큼 또는 더 많은 시간을 투자하고 집중한다면, 부정확한 발음이나 부정확한 문법을 보완할 수 있고 나이와 상관없이 유창하게 외국어를 말할 수 있다고

한다. 이와 마찬가지로 독서와 책 쓰기도 나이와 상관없이 시작할
수 있으며 본인의 의지가 그만큼 중요하다고 할 것이다.

당신이 쓴 한 권의 책이
당신 스스로의 운명을 바꾼다 🖊

인생에서 성공하는 사람은 누구인가. 좋은 기회가 오면 즉시 그것을 받아들일 수 있는 마음가짐이 되어 있는 사람이다.

— 벤자민 디즈레일리

'호랑이는 죽어서 가죽을 남기고, 사람은 죽어서 이름을 남긴다'는 말이 있다. 자신의 이름으로 책 한 권 남긴다는 것은 인생의 길목에서 무엇보다 값지고 의미 있는 일이다. 어떤 분야에서든 성공한 사람들은 예외 없이 결심과 실천을 동시에 이룩한 사람들이다. 책을 출간한 작가들은 어떤 사람들인가. 책 쓰기를 통해 새로운 삶을 살고 싶다는 뜨거운 열정과 절박함을 가슴에 안고 살아가는 사람들이다. 책 쓰기의 효과는 우리가 상상하는 것 이상으로 우리 앞에 다가온다.

세상에는 두 부류의 사람들이 있다. 책을 읽는 독자와 책을 쓰는 작가다. 수동적으로 책만 읽는 독자에서 그칠 것인가, 아니면 능동적으로 책을 쓰는 작가가 될 것인가. 그건 당신의 선택에 달려 있다. 당신이 독자에서 작가로 변신하는 순간 당신을 바라보는 주위 사람들의 시선도 180도 바뀔 것이다. 당신의 호칭도 누구누구 씨에서 작가님, 코치님, 작가 선생님 등의 다양한 호칭으로 불릴 것이다. 이러한 신분상승은 나도 직접 체험한 리얼 스토리다. 책을 내기 전까지 평범했던 내가 한 권의 책을 낸 순간 아내의 시선과 자녀들의 눈빛과 말투가 달라졌다. 친척들이나 지인들의 시선도 많이 부드러워졌다. 존경의 눈초리로 바뀌었다. 우리는 본인이 가 보지 못한 길을 가는 사람에게 환호와 존경을 보낸다. 부러움과 동시에 질투의 감정도 느낄 것이다. 사람은 누구나 자신이 원하고 꿈꾸는 인생을 살 수 있다. 그렇게 되지 않는 이유는 생각만 하고 실천하지 않기 때문이다. 현실과 타협하면서 적당히 살기 때문이다. 책을 쓰는 데에 있어서 당신이 지금 무슨 일을 하든, 그것은 문제가 되지 않는다. 오로지 당신의 결심과 실천만이 남아있다.

책을 쓴다는 것은 최고의 공부법이자 자기 탐구 방법이다. 책을 쓰고 탐구하는 과정에서 쑥쑥 성장하는 당신 자신의 모습을 발견할 것이다. 책을 쓴 작가가 됨으로써 당신이 누군가를 가르치고 지식을 전파해줄 수 있는 전문가임을 인정받는 다음과 같은 이유가 있다.

첫째, 책을 쓰면 자기가 몸담고 있는 분야의 전문가임을 남들이 인정
해준다.

둘째, 책을 쓰면 불특정 다수에게 신뢰감을 주고 성실함을 인정받는다.

셋째, 책을 쓰면 자신이 가지고 있는 지식과 경험, 노하우를 남들에게 팔 수 있는 자격이 생긴다.

넷째, 책을 쓰면 따르는 추종자가 생기고 작가로 브랜딩 되어 남들과 차별화된다.

책을 통해 나의 지식과 전문성을 타인에게 전해주고 싶다는 생각을 하는 사람들은 정신적인 쾌감도 함께 얻을 수 있다고 한다. '헬퍼스 하이helper's high · 다른 사람을 도울 때 느끼는 만족감'라고 하는 이 쾌감은 마음의 건강을 넘어 심장까지 튼튼하게 지켜 준다고 한다. 타인에 대한 배려가 나를 위한 보약補藥인 셈이다. 이 보약은 상대방도 나와 같은 소중한 인간이라는 마음이 있어야 '구매'가 가능하다.

'꿈을 아끼면 좋은 꿈을 꿀 수 없고, 물감을 아끼면 좋은 그림을 그릴 수 없다'는 말이 있다. 책 쓰기는 노력 없이 꿈을 이뤄주는 마법도 아니고, 환상을 진짜처럼 보여주는 속임수도 아니다. '하지 않으면 안 된다'는 절박함과 '몰입'과 '집중'을 통해서 이룰 수 있다. 성공이냐 실패냐를 떠나서 경험해보기 전엔 배울 수 없는 것이 있다. 오히려 실패했을 때 더 크게 개선과 발전이 일어난 적도 있다. 실패의 징검다리를 건너야만, 위험을 감수하는 수고를 감내해야지만, 원하는 목적지에 갈 수 있다. 누구에게나 기회는 온다. 삶의 반전을 꿈꾸자. 행동으로 옮기지 않는 책 쓰기는 의미가 없다.

시각장애 1급인 강용봉56세 씨가 최근 인문서적을 출간한다는 소식을 신문을 통해 접했다. 1985년 대구대 국어교육과를 졸업한 강 씨는 장애인협회와 복지재단에서 일하면서도 문학에 대한 관심을 놓지 않았다고 한다. 점자판과 녹음도서로 읽은 역사소설이 수천 권이라고 하니 놀라움을 금치 않을 수 없다. 시각장애인도 얼마든지 책을 낼 수 있다는 걸 보여주고 싶었다는 말을 듣고 나 자신을 다시 한 번 돌아보는 계기가 되었다.

나는 독서를 통해 인생의 위기를 극복할 수 있었다. 책을 통해 내 생각과 행동이 변화되었으며 의식이 확장되었다. 책을 읽고 깨달음을 얻었으며, 작가가 되었다. 현재는 투잡Two job을 뛰고 있다. 딱히 풍요롭다고만은 할 수 없지만, 그럭저럭 어려움 없는 경제생활을 하고 있다. 책을 쓰면서 약소하게나마 인세를 받고 있다. 책 읽기와 책 쓰기는 본업인 부동산 중개업을 하는 데도 플러스적인 요소로 작용한다. 일상의 부정적인 생각들이 긍정적인 생각으로 전환되고 삶에 여유를 가지게도 되었다. 책을 통해 스스로 만든 인생 좌우명이 있다. 상황별 대처법이라고 이름 붙였다. 인쇄를 해서 사무실에 붙여놓고 수시로 들여다보며 혼자만의 도를 닦고 있다. 마음의 평화를 얻고 있다. 인생 좌우명은 다음과 같다.

첫째, 상대방에게 서운하거나 화가 날 경우: "그러려니 하고 살자."
둘째, 상대방이 나에 대해서 화를 내거나 한심하게 바라볼 경우: "네, 참 불쌍타!"

셋째, 힘들고 어려운 상황에 직면했을 경우: "이 또한 지나가리라."

　미국의 작가, 극작가, 음악가인 스티븐 킹은 이렇게 말했다. "작가가 되고 싶으면 무엇을 하든, 이 두 가지를 해야 한다. 책을 많이 읽고 많이 읽는 것이다." 작가가 되려면 많이 읽어야 한다. 많이 읽지 않고선 좋은 작품을 기대할 수는 없다. 또한 죽은 독서가 아닌 살아있는 독서를 해야 한다. 아무리 독서가 즐거워도 실천하지 않고 책만 파면 책벌레에 불과하다. 책은 읽으면 읽을수록 내 자신이 아는 지식이 부족함을 느끼게 된다. 중국의 당송唐宋 8대 문장가의 한 분으로, 우리나라엔 소동파蘇東坡로 알려진 소식蘇軾의 대표작인 적벽부赤壁賦에는 '창해일속滄海一粟'이라는 말이 나온다. '넓고 큰 바다 가운데 한 알의 좁쌀'이라는 뜻으로, '아주 많거나 넓은 것 속의 극히 하찮고 작은 물건'을 이르는 말이다.

　우리가 한평생 아무리 많은 책을 읽고 지식을 쌓아도 티끌만한 먼지일 뿐이라는 생각이 든다. 그럴수록 더 많은 분야에 관심을 가지게 되고 지식이 쌓이면서 독서에 대한 의욕이 갈수록 충만해짐을 느낄 수 있다. 또 책을 읽는 행위인 인풋과 글쓰기인 아웃풋을 동시에 한다면 독서의 실력이 향상됨을 느낄 것이다. 그리고 독서의 진짜 목표를 잊지 말자. 삶을 일깨우는 독서를 하자! 생생하게 살아 있는 독서, 자신의 심장을 뛰게 하고 피를 돌게 하는 독서를 하자. 독서는 명사가 아니라 동사다. 단지 책을 읽는 게 중요한 게 아니라, 실천과 행동이 중요하다. '독서는 나의 힘이다!' 그동안 성공에 대한 현실적 인식 없이 낭만적인 바람만 품고 살아왔다. 한 그루 나무가 튼실한 열매를 맺기 위해선 여름 땡볕도, 겨울 한파도 견뎌내야 한다. 과정 없는 결과는 없을 것이다. 절실함은 환경이 아니라 자신이 스스로 만드는 것이다. 성공 독서를 하기 전에 성공노트를 쓰고, 성공스크랩을 만들고, 감사 일기를 쓰자. 긍정의 근육을 키우자. 자신은 물론 타인들도 따뜻하게 바라보는 유연성을 기르자. 내가 실패와 좌절 속에서도 끝내 성공할 수 있었던 이유는 무엇인가? 성공에 대한 확신이 있기 때문이다. 그 확신은 어디에서 오는가? 열정에서 온다. 열정이란 무엇인가? 이대로 물러서지 않겠다는 강한 의지와 절실함이다.

'노력은 헛되지 않고 반드시 열매를 맺는다.' 기운을 주는 말은 귀를 통해 들어온 후 뇌리 깊숙이 박혔다가 심장을 울린다. '성공'이란 이기적으로 독해야 이룰 수 있는 것이고, 남을 짓밟아야 가능한 것이라는 편견이 있었다. 진정한 성공은 누군가를 짓밟지 않고서도 꿈을 실현하는 것이다. 어제와 다른 오늘, 새로운 오늘, 내일을 만드는 오늘을 살아가는 것은 분명 신나는 경험이다. 자신의 미래에 대해 걱정하고 근심하는 대신 왜 깊은 관심과 이해를 기울이지 않는가. 자신에 대해 불평하고 불만을 터뜨리는 대신 왜 좀 더 뜨겁게 사랑하고 꿈을 위해 달려가지 않는가. 걱정하고 근심할 시간이 있다면 차라리 자신에게 더 많은 관심을 갖고 더 깊은 사랑을 쏟아 붓자. 생각이 근본적으로 바뀌어야 한다. 그래야 새로운 행동이 나오고 그 행동이 인생을 변화시키는 강력한 엔진 역할을 한다.

성공 독서는 적극적이고 진취적인 사고방식을 기르며 인간관계 능력을 기르는 독서다. '독서는 움직이지 않는 여행이고, 여행은 움직이는 독서다'라는 말이 있다. 독서는 간접 경험이고 여행은 직접경험이다. 여행이라는 직접경험은 많은 비용과 시간과 에너지를 요한다. 때로는 직접적인 위험에 맞닥뜨리기도 한다. 이에 비해 간접 경험이라는 독서는 직접 경험에 비해 최소한의 시간과 최소의 비용만으로도 효용의 극대화를 이룰 수 있다. 그러나 독서는 반복적인 행위를 통해 습관으로 굳어져야 한다. 현대 자본주의 사회는 중독을 권하는 사회다. 알코올, 담배, 마약, 도박 등은 중독성이 강한 것들이다. 중독성이 강한 것들은 처음에는 호기심에서 출발한다. 그러나 작고 사소해 보이는 것들이 반복되면서 습관이 되고 습관이 굳어지면서 끊을 수 없는 중독이 된 것이다. 독서도 이와 다르지 않다. 일단 작은 습관을 통해 중독성이 우리 몸에 체화된다면 끊기 힘든 행위 중 하나가 될 것이다. 책을 구입할 형편이 안 되거나 다양한 종류의 책을 보려면 도서관이나 남한테 빌리는 것도 어쩔 수 없으나 책은 돈을 주고 직접 사서 보는 것이 바람직하다. 도서관이나 남한테 빌린 책은 밑줄을 긋거나 메모를 할 수가 없다. 깨끗하게 보고 돌려 줘야 한다. 책은 우리가 학생시절

공부할 때 한 것처럼 밑줄도 긋고 메모도 해야만 머릿속에 오랫동안 기억으로 저장된다. "좋은 책을 읽는 것은 과거의 가장 뛰어난 사람들과 대화를 주고받는 일이다."고 한 르네 데카르트의 말을 기억하기 바란다.

1인 기업가로 자신을 브랜드화하라 ✏️

배움은 우연히 얻어지는 것이 아니라 열성을 다해 갈구하고 부지런히 집중해야 얻을 수 있는 것이다.

― 애비게일 애덤스

한 해 응시 인원만 50만여 명이 넘는 국가고시가 있다. 바로 대학 수학능력시험이다. 2018년 올해는 현재 고3생들이 2000년에 출생한 밀레니엄 베이비 붐 세대들인 덕분에 60만여 명 가까이 될 것으로 예상하고 있다. 수능시험 다음으로 많은 응시 인원이 있는 국가고시가 있다. 바로 '중년 고시考試'로 불리는 공인중개사 시험이다. 2015년 22만여 명, 2016년 27만여 명, 2017년 32만여 명이 접수했다고 한다. 해가 갈수록 접수인원이 늘어가는 추세다. 요즘은 평생직장 개념도 없고 언제든 회사에서 구조조정을 당할 수 있다는 불안감에 노후 대비용으로 자격증을 따놓자는 심리가 많이 작용한다고 한다. 또 하나 주목할 점은 갈수록 응시생의 나이가 젊어지고 있다는 점이다. 국토교통부 자료에 따르면

2017년 전체 응시자의 38%가 20~30대라고 한다. 예전에는 퇴직한 50~60대가 제2의 인생을 시작하고자 많이 응시했는데 요즘은 10~30대는 물론 30~40대 주부들도 많이 몰린다고 한다. 현재 직장생활을 하고 있는 젊은 층도 회사 생활로는 미래가 보장되지 않아 심리적으로도 안정을 찾기 위해서 일단 따놓고 보자는 생각이라고 한다. 이처럼 해마다 응시생과 합격자 수가 크게 늘고 있지만 미래 전망은 밝지 않다고 한다. 인터넷 사이트를 통한 직거래_{임대인·임차인}가 많이 늘었고 워낙 경쟁이 치열하다 보니 사무실 현상 유지하기도 쉽지 않다고 한다. 노후에 마땅한 일자리도 없고 일반 자영업에 비해서 초기 투자비용이 저렴하다 보니 개업하는 이들이 늘고 있다고 한다.

'마케팅의 아버지'이자 세계에서 가장 영향력 있는 비즈니스 구루인 필립 코틀러는『퍼스널 마케팅』이란 저서를 통해 개인의 브랜딩화가 트렌드인 요즘 '내 가치를 어떻게 영리하게 높이느냐'에 대해 다음과 같이 설명했다.

"사람들은 저마다 성향이 다르고, 개인의 브랜드화를 의식하든 않든 간에 개인이 속한 사회적, 직업적 집단 내에서 각자 자신의 이미지를 형성한다. 반면에 퍼스널 브랜드를 의식적으로 구축하는 사람들이 갈수록 늘고 있다. 영업사원들은 연봉을 올리고 조직 내에서 인정받기 위해, 교수들은 전문 이론을 개발하여 유명세를 얻고 기업에 자문해주어 고소득을 올리기 위해, 가수들은 참신한

패션과 스타일을 갖춤으로써 수많은 경쟁자들 틈에서 돋보이고자 각자 자신만의 퍼스널 브랜드를 구축한다. 차별화된 브랜드 구축에 성공한 이들은 대중의 머릿속에 깊이 인식되어 시장에서 장기간 우위를 점하는 데 성공한다. 그리고 분명히 그 이름값에 상응하는 물질적 혜택도 얻는다."

1인 기업은 이제 사회적인 트렌드로 자리잡아가고 있다. 피터 드러커와 함께 현대 경영의 창시자로 불리는 톰 피터스는 "앞으로 15년 이내에 화이트칼라 직업의 대부분은 사라지게 될 것"이라고 예견했다. 블루칼라들이 있는 공장들은 설비 자동화로 일자리가 격감될 것이다. 대기업 중심의 경제는 혁신으로 무장한 스타트업신생 벤처기업에 자리를 내 주게 될 것이다. 사무기기의 디지털화로 인해 화이트칼라도 사무실을 떠나고 있다. 그리고 우리가 선망하는 판사, 변호사, 회계사, 의사 등의 전문 종사자들은 인공지능AI과 로봇에 의해 대체될 것이다.

이제 평생직장의 시대는 가고 1인 기업가들이 세상을 이끄는 시대가 도래했다. '1인 기업'이란 '조직의 울타리에서 벗어나 독립적으로 일하는 사람'을 일컫는다. 자신만의 퍼스널 브랜드가 있는 사람을 일컫는다. 제품의 고유한 이름에 따라 가격이 천차만별이듯 사람도 본인이 가지고 있는 이름값, 인지도에 따라 천차만별의 대우를 받는다. 이런 현상은 어느 분야를 막론하고 퍼스널 브랜드가 일반화되고 있다는 것을 의미한다. 이러한 시대에 자신의 가치, 인지도를 어떻게 대중들에게 알리고 유지할 수 있을까? 저마다 독특한 방법과 아이디어가 있을 것이다. 그러나 무엇보다도 타인의 관심과 시선을 끌 수 있는 독특한 스토리나 아이디어가 담긴 책을 쓴다면 누구보다 먼저 자신을 브랜드화 할 수 있다. 자신을 브랜드화 하는 최고의 방법은 자기 이름으로 된 책을 출간하는 것이다. 20세기가 샐러리맨으로 대표되던 조직 구성원들이 사회적 주체가 된 시대였다면, 21세기는 시간이나 장소에 구애받지 않고 자유롭게 일하고 여가를 즐기는 사람들의 시대다.

이제는 직장에서조차도 멀티 플레이어보다는 스페셜리스트를 원한다. 연공서열에 의한 호봉제보다는 성과에 의한 연봉제를 늘려가는 추세다. 기업의 주력 사업이 아닌 부문은 외주를 이용하는 추세다. 출판사를 예로 들면 편집, 디자인, 입력, 기획, 영업, 인쇄, 배본 등의 업무 대부분을 외주를 활용하는 곳들이 대부분을 차지한다. 중요한 업무를 제외하고 나머지 부분에 대해 외주를 주게 되면 고정 경비가 절감된다. 핵심 기능을 제외한 나머지 모든 부분을 아웃소싱하면 1인 기업이 될 수 있다.

실버 자영업자들이 위기에 빠졌다고 한다. 전국에 있는 편의점 수는 약 4만여 개에 달한다. 인구 1300여 명당 하나 꼴이다. 편의점 선진국이라는 일본의 2배 가까이 되는 수치다. 편의점은 치킨 집과 함께 자영업자들이 가장 많이 선호하는 업종이다. 편의점 프랜차이즈 본사의 적극적인 마케팅과 중장년 퇴직자들의 손쉬운 진입장벽을 이유로 들 수 있다. 2017년에 새로 창업한 자영업자는 115만여 명이라고 한다. 이 중 50대 이상이 전체 자영업자의 절반을 넘는다고 한다. 문제는 젊은 층보다도 50~60대 중 65%가 휴업 또는 폐업한다고 한다. 그리고 1인당 손해액은 7,000만 원을 넘는다고 한다. 실버 자영업자의 파산이 우리 가계 경제의 뇌관이 되고 있다는 분석이다.

처음 창업을 시작하는 사람들의 가장 큰 고민은 비용문제일 것이다. 사업을 어느 정도 정상에 올려놓기 위해서는 시간이 필요하며 그 기간 동안 꾸준히 고정 경비를 지출해야 한다. 지출하는 항목 중에서 인건비, 임대료, 원재료비가 대부분을 차지한다. 창업 시장에서 살아남기는 하늘의 별따기다. 십중팔구는 실패한다는 의미다. 주요원인은 자금난이다. 대부분의 사람이 본인의 자금을 활용하기보다는 은행 대출에 의존한다.

지식 기반 사회에서 직장인들도 자신을 브랜드화하지 않으면 나이가 들수록 존재 가치가 떨어질 것이다. 한때는 열심히 일하는 사람이 인정받는 시대가 있었다. 휴일도 마다하고 회사에서 열심히 일하는 사람은 거기에 맞는 급여와 승진이라는 달콤한 유혹이 있었다. 그러나 이제는 그런 사람도 구조조정이라는 칼끝을 피하기가 쉽지 않다. 그런 사람들은 회사 일에 매진하느라 전직이나 독립은 생각조차 못 했을 것이다. 준비가 안 돼서 나온 사람들은 그야말로 오갈 데 없는 버려진 신세가 되는 것이다. 이제는 직장에서도 열심히 하는 사람보다는 전문성과 창의성을 가진 사람이 살아남는 시대가 되었다. 4차 산업혁명 시대에 밀려나지 않으려면 자신의 분야에서 스스로 선도해 나갈 수 있는 전문성을 확보해야 한다.

기업들은 근로자들을 조직의 부품처럼 사용한다. 부품이란 망가지거나 기능을 다하지 못하면 새로운 제품으로 교체될 수밖에 없다. 회사에서는 열심히 일하라. 다만, 조직의 부품으로서가 아니라 없어서는 안 될 유일품으로 거듭나야 한다. 직장을 제2의 인생을 준비하는 디딤돌이자 지렛대로 삼아야 한다. 직장생활을 하며 그나마 월급이 꼬박꼬박 나올 때 자기계발을 소홀히 하지 말아야 한다. 나만의 브랜드를 다져나가야 한다. '책'을 쓴 작가가 됨으로써 내 자신을 브랜딩화 하는 것이 가장 안전하고 확실한 방법이다. 1인 기업은 이제 시대적인 대세다. 이제는 직장인이든 자영업자든 스스로 1인 기업의 전문성을 가지고 있어야 한다. 자신을 브랜드화해야만 성공할 수 있다. 계약직 사원은 과거에는 불안정한 직업이었지만 이제는 자신만의 브랜드로 억대 연봉을 받는 경우도 많이 있다. 이제 정규직도 점점 줄어들 것이다. 많은 사람들이 선호하는 공무원이라는 직업도 출산율의 저하로 인한 인구감소, 작은 정부의 확산 등으로 인해 일자리가 많이 줄어들 것이다. 좋은 직장에서 준비 없이 사회에 나오면 적응하지 못하고 실패하는 경우도 비일비재하다. 남들이 감히 넘볼 수 없는 전문성과 창의성을 갖춰야만 한다.

우리가 생계를 위해 종사하는 직업의 종류는 약 30만 개에 가깝다고 한다. 시대에 따라 없어지는 직업이 있는가 하면 새로 등장하는 직업도 있다. 젊은 시절에는 어떠한 형태의 직업이든 그곳에 종사하며 삶의 의미를 찾으려고 한다. 미래를 꿈꾸며 현재를 살아간다. 그러나 40~50대가 돼서 직장에서 명퇴하거나 확실한 미래가 보이지 않는다면 불안감을 안고 살아갈 수밖에 없다. 나는 첫 직장을 비교적 안정되고 많은 젊은이들이 들어가고 싶어 하는 곳에서 시작했다. 그러나 영원할 것 같았던 직장생활도 환경의 변화, 시대의 변화에 따라서 떠밀리듯이 사직서를 내는 순간에 직면했다. 퇴사 후 방황의 시간도 겪었지만 나름대로 좌절하거나 실망하지 않고 새로운 삶을 개척해 나갔다. 현실을 인정하고 미래를 꿈꾸어 왔기에 현재의 내가 존재할 수 있었다. 부동산 중개업이라는 자영업의 길을 걸으면서 동시에 작가라는 타이틀을 가지고 더 큰 미래를 위해 고군분투하고 있다. 나는 어린 시절부터 '진인사대천명盡人事待天命'이라는 좌우명을 가지고 있다. 이 말은 삼국지의 '수인사대천명修人事待天命'에서 유래한 말로 '사람으로서 자신이 할 수 있는 어떤 일이든지 노력하여 최선을 다한 뒤에 하늘의 뜻을 받들어야 한다'는 의미로 쓰인다. 자신의 일은 다하지 않고 요행을 바라는 사람에게 최선을 다하라고 강조하는 말이다. 영국의 시인 드라이든은 "용감한 자만이 미인을 얻을 수 있다."고 했다. 이 세상에 땀 흘리지 않고 얻을 수 있는 것은 아무것도 없다. 이성의 사랑을 얻기 위해서도 용기와 노력이 필요하다.

인생에서 너무 늦은 때란 없다

보통 사람은 시간을 허송하는 데 마음을 쓰고 재능 있는 사람은 시간을 이용하는 데 마음을
쓴다.

– 쇼펜하우어

'여자 팔자 뒤웅박 팔자'라는 말이 있다. '뒤웅박'이란 박을 쪼개
지 않은 채로 꼭지 근처에 구멍만 뚫거나 아니면 꼭지 부분을 베
어 내고 속을 파낸 바가지를 말한다. 이 뒤웅박은 다양한 용도로
쓰였는데, 뒤웅박에 무엇을 담느냐에 따라 그 쓰임새와 가치가 달
라지기 때문에 이를 여자의 팔자와 비교한 것으로 보인다. 즉, 여
자가 어떤 배우자를 만나느냐에 따라 팔자가 정해진다는 뜻으로
쓰인 속담이다. 날카로운 칼도 주방에서 요리사가 사용하면 맛있
는 음식을 만드는 유용한 도구지만 강도가 남의 집에 침입해서 인
명을 살상할 목적으로 사용하면 무서운 흉기로 변신한다. 이와 마
찬가지로 책도 어떤 주인을 만나느냐에 따라 다양한 용도로 변신
한다. 아래에 있는 방법이 전부는 아닐 것이다. 다만, 저자가 생각

나는 대로 책의 용도에 대해서 적어 봤다.

1. 책을 쓴 저자와 시·공간을 초월한 만남을 통해 폭넓은 지식과 지혜를 얻고 세상을 보는 시야를 키울 수 있다.
2. 집이나 사무실의 인테리어 장식용으로 사용한다.
3. 뜨거운 음식물을 놓을 때 냄비 받침으로 사용한다.
4. 한낮에 오수를 즐기거나 저녁에 취침용 베게로 사용한다.
5. 공부 안하고 말 안 듣는 학생이나 자녀 훈육용으로 머리 때릴 때 사용한다.
6. 배우자나 부모님 몰래 비상금을 감춰둘 때 지갑대용으로 사용한다.
7. 겨울철 아궁이에서 불을 붙일 때나 불쏘시개용으로 사용한다.
8. 화장실에서 휴지가 떨어졌을 때 긴급하게 휴지 대용으로 사용한다.
9. 파리나 바퀴벌레 잡을 때 파리채 대용으로 사용한다.
10. 잠 못 이루는 밤에 수면제 대용으로 사용한다.
    ☞방법: 잠자리에 들어가 느긋하게 편한 자세를 취하고, 조명을 조금 어둡게 해 놓고, 이해하기 어려운 책이나 지루한 책을 손에 든다.
    ☞효과: 5분 이내에 잠이 들 것이다.
11. 타인으로부터 지적인 아름다움과 아우라Aura를 느끼게 하기 위해.
    ☞효과: 교양 있어 보인다.
12. 시간은 많고 마땅히 할 일은 없을 때 시간 때우기 용으로 사용한다.
13. 오랜 시간 여러 주인들의 손을 거치다가 종이류 재활용품 장으

로 옮겨지는 운명을 맞는다.

☞여러 번 이사를 하게 되는 주인을 만나면 이리 치이고 저리 치이고 짐짝 같은 신세가 되기도 한다.

이 외에도 책은 어떤 주인을 만나느냐에 따라 다양한 용도로 쓰일 걸로 짐작된다. 독서는 인간의 다양한 문화 활동 중에서 가장 기본적이면서 고차원적인 것이다. 독서가 습관이 되고 오랜 세월 축적이 되면 지적으로 인간적으로 성숙해지게 된다. 그런 의미에서 독서는 인간의 가장 고귀한 행위이다. 이 글을 읽는 독자들은 과연 책을 어떤 용도로 사용하는지 궁금하다. 부디 유용한 용도로 사용해서 지적인 성숙미를 갖추기를 소망해 본다.

인간은 누구나 과거를 통해서 현재를 살며 미래를 꿈꾸고 있다. 지나온 과거는 절대 후회하지 말자. 좋았던 기억들은 소중한 추억으로 간직하고, 안 좋았던 추억들은 미래를 살아가는 데 있어 경험의 자양분으로 삼으면 된다. 우리 인생은 겨울철 나무와 같다. 그 나뭇가지에 모든 잎이 떨어지고 다시는 푸르른 잎이 나지 않을 것 같아도 새로운 계절이 돌아오면 다시 꽃을 피우고 열매를 맺는다. 인생에서 결코 늦은 때란 없다. 내가 너무 늦었다고 믿고 있을 뿐이다. 컵에 물이 '반밖에 없다'고 하는 비관론자가 될 것인지, '반이나 있다'고 하는 낙관론자가 될 것인지는 그 누구도 아닌 나 자신이 마음먹기에 따라 달라진다.

배움에는 때와 장소와 나이의 많고 적음이 없다. 글쓰기도 마찬가지다. 내가 시작하는 그 순간이 가장 빠를 때고 내가 글쓰기를 시작하는 장소가 가장 적합한 장소다. 우리 인생은 선택의 연속이라고 할 수 있다. 많은 사람이 잘 다져놓은 안전하고 확실한 길이 있는가 하면, 이제껏 한 번도 가 본 적 없는 무섭고 두려운 풍경이 펼쳐진 비포장도로도 있다. 눈에 보이지 않던 작은 변화가 누적돼 일시에 큰 변화가 일어나는 현상이 있다. 이를 '티핑 포인트'라고 한다. '책장에 먼지가 하루하루 켜켜이 조금씩 쌓여 가듯이.', '콩나물시루에 물을 줘도 쑥쑥 자라는 모습이 눈에는 보이지 않지만 언젠가 시루 전체를 뒤덮듯이.', '낙타의 등에 지푸라기를 얹다 보면 낙타가 무릎을 꿇는 순간이 오듯이.' 한 권의 책을 통해 변화되는 모습은 눈에 잘 보이지 않는다. 그렇지만 쌓이고 쌓이다 보면 인간을 송두리째 변화하도록 만드는 밑거름이 될 것이다. 한 권이 모여 두 권이 되고 두 권이 모여 세 권이 된다. 그리고 그렇게 쌓이다 보면 머지않아 결국 백 권이 되고 천 권이 된다.

사전에서 습관이란 단어를 검색하면 '어떤 행위를 오랫동안 되풀이하는 과정에서 저절로 익혀진 행동 방식'이라고 나와 있다. 우리가 어떤 행동을 할 때 의무감을 갖고 억지로 하는 것이 아닌, 생각 없이 반사적으로 하는 행동 인지를 연구한 연구 결과가 있다. 2010년 영국 런던 대학교 제인 워들 교수가 이끄는 연구팀에 따르면 습관이 우리 몸에 완전히 정착되는 데는 평균 66일이 걸린다고 한다. 물론 개인마다 차이가 있을 수 있으며 어떠한 행동 습관이냐에 따라 덜 걸릴 수도 있고 더 걸릴 수도 있을 것이다. 하지만 66일 동안 매일 같은 행동을 반복하면 두뇌에 각인되어 그 후에는 누가 시키지 않아도 자동 반복적으로 이러한 행동이 나온다고 한다. 따라서 처음 책읽기 습관을 들이기가 어렵지 일단 내 몸에 완전히 체득된다면 독서의 효용과 즐거움에서 빠져나오기 힘들 것이다.

'모지스 할머니'로 불리며 미국인이 가장 사랑하는 예술가 중 하나로 손꼽히는 화가인 애나 메리 로버트슨 모지스는 1860년에 태어나, 관절염으로 자수를 놓기 어려워지자 바늘을 놓고 붓을 들었다. 그때 그녀의 나이는 76세였다. 한 번도 배운 적 없어 늦은 나이에 시작한 그녀는 88세에 '올해의 젊은 여성'으로 선정되었고 93세에는 《타임》지 표지를 장식했으며, 그녀의 100번째 생일은 '모지스 할머니의 날'로 지정되었다고 한다. 76세부터 101세의 나이로 세상을 떠나기 직전까지 왕성하게 활동하며 1600여 점의 작품을 남겼다고 한다.

－『인생에서 너무 늦은 때란 없습니다』
애나 메리 로버트슨 모지스, 류승경 편역, 수오서재

아프리카 격언에 '노인 한 명이 죽는 것은 도서관 하나가 사라지는 것 같다'라는 말이 있다. 덴마크 속담에도 '집안에 노인이 없으면 옆집에서 빌려와라'는 말도 있다. 나이가 들면 여유와 분별력이 생긴다고 한다. 또한 그들이 수십 년간 쌓아온 지식과 지혜는 귀중한 사회적 자산이다. 글쓰기와 책 쓰기를 통해 후손들에게 전해주어야 할 가치이다.

요즘 유행하는 말 중에 "욜로 라이프YOLO: You Only Live Once"라는 말이 있다. 이 말은 인생을 후회 없이 즐기자는 뜻이다. 즉, 미래에 대한 낙관주의를 강조한 말이다. 불투명한 미래를 걱정하기보다지금 이 순간 즐겁고 행복하게 사는 게 더 중요하다고 생각하는 사고방식이다. 닥치지도 않은 미래를 걱정하며 살지 말자는 주의다. 물론 비관적인 사람보다 매사 긍정적이고 낙관적인 사람이 정신건강에는 좋다고 할 수 있다. 그리고 그렇지 않은 사람보다 학업이나 업무 성취도 면에서 높은 성과를 보인다고 한다. 그러나 즐길 때 즐기더라도 미래에 일어날지도 모르는 일에 대비하고 준비하는 자세가 필요하다.

우리는 이솝 우화 중에 하나인 《개미와 베짱이》 이야기를 어려서부터 익히 들어왔다. 이 우화는 겨울을 대비해 땀 흘리며 음식을 모으는 개미와, 따뜻한 여름날에 "노래할 수 있을 때 노래해야지. 걱정할 것 없어. 다 잘될 거야"라는 낙관주의로 시간을 보낸 베짱이를 풍자한 우화다. 지금 당장 어렵고 힘들더라도 미래를 위한 저축이라고 생각하고 열심히 살 건지, 아니면 지금 당장 편안한 삶을 선택해서 노후를 힘들게 살 건지는 본인의 선택에 달려있다.

호기심을 잃지 마라 🖉

"저는 결점이 아주 많지만 장점도 하나 있어요. 그건 매사에 호기심을 갖는 것이고, 그게 바로 제 삶의 원동력입니다."

– 비스와바 심보르스카 폴란드 노벨 문학상 수상 시인

'호기심'을 국어사전에서 찾아보면 '새롭고 신기한 것을 좋아하거나 모르는 것을 알고 싶어 하는 마음'이라고 정의되어 있다. 인간은 태어나면서부터 호기심을 가지고 있다. 일종의 호기심 덩어리다. 호기심은 가슴 떨림과 설렘을 만든다. 모든 발명품은 호기심으로부터 출발했다. 아이는 말을 시작하면서부터 호기심이 시작된다. 물론 사람에 따라 성장하는 과정 중에 오히려 감소되거나 증가되기도 한다. 유아기에는 손에 잡히는 모든 물건을 입에 넣는다. 이 시기에 감시의 눈길이 소홀해지면 여차 하는 사이에 아차 하는 순간으로 바뀌게 된다. 아동기에는 혼자서 놀기를 좋아한다. 혼자서 소꿉놀이 하면 시간 가는 줄 모른다. 이 시기에는 질문도 많고 모든 게 궁금하다. 툭하면 부모에게 질문을 던진다. 답해주고 돌아서면 똑같은 질문이 이어진다. 그러다가 크면서 호기심과 질문이 점점 줄어든다. 어려서부터 주입식 교육을 받은 탓에 적극적인 행위인 묻고 답하기를 생략한 채 수동적인 듣기만을 선호한다.

먼 우주에서 우주선을 타고 날아온 ET와 소년, 소녀들과의 우정 어린 교류를 그린 공상과학SF 영화를 제작한 미국의 영화감독 스티븐 스필버그는 아이들의 호기심에 대해서 다음과 같은 말을 했다. "가장 위대한 업적은 '왜'라는 아이 같은 호기심에서 탄생한다. 마음속의 어린아이를 포기하지 마라." 인생에서 진실로 성장하고 싶다면 어린아이처럼 호기심을 가지는 법을 배워야 한다. 어린아이의 호기심은 순수하다, 그리고 천진난만하다. 아이들은 성장하면서 끊임없는 호기심을 가지고 있다. 호기심을 가지고 세상을 살다 보면 사는 게 즐겁고 유쾌하다. 삶은 즐거움이 가득차고 인생은 나날이 발전할 것이다. 호기심을 품어야 학습을 향상시킬 수 있으며 기억력도 향상된다. 장기기억장치인 해마는 사람이 호기심을 품을 때 더욱 활성화되어 부수적인 사실을 기억하는 데 유용하다는 것이 밝혀졌다. 또한 흥미를 느끼는 대상일수록 기억할 가능성도 더 커진다고 한다. 가장 똑똑한 사람이라는 표현이 어울리는 천재 과학자 '아인슈타인'은 호기심을 통해 창의력을 발휘했다. "나는 특별한 재능을 갖고 있지 않다. 오직 열정으로 가득 찬 호기심을 갖고 있을 뿐이다." 모르는 것이나 낯선 것에 대한 호기심은 자신이 가지고 있는 모든 정보를 동원하며 우리의 뇌를 활성화 시킨다. 뇌가 활성화될 때 상상력이 발동하기 시작한다.

최근에 사무실 근처에 있는 24시간 빨래방을 방문한 적이 있다. 여러 대의 기계들 사이로 붙여놓은 경고 문구가 나의 눈을 자극했다. '애완동물 출입금지' '운동화 투입금지'라는 문구와 함께 위반 시 '민법 750조'에 의한 민사상 손해배상 청구와 형법 '366조'에 의한 형사적 처벌을 받을 수 있다는 문구였다. 나는 재빨리 가방에서 스마트폰을 꺼내 관련법령을 검색했다. 『민법』 제750조 불법행위의 내용 '고의 또는 과실로 인한 위법행위로 타인에게 손해를 가한 자는 그 손해를 배상할 책임이 있다.' 『형법』 제366조 재물손괴 등 '타인의 재물, 문서 또는 전자기록 등 특수매체 기록을 손괴 또는 은닉 기타 방법으로 기 효용을 해한 자는 3년 이하의 징역 또는 700만 원 이하의 벌금에 처한다'는 내용이었다. 그 이후 나는 사무실에 출퇴근 하면서 빨래방을 지날 때마다 '민법'과 '형법' 조항 내용을 머릿속에 되새기곤 한다.

이처럼 우리는 일상 속에서 호기심의 끈을 놓지 말아야 한다. 호기심은 나의 지적 욕망을 자극하고 새로운 것을 익히도록 해주는 원동력이다. 심리를 활용한 마케팅에서 쓰는 용어 중에 '컬러배스효과color bath effect'라는 것이 있다. 창의력 키우기에도 활용되는 중요한 개념이다. 한 가지 색깔에 집중하게 되면 동일한 색을 가진 사물들이 유독 눈에 띄는 현상을 말한다. 모든 사물에 대해서 호기심과 관심을 가지고 본다면 결국 창의력까지 영향을 미치게 될 것이다. 무언가를 의식하면 그것만 눈에 보이게 되고 유독 눈에 잘 띄게 됨을 느낄 것이다. 관심이 생기니 자연스럽게 몰입과 집중으로 연결된다. 그렇게 내 눈에 들어오는 것들과 머릿속에 들어오는 정보들을 잘 정리하면 책 읽기와 글쓰기에도 많은 도움이 될 것이다.

책이나 신문 등의 정보를 수시로 접하다 보면 '세상에는 모르는 것이 너무 많다'는 것을 느낄 것이다. 그리고 이러한 것들에 대해서 알고 싶다는 지적 호기심이 발동한다면, 절반은 성공한 것이다. 이러한 것들을 충족시켜 주기 위해 우리는 신문, 책, 인터넷 등의 바다를 끝없이 항해해야 한다. 단, 인터넷의 바다에 떠 있는 잘못된 정보들에 대해 취사선택할 수 있는 능력은 스스로 길러야 한다. 그러나 많은 사람들이 대부분의 시간을 스마트폰이나 텔레비전을 보면서 헛되이 보내고 있다. 물론 텔레비전이 역기능만 존재하는 것은 아니다. 많은 정보와 교양물은 나름대로 순기능의 역할도 담당한다. 그러나 이러한 순기능을 이용하기보다는 오락물이나 드라마 등으로 시간을 보내는 것이 대부분이다. 소파나 침대에 누워 습관적으로 텔레비전 채널을 돌리는 시간에 당신을 위한 건전한 취미나 독서에 투자하라. 그리하면 당신은 자신이 원하고 꿈꾸는 삶을 살 수 있을 것이다.

우리는 끊임없이 배워야 한다. 배움을 멈추는 순간 늙는다. 몸도 마음도 늙는다. 나이를 불문하고 배움을 멈추지 않는 사람은 젊다. 인생에서 가장 멋진 일은 호기심을 잃지 않고 끊임없이 배우는 것이다.

중국의 수학자 화뤄겅은 이런 말을 남겼다. "과학적인 발견이 우연한 기회에 이루어졌다면 이러한 우연한 기회는 평소 자질을 갖춘 사람, 독립적인 사고를 하는 사람, 그리고 중도에 포기하지 않고 끝까지 노력하는 사람에게 찾아온다. 게으른 사람에게 우연한 기회란 없다."

일전에 처제가 살고 있는 아파트를 방문한 적이 있다. 신축 아파트에 입주해서 집들이를 한다고 초대를 받은 것이다. 직업은 못 속인다고 내가 하는 일이 부동산 중개업이다 보니 모든 것에 대해 관심을 가지고 유심히 살펴보게 되었다. 실내 구조라든가 가구 배치, 단지의 구조와 주변 시설 등에 관심을 가지게 되었다. 바깥 풍경을 보기 위해 발코니에 나가 보니 미닫이 부분에 붙여놓은 스티커가 눈에 띄었다. 신축 건물이다 보니 실내 결로 및 곰팡이를 방지하기 위해 세입자 주의사항 등을 관리사무실에서 붙여 놓은 것이었다. 나는 관심 있게 내용을 읽어 내려갔다. 마침 집필 중에 있는 책이 부동산 관련 전문서적 이었기 때문에 원고 소재로 삼으면 괜찮겠다 싶은 생각이 들었다. 얼른 스마트폰으로 사진을 찍어 저장해 놓았다. 집들이에서의 좋은 추억을 뒤로하고 사무실에 돌아오자마자 카메라를 열고 내용을 메모하기 시작했다. 쓰고 있는 원고에다 내용을 첨삭하고 살을 덧붙이기 시작했다. 이처럼 일상생활에서의 모든 사물이나 사람들과의 관계 등은 책을 쓸 수 있는 소재이자 훌륭한 스토리가 될 수 있다. 작가라면 범부凡夫와는 다른 시각을 가지고 있어야 한다. 어떤 사물, 어떤 현상을 바라보더라도 남들이 보지 못하는 독창적인 관점을 취하는 감각을 가져야 한다. 매사에 모든 사물을 호기심 어린 눈으로 살펴봐야 한다. 물 흐르듯 흘려버리지 말고 직관과 상상력이라는 마법의 요소를 혼합하고 오감五感을 동원해 책 쓰기 소재거리를 찾아야 한다. 책을 쓰고자 마음먹고 실천한다면 스토리는 우리 주변 어디에나 널려 있다는 것을 명심하자.

알려진 바에 따르면 영국의 천재 물리학자 뉴턴은 우연히 나무에서 떨어지는 사과를 보고 '만유인력의 법칙'을 발견했다고 한다. 이는 뉴턴이 평소 과학에 관심과 노력을 기울이던 차에 발견한 것이다. 사과가 떨어지는 것을 보고 우연히 만유인력 법칙을 알게 된 것이 아니라 평소에 만유인력 법칙에 대한 호기심이 있었기 때문에 가능한 것이다. 과학에 대한 지식도 없고 관심도 없는 사람이 이러한 원리를 발견하지는 못할 것이다. 모든 일에 있어서 노력하고 호기심을 가지고 있는 사람에게 기회가 찾아온다.

성공하기 위해 호기심과 함께 갖고 있어야 할 마음의 자세가 하나 더 있다. 바로 긍정적인 사고방식이다. 해마와 전두엽에 분포

하고 있으며 신경을 활성화하는 역할을 하는 '베타엔도르핀'이라는 호르몬이 있다. 일종의 마약 성분이다. 모르핀의 150배 진통효과가 있다고 한다. 이 물질은 긍정적인 생각을 할 때나 운동을 할 때 활성화되며 해마를 자극해서 기억력을 상승시킨다고 한다. 또한 전두엽을 자극해서 학습의욕을 촉진한다. 뇌파는 알파파 상태가 된다. 보통 사람들은 '포토그래픽 메모'라는 것을 가지고 있다. 한번 본 것을 마치 디지털 카메라로 찍듯이 두뇌 속에 저장하고 불러내는 능력을 말한다. 일상에서 긍정적인 생각이 가득한 사람들은 이 기능이 활성화된다. 반대로 이 기능이 제대로 역할을 못하는 사람들이 있다. 늘 부정적인 생각과 스트레스로 가득 차 있는 사람들이다. 베타엔도르핀과 반대로 작용하는 호르몬이 있다. 바로 '노르아드레날린'이라고 불리는 호르몬이다. 이 물질은 부정적인 생각으로 가득 차 있는 사람에게 활성화되어 있다. 두뇌 속에서 베타엔도르핀이 분비되는 것을 막아 해마와 전두엽에 분포하고 있는 신경을 둔화시키는 역할을 한다. 노르아드레날린은 코브라의 맹독에 준하는 독성물질로 신경을 둔화시킨다고 한다. 노르아드레날린이 지속적으로 분비가 되면 해마와 전두엽의 활동을 둔화시키며 집중력과 기억력이 저하된다고 한다.

당신도
저자가
될 수 있다

Chapter
4

각고의 노력으로 꿈을 이룬 사람들

"또 다른 목표를 세우거나 새로운 꿈을 꾸기에 너무 늦은 나이란 있을 수 없다."

– 레스 브라운

역사에 빛나는 예술가나 뚜렷한 발자취를 남긴 사람들 중에 뒤늦게 빛을 발하거나 늦은 나이까지 꽃을 피운 사람들이 많다. 미켈란젤로가 대작 '최후의 심판'을 완성한 때가 66세, 칸트가 『판단력비판』으로 독일 근대철학의 기초를 닦았다는 평가를 받은 것도 66세였다.

"나의 유일한 경쟁자는 어제의 나다. 눈을 뜨면 어제 살았던 삶보다 더 가슴 벅차고 열정적인 하루를 살려고 노력한다. 연습실에 들어서며 어제 한 연습보다 더 강도 높은 연습을 한 번, 1분이라도 더 하기로 마음먹는다. 어제를 넘어선 오늘을 사는 것, 이것이 내 삶의 모토다."

세계적인 발레리나인 강수진의 말이다.

강수진 씨는 1985년 아시아인 최초로 로잔국제발레콩쿠르에서 그랑프리 1위를 차지했고, 이듬해에는 아시아인 최초로 세계 5대 발레단인 독일 슈투트가르트 발레단에 입단했다. 2016년 7월 22일 독일에서 열린 슈투트가르트 발레단의 공연을 끝으로 입단 30년 만에 은퇴했다. 은퇴하기 전 그녀는 전 세계에서 현역으로 활동한 최고령 발레리나였다. 강수진 씨는 아침에 눈을 떠 어딘가가 아프지 않으면, 어제 연습을 게을리한 건 아닌가 하고 걱정한다고 한다. 발레리나 강수진 씨는 잠자는 열정을 깨우고 열정으로 춤을 추는 사람이다. 매일 새벽 6시에 일어나 하루를 발레로 시작하는 그녀는 하루에도 수천 번씩 같은 동작을 반복하지만, 마음에 드는 자세가 나오지 않으면 멈추지 않았다고 한다. "나는 단 한 번도 내 일이 지겹거나 하고 싶지 않은 적이 없었다"고 할 만큼 자기 일을 사랑하고 매사에 최선을 다한 사람이다. 발레리나로서 모두가 은퇴할 나이인 32살에 뼈에 금이 가는 치명적인 상처를 입고도 재기에 성공하고 열정과 꾸준함으로 이 시대를 살아간 사람이다.

성공한 사람과 실패한 사람에게는 어떤 차이가 있을까? 평범함과 비범함의 차이는 무엇일까? 성공한 사람들은 모두가 정신력과 행동, 습관, 시간관리 등에 있어서 실패한 사람이나 평범한 사람보다 몇 배나 더 철저하고 비범함을 보인다. 그렇게 했기에 그들은 성공할 수 있었고 그렇지 못한 사람들은 실패하거나 평범한 삶을 살고 있는 것이다.

성공한 자들은 인생을 살아가면서 어떤 어려움을 만나더라도 멈추거나 피하지 않는다. 끊임없이 앞으로 나아가는 열정과 매일 실천하는 실행력이 있다. 당신이 인생에서 원하는 것을 성취하지 못했다면, 그것은 당신이 그만큼 절실히 원하지 않았기 때문이다. 당신이 목표를 향해 앞으로 나아가는 원동력 즉, '열정'을 잃었기 때문이다. 어려움 속에서도 긍정적인 마인드를 잃지 않고 열정의 힘으로 앞으로 나아가야 한다. 완벽해지기 위해 시간과 에너지를 낭비하지 말자. 두려움을 떨쳐내고 밖으로 나가서 지금 즉시 실행에 옮기자. 진정으로 자신이 원하는 일이고 잘 해낼 수 있다는 자신감과 성취욕이 있다면 그 과정 속에서 숨어있는 자신도 모르는 새로운 능력을 발굴해 낼 수도 있다. 매 순간순간 목표를 달성하기 위해 노력해야 한다. 주위에 복권에 당첨된 사람들을 둘러보자. 비록 남들은 사행성이고 헛된 꿈이라고 말할지라도 당첨되리라는 믿음을 가지고 그 복권을 샀을 것이다. 복권 당첨자 대부분은 우연히 한두 번 사본 사람보다는 지속적으로 끈기 있게 그리고 간절한 소망을 가지고 지속적으로 구매한 사람들이다. 간절히 원하고 끈기 있게 도전하면 하늘도 감동해서 행운이 찾아드는 것이다. 반드시 이루고야 말겠다는 열정만 있다면 없던 행운도 따라올 것이다.

우리는 '생활의 달인'이라는 TV 프로그램을 통해 매주 생활의 달인들을 만나 볼 수 있다. 생활의 달인들은 남·녀·노·소를 불문한다. 그들은 수십 년간 한 분야에 종사하며 끊임없는 열정과 노력으로 최선을 다하고, 혼신을 다해 평범함에서 비범함을 창조해낸 사람들이다. 우리는 그들을 보며 과연 인간이 어떻게 저렇게 할 수 있을까 찬사와 감탄을 아끼지 않는다. 이러한 사람들은 우리 주변에서도 쉽게 찾아볼 수 있다. 주말에 시간을 내서 대형마트에 가보면 엄청나게 많은 물건들이 진열되어 있는 것을 볼 수 있다. 필요한 물건을 찾다가 못 찾는 경우에는 담당 직원에게 도움을 요청한다. 해당 직원은 손쉽게 어디에 진열돼 있는지 찾아낸다. 매일 넣고 빼기를 반복하면서 물건이 어느 위치에 있는지 몸이 기억해 내는 것이다. 그러나 그들도 처음에는 서툴고 시행착오가 많았을 것이다. 무슨 일을 하던 처음에는 낯설고 미숙하다. 그러나 계속된 훈련을 받고 본인의 꾸준한 노력이 배가 된다면 어려움을 극복하고 달인의 경지에 오를 수 있다.

심리학자인 매슬로우A. H. Maslow는 인간의 욕구는 다섯 계층으로 이루어지며 하위 욕구로부터 상위 욕구로 전개된다고 주장했다. 1단계는 인간의 가장 기본적인 욕구인 '생리적 욕구'이다. 이는 인간의 가장 기본적인 욕구를 의미하며 의식주나 성적 욕구 등이다. 매슬로우에 따르면 생리적 욕구는 결핍의 욕구라고 할 수 있으며 우리가 흔히 논하는 '돈과 권력에 대한 욕망'이라고 볼 수 있다. 새로운 지식을 탐구하고 호기심을 가지려는 욕구는 인간의 기본적 욕구 중 하나라고 할 수 있다. 2단계는 안전과 보호, 경제적 안정 등에 대한 것으로 일종의 자기 보전적 욕구인 '안전의 욕구'이다. 3단계는 '소속의 욕구'라고 할 수 있다. 이는 인간은 사회적 동물로서 여러 집단에 소속되고 싶고 그러한 집단으로부터 받아들여지기를 원하는 욕구다. 4단계는 '자존의 욕구'이다. 이는 존경욕구라고 할 수 있으며 스스로 자신을 중요하다고 느낄 뿐만 아니라 다른 사람들로부터 인정받고자 하는 욕구다. 마지막 욕구는 '자아실현의 욕구'다. 인간은 성장, 자아실현 등을 통해 자신의 잠재가능성을 실현하려는 욕구이다. 책 쓰기는 인간의 욕구 중 완성단계인 자아실현의 단계라고 할 수 있다. 하나의 가능성으로 잠재되어 있던 자아의 본질을 완전히 실현하는 일이라고 할 수 있다. 인간은 잠재적인 가능성을 태어나서부터 타고나며, 또한 그것을 현실화하고 실현하려는 본래적인 욕구를 가지고 있다.

나는 고등학교를 졸업하고 은행에 입사한 다음해에 방송통신대학교에 입학을 했다. 대학까지는 나와야겠다는 열정이 있었기 때문이다. 직장생활만으로도 쉬운 일은 아니었지만 학업을 병행하는 생활을 이어나갔다. 방송통신대학교를 졸업할 즈음에 나는 다시 국민대학교에 신입생으로 입학했다. 가정생활·직장생활·학교생활을 동시에 병행하기가 쉽지만은 않았다. 그러나 꿈과 목표가 있었기 때문에 힘든 줄 모르고 견뎌낼 수 있었던 것이다. '아는 것이 힘이다'라는 말이 있다. 우리가 지식을 쌓는 방법에는 여러 가지가 있다. TV나 인터넷을 통해서 익힐 수 있고, 강의나 세미나 등에 참석해서도 인적 교류를 병행하며 습득할 수도 있다. 그러나 책을 통한 지식 습득이야말로 깊이 있고 다양한 주제에 대한 지식과 지혜를 얻을 수 있다. 본인이 좋아하는 일, 잘하는 일 그리고 가치 있는 일이 무엇인지 찾아서 현명하게 그 일을 선택하고 열정을 다해 정말로 이룰 수 있다고 믿고 노력하며 열심히 인생을 살아야 한다.

꿈을 향해 나아가기 🖊

미래는 현재 우리가 무엇을 하는가에 달려 있다.

— 마하트마 간디

우리는 흔히 50~60대라고 하면 인생의 은퇴 시기라고 생각한다. '이 나이에 내가 뭘 하겠어' 하고 미리 자포자기하는 사람들을 흔히 볼 수 있다. 그러나 포기하는 순간 앞으로 한 걸음도 나아가지 못할 것이다. 나도 할 수 있다는 자신감을 가져야 한다. '나이는 숫자에 불과하다'는 생각을 가지고 열심히 사는 사람들이 있다. 자전거 페달은 계속 돌리지 않으면 멈추고 앞으로 나아갈 수 없다. 곧 쓰러지고 만다. 물속에 들어가서 계속 팔다리를 움직이지 않으면 가라앉고 만다. 과거에는 책을 많이 읽는 다독가들이 시대를 이끌어가는 지식층이었지만 현대사회는 인터넷의 발달로 글을 쓰고 책을 내는 사람들이 늘어가는 추세라고 할 수 있다. 뭐든지 시작하기가 어렵지 꾸준히 인내를 갖고 매진하다 보면 어느

새 전문가의 반열에 올라 있는 자신을 발견할 것이다. 처음 책 한 권을 내기가 어렵지 이후 두 권, 세 권의 책을 내는 것은 가속도가 붙어 할 만하다고 느낄 것이다. 어떤 분야가 됐든 꾸준히 배우고 익히기를 게을리 하지 않는다면 실력은 분명히 향상된다. 글쓰기의 경우에도 쓰면 쓸수록 실력이 향상된다는 것은 틀림없는 사실이다. 물론 개인마다 타고 난 재능의 차이가 있기 때문에 일정한 경지에 도달하기에는 시간차가 날 수밖에 없다. 그러나 이러한 개인적인 차이는 계속된 훈련으로 극복할 수 있다. '작가가 되기로 결심했다는 것은 기존의 안락함을 포기하고 기꺼이 고난의 길'을 가는 과정이라 생각하고 최선을 다하자.

한때 버킷리스트bucket list · 죽기 전에 꼭 해야 할 일이나 하고 싶은 일들가 유행한 적이 있었다. 그냥 되는 대로 사는 삶이 아닌 내가 주도적으로 사는 삶을 살아야 한다. 개인에 따라서 10가지를 정할 수도 있고 100가지를 정할 수도 있다. 오늘 당장 글을 쓰고 책을 내겠다는 자신만의 버킷리스트를 만들어 보자. 그리고 만드는데 그치는 것이 아니라 당장 실천하자. 목표 없는 삶을 살아가는 사람과 목표를 정하고 하나하나 성취해 가면서 희열을 느끼는 삶은 분명 차이가 있다.

우리들은 어려서부터 무엇이 되고 싶다는 소망을 하고 꿈을 꾼다. 학교 선생님, 공무원, 경찰관, 여행가 등등. 그 꿈들은 부모님이 강요하는 꿈도 있을 테고 우연한 기회에 본인의 가슴속에 슬며시 다가와 마음속에 담아둔 꿈도 있을 것이다. 그러나 그 꿈은 성장하면서 다른 것으로 대체되기도 하고 성취될 때까지 지속성을 갖기도 한다. 하지만 아무리 우리가 소망하고 간절히 원하더라도 거기에 대한 자질이 부족하고 노력이 없다면 그것은 한갓 신기루에 불과할 것이다. 제대로 된 목표의식을 가지고 미래를 설계해 가는 의지를 가지고 있어야 한다.

세상을 살면서 우리의 꿈을 잃지 않고 앞으로 나아가며 끈기를 갖고 버티는 사람이 승리한다. 작은 생각의 차이가 큰 결과의 차이를 만들어 낸다. 또한 같은 일을 하더라도 긍정적인 생각과 부정적인 생각을 갖고 있는 사람의 차이는 결과에서도 큰 차이를 만들어 낸다. 꿈을 갖고 앞으로 나아가는 자는 목표달성의 기대를 할 수 있지만 중간에 포기하는 자는 목표달성의 기대조차도 할 수 없다. 그리고 꿈을 이루기 위해서는 몰입해야 한다. 그러나 그 꿈은 허황된 꿈이 아니라 실천가능하고 이룰 수 있는 꿈이어야 한다. 처음부터 너무 거창하게 목표를 세우면 작심삼일에 그치고 만다. 작은 목표를 세우고 그것을 하나하나 달성해 가면서 성취욕을 만들어야 한다. 그리고 좌고우면 하지 말고 미친 듯이 파고들어야 한다. 그리고 절대 포기하지 말고 끝까지 버텨야 한다. 중간에 포기하지 않는 한 어느 순간 꿈은 우리 앞에 다가와 있을 것이다.

우리는 어려서부터 '공부'라는 단어를 귀로 듣고 입으로 내뱉으며 성장해 왔다. 학문이나 특정한 기술 등을 배우는 활동을 흔히 공부라고 한다. 유교 문화권에 속한 우리나라는 공부를 최고의 가치로 여기며 전 세계가 인정하는 최고의 대학 진학률을 자랑한다. 그러나 어려서부터 공부라고 하면 출세를 하기 위한 주입식 교육에 치중한 나머지 마음의 수양이나 생각을 확장하는 창의적 공부에는 소홀해 온 것이 사실이다. 또한 학교만 졸업하면 이제 공부는 끝이라고 생각하고 책을 멀리하는 경향이 있다. 어떤 사람들은 나이가 들수록 기억력이 쇠퇴해서 공부를 할 수 없다고 한다. 미켈란젤로는 66세 때 불후의 대작 '최후의 심판'을 완성했고, 발명왕 에디슨은 67세 때 세계 최초로 축음기를 발명했다. 우리는 흔히 어떤 분야에 연륜과 경험이 쌓인 사람을 전문가라고 부른다. 캐나다 토론토대학교 연구진에 의하면 사람의 판단력은 나이가 들수록 더 성숙해진다고 한다. 사람은 기억 중심의 유동지능과 경험 위주의 결정지능을 가지고 있다. 한창 교육 받는 젊은 시절에는 결정지능보다 유동지능이 활성화되는데 이는 연산·기억력과 관련이 있다. 반면 훈련과 판단 능력 등 인간의 후천적인 면에서 나타나는 결정지능은 사회 경험이 풍부한 노년 시기에 강화된다고 한다. 물론 결정지능이 나이가 든다고 저절로 강화되는 것은 아닐 것이다. 평생에 걸쳐 사색과 공부를 지속해야만 한다. 그래서 공부는 평생 공부다.

보통 우리는 고등학교나 대학까지 졸업을 마치면 모든 공부가 끝났다고 생각한다. 학교공부는 우리가 인생을 살아가는데 알아야할 기본적인 지식을 습득했을 뿐인데 모든 공부를 끝낸 것처럼 사회생활을 시작하며 대부분의 사람들은 책과 담을 쌓고 산다. 졸업 후에도 직업, 교육, 인간관계, 부부관계, 자기계발 등 인생을 살아가는 데 필요한 다양한 장르의 책을 보고 또 공부해야 한다. 배움이란 어느 일정 시기만 하고 끝내는 것이 아니라 죽을 때까지 평생 한다는 각오를 다져야 한다. 진정한 인생 공부는 오히려 학교를 마친 이후부터 본격적으로 시작된다고 생각해야 한다. 물론 졸업 이후에도 각종 자격증 시험이나 회사 내 승진시험 등을 위해서 공부하는 직장인들을 많이 볼 수 있다. 직장을 다니면서 꾸준하게 공부를 했던 그룹과 그렇지 않은 그룹의 연봉 차이는 약 두 배가 난다는 통계가 발표된 적도 있다.

어느 분야에서든 성공한 사람들을 돌아보라. 그들은 늘 책을 가까이 하며 자기의 전문분야뿐만 아니라 다른 분야에도 관심을 가지고 배우기 위해서 노력한다. 나이를 먹을수록 더 많은 책을 보고 더 많은 공부를 한다. 시시각각 변하는 세상의 흐름 속에서 새로운 지식을 습득하기 위해서나 본인이 몸담은 분야의 전문성을 키우기 위해서라도 배움이란 끈을 놓지 말아야 한다. 어느 한 분야의 전문가가 되기 위해서는 관련 분야의 책들을 적게는 서너 권에서 많게는 수십 권을 독파해야만 한다. 그래야만 그 분야에 대한 통찰력이 생기고 지식과 지혜가 쌓이는 것이다. 특히 작가들은 일반인들보다 더 많이 깨어있는 의식을 가져야 한다. 그렇게 하기 위해서는 공부를 절대로 게을리하지 말아야 한다. 공부한 시간과 양은 절대 배신하지 않는다. 끊임없이 공부하는 작가는 갈수록 더 좋은 작품들을 쏟아내며 집필 기간도 짧아진다는 것을 알 수 있다.

2017년 통계에 따르면 우리나라 성인 평균 독서량은 1년간 8.3권이라고 한다. 이 수치는 종이책 기준으로 한 것이다. 2015년 9.1권에 비해 0.8권 줄어든 수치다. 평소 책 읽기를 어렵게 하는 요인에 대해서 설문 조사해보니 32.2%가 일 때문에 시간이 없어서, 19.6%가 휴대전화 이용과 인터넷 게임을 하느라, 15.7%가 다른 여가 활동으로 시간이 없어서, 12%가 책 읽는 것이 싫고 습관이 들지 않아서라고 대답했다. 책은 개인적으로나 국가적으로도 경쟁력을 키울 수 있는 가장 중요한 원천이다. 하지만 그동안 책 읽기를 일부 사람들만 읽는 사치스러운 행위나 어려운 일 등으로 치부하는 경향이 많았다. 따라서 독서율은 해마다 떨어지고 있다. 독서는 이제 '시간이나 여유가 있어서 하는 행위'에서 '시간을 꼭 내서 우선적으로 해야 되는 일'로 바뀌고 있다. '개권유익 開卷有益'이란 말이 있다. 즉, 책을 펼치면 이로움이 있다는 말이다. 옛 성현들은 '책 속에 길이 있다'는 말로 책의 이로움을 몸소 체험하고 전파했다. 다양한 장르의 책을 읽고 자연스럽게 창의력과 상상력을 키워나가야 한다.

목표 없는 인생은
나침반 없이 항해하는 배와 같다 ✏️

사람에게 소중한 것은 이 세상에서 몇 년을 살았느냐가 아니다. 이 세상에서 얼마만큼 가치
있는 일을 하느냐 하는 것이다.

－ 오 헨리

"계단 전체가 보이지 않을지는 몰라도 일단 첫 계단을 오르는 것이 중요하다." 마틴 루터 킹 박사의 말이다. 확신이 서지 않을 때마다 이렇게 반복해 보라. 앞으로 가는 한, 걸음마라도 괜찮다. 결승선을 지날 때 비틀거릴지 몰라도, 머뭇거리며 간신히 걷더라도, 어떻게든 걷기만 한다면 걸음마라도 좋다. 승리의 순간들을 뒤돌아보면, 목적의식과 빠르지 않더라도 앞으로 나아가려는 의지가 결국 성공으로 이어지는 숨은 노력의 시간들이었음을 떠올릴 수 있을 것이다.

호주에서 농부의 아들로 태어난 앤드류 매튜스Andrew Mattews는 세계적으로 유명한 동기부여 전문가이자 '행복을 그리는 철학자'로 불린다. 그는 이런 말을 한 적이 있다.

"중요한 것은 목표를 이루는 것이 아니라, 그 과정에서 무엇을 배우며 얼마나 성장했느냐이다."

　당신 인생의 목표는 무엇인가? 목표 없는 삶은 우연과 상황에 의해 좌우될 것이다. 우리는 목표 없는 무미건조한 삶을 살지 말아야 한다. 목표는 당신이 인생을 살아가는데 올바른 방향으로 갈 수 있도록 인도해주는 최선의 방법이자, 원하는 그곳에 얼마만큼 도달했는지를 가늠해 볼 수 있는 기준점이다. 자신이 처한 삶의 환경을 바꿔 보겠다는 열정과 분명한 목표가 있어야 한다. 또한 그것을 이룰 수 있다는 자신감도 가지고 있어야 한다. 목표 없는 인생은 망망대해에서 방향도 없이 열심히 노만 젓는 것과 다를 바 없는 인생이다. 우리는 누구나 목표를 설정하고 앞으로 나아가지만 중간에 포기하고 좌절하는 사람이 있는가 하면 목표의 정상에서 성취감을 맛보는 사람도 있다. '포기'라는 단어는 김장철에 배추를 세는 단어라고 치부하자. 우리가 목표를 달성하는데 있어 가장 큰 적은 실패나 좌절이 아니라 중간에 포기하고 자기 자신과 적당히 타협하는 것이다. 목표를 달성한 사람도 중간에 포기하고 싶은 힘든 순간이 있었을 것이다. 목적지를 향해 항해하는 배가 도착지까지 순풍에 돛단 듯 순항한 날도 있겠지만, 모진 비바람과 파도에 배가 뒤집혀 침몰할 수 있는 고난도 겪을 것이다. 우리는 그 순간을 견뎌야 한다. 그리고 앞으로 나아가야 한다. 그리고 그 과정에서 쓰라린 좌절의 순간을 맛보더라도 더 앞으로 나아갈 수 있는 원동력을 확보해야 한다. 인간의 의지보다 더 강력한 것은 아무것도 없다. 그러나 강력한 의지와 더불어 명확한 목표가 있어야 한다. 목표가 명확하지 않으면 눈앞에 다가오는 수많은 시련과 역경을 극복해 가며 끝까지 갈 수가 없다.

"계획 없는 목표는 한낱 꿈에 불과하다." 정확하고 올바른 계획을 가져야 성공으로 향할 수 있다. '어린 왕자'의 작가 앙투안 드 생텍쥐페리1900~1944의 말이다. 목표는 구체적이어야 한다. 또한 정해진 기간이 있어야 한다. 그리고 측정할 수 있어야 하며, 우리의 일상에 적용될 수 있어야 한다. 또한 목표는 거창하기보다는 내가 잘할 수 있으며 지속 가능한 일이어야 한다. 목표는 수첩에 적거나 아니면 잘 보이는 곳에 붙여놓고 수시로 봐야만 한다. 목표를 적어놓는 것도 중요하지만 그 목표를 이루는 과정에서 상황이 바뀐다면 상황에 맞게 목표를 수정해야 한다. 언제나 유연성을 가져야 한다. 목표는 우리가 인생을 살아가는 데 있어서 필수 요소다. 목표가 없다면 우리는 방향을 잡지 못한 채 갈팡질팡하고 무미건조한 삶을 살 것이다. 목표를 세울 때는 달성할 수 없는 거창한 목표를 세우지 말고 단기·중기·장기 목표를 세워야 한다. 우리가 달성하기 힘든 거대한 목표는 중간에 포기하거나 좌절하기 쉽다. 단기목표를 성취함으로써 중기목표와 장기목표를 새롭게 세울 수 있는 것이다. 또한 목표를 성취하기 위해서는 '할 수 있다'는 자신감이 있어야 하며 그러한 자신감을 통해 목표를 향해 꾸준히 나아갈 수 있는 동력을 얻는다. 매사에 긍정적이며 자신은 운이 있는 사람이라는 확신을 가지고 있는 사람은 어떤 어려움이 닥치더라도 포기하지 않는다. 중간에 포기하려는 마음이 생긴다면 내가 가려고 하는 일이 진정 내가 도전할 만한 가치가 있는 일인지 다시 한번 생각해 봐야 한다. 인간은 모든 것을 다 잘할 수는 없다. 선택과 집중을 통해 어느 하나에만 집중해야 한다. 이것 저것 헛된 욕심을 품는다면 죽도 밥도 안 된다는 것을 명심하자.

나는 작가가 되기로 결심하고 가장 먼저 한 일이 있다. 사무실 벽과 핸드폰 화면에 '나의 꿈, 나의 목표, 2020년 작가 되기'라고 거창하게 구호를 걸어 놨다. 눈에 띄는 곳곳에 나의 목표를 적어 놓고 입으로 되뇌며 머릿속으로는 목표를 달성한 나 자신을 상상했다. 그리고 아는 사람들을 만날 때마다 내 목표를 그들에게 설명했다. 목표라는 것은 자기 자신과 약속만 해서는 흐지부지될 수도 있다. 연초만 되면 많은 사람들이 소소한 일상에서 시작해 거창한 목표를 세우곤 한다. '올해는 담배를 끊겠다.', '올해는 술을 줄이고 운동을 하겠다.', '올해는 시험공부에 매진하겠다.' 등등…. 그러다 많은 사람들이 작심삼일로 그치는 경우가 많다. 목표를 설정했으면 주위 사람들에게도 자신의 목표를 얘기하는 게 성공할 확률을 높일 수 있다. 왜냐하면 주위 사람들에게 자신의 목표를 말하면 가벼운 책임감이 생기기 때문이다. 일종의 약속이라는 의무감이 생기기 때문에 더 지키려고 노력한다. 집중 독서와 저자 되기 과정을 통해 내 목표는 당초 2020년에서 2018년으로 수정 되었으며 실제 그것을 달성했다.

"목표를 보는 자는 장애물을 겁내지 않는다."

– 한나 모어

목표 없는 삶이란 목적지를 정하지 않고 무작정 떠나는 여행과 다를 바 없다. 우리는 여행을 떠나기 전 구체적이고 세부적인 목 표를 세워야 한다. 그리고 그 목표를 달성하기 위해서 무엇을 희 생하고 감수할 것인지를 정해야 한다. 그리고 구체적인 일정을 정 해야 하며 이러한 항목들을 종이에 자세히 적어서 눈에 잘 띄는 여러 곳에 부착해야 한다. 그리고 마지막으로 생각날 때마다 큰 소리로 복창해야 한다. 인간은 말의 지배를 받는 동물이다. 성공 하는 사람들은 언제나 확신에 차있는 긍정의 말을 자주 한다. 목 표 실현을 위해서는 우리 몸의 중추적인 역할을 하는 뇌를 먼저 조종하고 즉각적인 행동을 병행해야 한다. 인간의 뇌세포는 말의 지배를 받는다고 한다.

우리는 자기 인생에 대한 명확한 목표를 세우고 인생을 살아가 야 된다. 성공을 바란다면 인생의 목표를 정하고 그것을 향해 나 아가야 한다. 구체적인 목표가 있어야 그 목표를 이루기 위한 구체적인 방법이 생기는 것이다. 대충 어떻게 되겠지 하는 적당주의적인 생각이 실패의 원인이 된다. 목표에 대한 강력한 꿈을 꾸고 간절히 바라고 의욕적으로 즉시 실행에 옮긴다면 반드시 성공한다. 또한 목표는 구체적이고 실현 가능한 것이어야 한다. 실현이 불가능한 일이나 막연한 목표는 달성하기 어렵다. 또한 목표를 성취하기 위한 꾸준한 자기 노력이 있어야 한다. 운동선수는 꾸준한 운동을 지속해야 목표를 달성할 수 있고 군인은 꾸준한 훈련이 있어야 유사시 적을 물리칠 수 있다. 목표를 향해 가다 보면 여러 가지 어려운 장애물들을 만날 것이다. 그 장애물들을 헤치고 나아갈 수 있는 훈련을 매일 매일 반복적으로 해야만 한다. 또한 꾸준히 나아갈 수 있는 인내심을 길러야 한다. 대부분 사람은 시작한지 얼마 되지 않아 미리 포기하거나 중간에 포기하고 만다. 어떤 사람은 고지가 얼마 남지 않았는데 고비를 넘기지 못하고 포기하는 사람도 있다. 무슨 일이든지 목표 도달이 가까워 올수록 더 힘이 든 법이다. 마라톤 경기에서 얼마 남지 않고 포기하거나 거의 산 정상 턱 밑에까지 도달했는데 포기하는 사람도 부지기수다. 또한 목표달성을 위해서는 집중력을 보여야 한다.

사자나 호랑이처럼 날렵하고 기운이 센 동물들도 사냥을 할 때는 어떤 동물이든지 가리지 않고 최선을 다한다. 우리도 목표 달성을 위해 혼신의 힘을 기울여야 한다. 사자가 사냥감을 그냥 한 끼 식사용으로 생각하고 최선을 다하지 않는다면 성공할 확률 보다 실패할 확률이 훨씬 많을 것이다. 쫓기는 사냥감들은 생존을 위해 최선을 다해 도망을 하기 때문이다. 우리도 이와 같이 사자나 호랑이에게 쫓기는 동물의 심정으로 목표달성을 위해 최선을 다해야 한다. 또한 목표 달성을 위해 부정적인 자기 암시를 버려야 할 뿐만 아니라 부정적인 말을 내뱉는 사람을 멀리해야 한다. 내가 내뱉는 말 뿐만 아니라 주위 동료들이 내뱉는 한마디 한마디는 나의 뇌에도 부정적인 생각을 하도록 한다. 긍정적인 말보다 부정적인 말들은 전염성도 빠르다. 진정한 동료는 나의 목표에 대해서 격려해주고 위로해주고 칭찬해 주는 사람이라는 것을 명심하자. 또한 목표달성을 위해 지나친 조심성도 경계해야 한다. 물론 "돌다리도 두드리고 건너라"라는 말이 있듯이 때로는 신중함이 필요할 수도 있다. 또한 두려움이 생길 수도 있다. 특히 자신이 한 번도 시도해보지 않은 일이라면 더욱더 조심성을 가질 수 있다. 그러나 지나친 신중함이나 조심성은 사람을 앞으로 나아가지 못하게 만드는 걸림돌이다. 내가 어떠한 목표를 이루고자 결정했다면 결단성을 가지고 앞으로 나아가는 용기를 가져야 한다.

인생 백세시대를 맞이하고 있다 ✎

어떤 일도 견딜 수 있는 사람은 어떤 일도 끝까지 실천할 수 있는 사람이다. 인내는 희망을 자아내는 기술이다.

— 보브나르그

'100세 시대라는데 자격증이 있으면 퇴직하고 재취업하는데 어느 정도 도움이 될까요?' 고용노동부와 한국 산업인력공단에 따르면 2017년 국가기술자격 신규 취득자50대 이상가 2013년 대비 56% 증가한 6만여 명이라고 한다. 전문가들은 이에 대해 '퇴직 이후에도 새로운 일자리로 노후를 준비하려는 움직임이 활발해졌기 때문'이라고 분석했다. 인간의 평균 수명이 빠르게 늘고 있다. 의료기술의 획기적 발달, 식생활과 주거 환경 개선 등은 100세 시대가 희망이 아닌 현실의 시대로 우리를 안내하고 있다. 그러나 이러한 100세 시대에 제대로 준비하지 않으면 장수는 축복이 아닌 재앙이 될 수 있다. 젊어서부터 노후를 잘 준비한 사람에게는 더없이 편리하고 안락한 세상이 되었지만, 준비 없이 노후를 맞이한 사람들은 하루하루 힘든 나날을 보내고 있는 것이 현실이다. 우리는 금전, 건강, 은퇴 이후의 인간관계, 취미생활 등 종합적인 노후를 준비해야 한다. 그중에서도 가장 중요한 것은 건강이라고 할 것이다. 건강한 몸을 꾸준히 유지하고 관리하는 생활 습관을 만들어야 한다. 건강한 몸을 유지해야만 은퇴 후에도 활력을 가지고 새로운 일을 찾을 수 있을 것이다. 또한 건강해야만 의료비나 치료비 지출을 줄일 수 있을 것이다. 건강을 잃게 되면 사회생활이나 인간관계도 곤란을 겪을 수밖에 없다. 건강한 몸을 유지하는 것 못지않게 새로운 직업 생활도 준비해야 한다. 은퇴 후에 어떤 일을 할 것인가는 하루라도 빨리 준비해야 한다. 은퇴를 앞둔 시점에서 '새로운 인생 계획을 짜 보자'라고 고민하면 때는 이미 늦다. 미리 필요한 업무 능력과 관련 자격증 취득에 대한 준비를 해야 한다. 일찍 준비하고 철저한 준비가 병행될 때 은퇴 후 새로운 삶에 대한 성공 확률을 높일 수 있다.

최근 우리나라 1차 베이비붐1955~1963년 세대의 은퇴가 시작되면서 이들에 대한 사회적 관심이 높아지고 있다. 이들은 부모를 부양하고 자녀 양육에 힘쓰느라 정작 본인의 은퇴 준비는 소홀히 한 경우가 많아 또 다른 사회 문제가 되고 있다. 한화생명 은퇴백서를 통해 행복한 노후를 위해 어떤 것들을 준비해야 하는지 살펴보기로 한다.

첫째는 건강이다. 2016년 통계청 자료에 따르면 우리나라 평균 기대 수명은 남녀 평균 82.4년이다. 평균 수명에서 질병이나 부상으로 활동하지 못한 기간을 뺀 건강 수명은 70세라고 한다. 즉, 우리는 사망하기 전 12.4년 정도를 각종 질환에 시달린 채 힘든 삶을 살아가야 하는 것이다. '돈을 잃는 것은 조금 잃는 것이고, 명예를 잃는 것은 반을 잃는 것이다. 그러나 건강을 잃는 것은 모든 것을 잃는다'는 말이 있다. 젊었을 때부터 올바른 식습관으로 건강을 유지하며, 정기적인 검진으로 건강을 관리해야 한다. 50세 이후부터는 매년 근육량이 2%씩 감소한다고 한다. 꾸준한 근력 운동이 무엇보다 중요하다.

둘째는 재산을 모으는 일이다. 가장 어리석은 일 중 하나가 '자녀에게 재산 다 물려주고 용돈 타 쓰는 부모가 되는 것'이란 말이 있다. 노후에 경제력이 있어야 자신감이 있고, 삶에 활력이 생긴다. 자녀의 눈치 보며 사는 소극적인 삶이 아닌 내가 주도하며 사는 적극적인 삶을 개척해야 한다.

셋째는 노후 준비에 대비한 훈련이 필요하다. 우리는 흔히 직장생활을 열심히 하고 은퇴하면 모든 일이 잘될 거라고 낙관적인 마음을 가지고 있지만 현실은 그렇지 않다. 은퇴 이후에 본인이 하고 싶은 일이나 보람을 느낄 수 있는 일, 본인이 잘할 수 있는 일 등을 찾아서 미리 꾸준히 연습하는 것이 중요하다. 이 시대 최고의 노후 준비는 부동산이나 주식에 투자하는 것이 아니라 책 쓰기라고 할 수 있다. 책 쓰기는 노후에 가장 확실하고 든든한 버팀목이 될 것이다. 부동산이나 주식은 순간의 유혹이나 여러 가지 사정으로 탕진할 수도 있지만 내 이름으로 출간된 저서는 사후에도 영원히 유산으로 남을 것이다. 더불어 내가 쓴 책들이 베스트셀러가 되면 부와 명예도 얻게 될 것이다.

넷째는 평생교육이다. 평생교육의 목적은 개인의 신체적 인격적인 성숙과 사회적 경제적인 성장을 전 생애를 통하여 계속 발전시키는 데 있다. 이러한 평생학습의 기회는 삶의 현장 어디에서나, 어떤 방법으로든 이루어질 수 있다. 2017년 보건복지부 '노인 실태 보고서'에 따르면 65세 이상 실버 세대는 99.3%가 TV 시청 및 라디오 청취로 하루 약 3.8시간을 보낸다고 한다. 이렇게 단순한 일보다는 각 대학교나 지방자치단체에서 운영하는 프로그램을 이용하여 자기개발이나 여가활동, 취미 생활 등으로 시간을 유효하게 보내야 한다. 특히 책 쓰기는 노후에 가장 이상적인 취미 활동이라고 할 수 있다.

UN에서는 65세 이상 노인 인구의 비율이 전체 인구의 7% 이상이면 '고령화 사회', 14%이상이면 '고령 사회', 20%를 넘으면 초고령 사회로 구분한다. 통계청에 따르면 우리나라는 이미 2010년에

10.7%를 넘어섰고, 2020년에는 14.3%로 예상되어 '고령사회'에 진입하고 있다. 우리나라의 고령화는 세계적으로도 유례가 없는 빠른 속도로 진행되고 있다. 고령사회 진입은 그만큼 사회적 비용을 증가시키고 미래 세대에게도 부담을 가중시키는 일이다. 또한 보건복지부 자료에 따르면 국내 노인^{65세 이상} 5명 중 1명은 80세가 넘은 '고령 노인'인 것으로 조사 됐다. 노인 10명 중 8명은 '70세는 넘어야 노인'이라고 인식한다. 혼자 사는 노인도 23.6%로 늘어났다. 인생 100세 시대를 맞고 있다. 의학기술 발전과 생활수준 향상으로 평균수명이 늘어나면서 은퇴 후에 보내는 시간이 늘어나고 있다. 인생의 2막인 노후를 행복하게 맞이하려면 철저한 대비가 필요하다. 꾸준한 건강관리와 함께 경제적 노후 준비를 차근히 해나간다면 100세 시대는 재앙이 아니라 축복의 시간이 될 것이다.

다산 정약용은 자신의 저서에서 "나이가 들면서 눈이 침침한 것은 필요 없는 작은 것은 보지 말고 필요한 큰 것만 보라는 것이며, 귀가 잘 안 들리는 것은 필요 없는 작은 말은 듣지 말고 들리는 필요한 큰 말만 들으라는 것이니라." 내 귀 어두워졌다는 사실을 잊고, 목소리를 크게 하니, 듣는 젊은이들은 피곤하다. 참견 줄이고, 말수 줄이고, 음성을 낮출 일이다. 정신이 깜빡거리는 것도 살아온 세월을 다 기억하지 말라는 것이리라.

"나이 들수록 지갑은 열고, 입은 닫으라"라는 말이 있다. 그런데 우리는 나이 들수록 잔소리는 심해지고 상대의 말을 경청하지 않으려는 경향이 있다. 나이가 들수록 지식과 지혜가 쌓이면서 인생의 경륜이 묻어나야 되는데, 오히려 나이를 거꾸로 먹는다. 치기어린 행동을 한다. 책은 우리가 세상을 살면서 갖게 되는 편견, 선입견, 고정관념을 벗어나게 해준다. 나이가 들수록 지갑을 열고 독서를 하자. 책은 우리에게 좋은 벗이 되고, 연인이 되고, 선생님이 된다. 책은 읽으면 읽을수록 지혜로워지고, 사려 깊어지고, 총명해지고, 재치 있어 진다는 말이 있다.

사람의 뇌는 나이가 들수록 크기가 줄어드는 게 일반적이라고 한다. 노화에 의한 자연스러운 현상이다. 이처럼 뇌가 작아지면서 사망 위험이 커지는 것은 물론이고 치매, 우울증, 운동장애 등의 발병 확률 역시 높아진다고 한다. 나이가 들면서 여러 가지 질병에 직면하지만 그중에서도 가장 무섭고 두려운 병이 '치매'라는 통계가 있다. 치매는 이제까지 쌓았던 인생의 기억을 지워버리고, 가까운 주변 사람들마저 알아보지 못한 채, 남에게 의지하며 살 수밖에 없는 병이라고 한다. 살아온 기억과 추억이 내 의지와 상관없이 잊혀 진다는 것은 누구에게나 큰 두려움이자 걱정이다. 노후에 가장 걱정되고 걸리고 싶지 않은 1위가 치매라는 조사가 있다. 지난 2016년 65세 이상 노인 중 치매 유병률은 약 10%라고 한다. 어르신 열 명 중 한 명은 치매라는 통계다. 2040년에는 65세 이상 인구 중 약 12%인 200만 명에 육박할 것이라고 한다. 알츠하이머는 치매를 일으키는 가장 주된 퇴행성 뇌질환이라고 한다. 그런데 알츠하이머를 일으키는 병변인 플라크와 신경 섬유 농축체를 뇌에 가지고 있어도 알츠하이머 증상이 나타나지 않는 사람들이 있다고 한다. 노년의 수녀 700명을 대상으로 실시한 연구에서 수녀들은 같은 세대의 평균적인 여성들보다 교육을 더 많이 받았고, 은퇴 이후에도 다른 사람들을 가르치는 등 지적으로 엄격한 삶을 살아서 치매 유병률이 낮았다고 한다. 아직까지 치매 치료제가 없는 상황에서 치매 예방을 위해 적극적인 노력이 필요하다. 규칙적인 운동과 우울증 치료 등과 함께 독서와 책 쓰기는 치매예방에 효과가 있는 것으로 보인다.

일본의 도쿄건강장수연구소가 최근 20년간 의학 연구 성과를 바탕으로 '건강 장수 가이드라인' 12가지 수칙을 만들었다. 다양한 사회 참여를 권하고, 먹는 음식 종류를 늘리라고 한다. 매일 먹어야 할 10가지 음식도 발표했다. 이 수칙에 따르면 사람들과 어울리고 길거리를 다니면 생기가 솟고, 길을 다니며 지역력을 키우면 주시능력과 인지기능이 좋아진다고 한다. 여가 활동이 많을수록 기억력 감소가 적고, 사람들과 대화를 많이 할수록 치매 발생률이 낮다고 한다. 100세 시대에 노후의 삶의 질을 결정짓는 요소에는 돈, 건강, 인간관계 등 여러 가지가 있다 그 중에 가장 중요한 요소는 건강이다. 오래 사는 것도 중요하지만 건강하게 오래 사는 것이 더 중요한 시대이다.

건강 장수 12가지 수칙

1. 일일 섭취하는 음식 종류를 최대 10가지까지 늘리자.
2. 구강 관리를 철저히 해 씹는 힘을 길러라.
3. 일상생활 운동으로 근력과 보행력을 키우자.
4. 하루 한 번 이상 외출하고, 사람들과 어울려라.
5. 호기심을 키우고, 낙천적인 100세인 마음을 따라 하자.
6. 집안에서 넘어지지 않는 환경을 만들고, 사레 걸리지 않도록 주의
   하자.
7. 건강식품과 보조제, 제대로 알고 먹자.
8. 동네 사람들과 주변 거리를 많이 아는 '지역력'을 키우자.
9. 영양관리, 체력 증진, 사회 참여 3인방으로 노쇠를 줄이자.
10. 잘 먹고, 잘 걷고, 잘 말해서 치매를 낮추자.
11. 고혈압·당뇨병 등 만성 질환을 관리하는 지식을 갖자.
12. 인생 말기를 어떻게 마무리할지 미리 계획을 세우자.

2017년 12월, 문득 나는 내 삶을 반추해 보는 시간을 가졌다. 과
연 언제까지 시계추같이 똑같은 일상을 되풀이하는 인생을 살아야
하는가 하는 회한과 함께 앞날에 대한 막연한 불안감이 엄습해
왔다. 현재 종사하고 있는 부동산 중개업을 과연 몇 년이나 더 지
속할 수 있을까 하고 나이를 헤아려 보기도 했다. 현재 가지고 있
는 재산을 가지고 노후에 편안한 삶을 살 수 있을까? 하고 자문자답

해 보기도 했다. 며칠 밤낮을 고민한 끝에 나는 내 인생을 획기적으로 변화 시켜야겠다는 결심을 했다. 다람쥐 쳇바퀴 도는 생활에서 벗어나야겠다고 생각했다. 인생 후반기를 맞이하는 나이에 뭘 해야 하나 며칠 밤낮을 고민도 해봤다. 신체적, 물리적으로 젊은 나이가 아니기 때문에 여러 가지 제약조건이 내 앞을 가로막고 있었다.

그때부터 본격적인 독서를 시작했다. 책 속에 길이 있고 진리가 있고 답이 있을 것이라는 막연한 생각을 가지고 길을 찾아보기로 했다. 일단 닥치는 대로 책을 구매해서 쌓아놓고 독서를 시작했다. 그동안 먹고 싶었던 음식을 형편상 먹지 못한 사람처럼, 책과 담을 쌓고 살았던 내가, "그동안 못 봤던 책들을 모조리 읽어주마"하고 울부짖는 것 같았다. 평소에 지인들과의 술자리를 즐겼던 내가 독서 습관을 하루아침에 몸에 익히기는 쉽지 않았다. 물론 평소에 신문은 즐겨 읽곤 했다. 그동안 신문 스크랩도 열심히 했다. 학생 시절부터 신문을 좋아했다. 고등학교 3학년 때부터 버스비를 아껴가며 신문을 즐겨 읽었다. 나는 미합중국 3대 대통령이며 독립선언문을 기초한 토마스 제퍼슨의 명언, "나는 '신문 없는 정부'와 '정부 없는 신문' 둘 중에 택일하라면 정부 없는 신문을 택하겠다."고 한 말을 자주 머릿속에 되뇌었다. 신문은 정치, 경제, 사회, 문화 등 다양한 분야의 실시간 정보와 유용한 기사거리를 우리에게 제공해 준다. 내가 책을 쓰고 정보를 얻는 데 신문으로부터 많은 도움을 받고 있다.

위험이 없으면 얻는 것도 없다 🖉

일생의 계획은 어린 시절에 달려 있고, 일 년의 계획은 봄에 있으며, 하루의 계획은 새벽에
달려 있다. 어려서 배우지 않으면 늙어서 아는 것이 없고, 봄에 밭을 갈지 않으면 가을에 바
랄 것이 없으며, 새벽에 일어나지 않으면 할 일이 없게 된다

— 공자

나는 작가가 되기로 결심하고 꿈을 실현하기 위해 부단히 노력
했다. 나태하고 게을러질까 스스로를 경계하며 빡빡한 계획표를
짜서 실천하기 시작했다. 학창 시절보다도 더 열심히 공부했다.
물론 간간히 유혹도 들어왔다. 그것에 잠깐이나마 굴복한 적도 있
었다. 그러나 대부분의 시간을 성실하게 인내하며 하루하루를 보
냈다. 그렇다고 필력이나 독서력이 눈에 띄게 하루아침에 좋아지
지는 않았다. 실력이라는 것이 내가 투자한 노력만큼 반드시 정비
례로 나타나지는 않는다. 때로는 빠르게 때로는 느리게 속도조절
을 해가며 나타난다. 그러나 일정시간 동안 공을 들이고 헌신 하
다보면 나도 모르게 성장해 있는 내 자신의 모습을 발견하고 깜짝
놀라기도 한다. 이것이 독서의 힘이고 글쓰기의 힘이구나 하는 생

각이 든다. 텃밭에 심어 놓은 씨앗은 하루아침에 싹을 틔우지 않는다. 밭을 일구고, 거름을 주고, 벌레를 잡고, 보살피는 과정을 거쳐야만 어느 날 예고 없이 싹을 틔운다.

독서를 시작하면서 TV와도 아예 단절했다. 그렇다고 세상과 담을 쌓고 나만의 울타리를 치고 사는 것은 아니었다. 우리가 흔히 TV를 '바보상자'라고 한다. 그런 말이 왜 나온 걸까? 텔레비전을 오래 시청하면 뇌에 좋지 않다. 능동적으로 내가 뭔가를 하는 것이 아니라 수동적으로 한꺼번에 많은 양의 정보를 받아들이기 때문이다. 이러한 행위들이 굳어지다보면 결국 나중엔 새로운 정보를 받아들이는 능력이 감퇴된다. 시시각각 일어나는 새로운 정보는 신문이나 인터넷을 통해서 습득해도 충분하다고 생각한다. 물론 TV에 나름대로 나에게 맞는 유익한 프로그램이 있다. 유익한 프로그램을 선별해서 시청하면 그만이다. 그동안 습관화된 텔레비전 시청 시간을 절반만 줄이고 독서에 투자한다면 많은 독서량을 확보할 수 있을 것이다. '자녀는 부모의 거울'이라는 말이 있다. 자녀는 부모가 하는 행동을 따라하며, 부모를 닮아간다. 러시아의 발달심리학과 교육심리학의 개척자 레프 비고츠키나는 "부모의 행동은 자녀에게 큰 영향을 준다. 자녀와 대화를 나누며 지도했다고 해서 자녀를 교육시켰다고 착각하지 마라. 생활의 매 순간, 심지어 부모가 집에 있지 않을 때도, 자녀는 교육을 받고 있다"라고 했다. 집안 거실에 텔레비전을 치우고 책장을 마련해서 자녀들과 같이 독서하는 습관을 들여 보자. 나는 아침에 사무실에 출근해서 저녁 퇴근시간 전까지 평균 10시간 정도를 글쓰기, 신문보기, 독서하기 등에 투자한다. 심지어는 퇴근해서 잠들기 전에도 책을 손에서 놓지 않는다. 이러한 반복되는 습관이 몸에 밴 것이 벌써 9개월째 접어들었다.

올해 1월부터 본격적으로 책을 읽기 시작하고 틈틈이 집필 활동을 병행해 갔다. 물론 지인들과의 술자리나 만남도 거의 갖지 않았다. 선배는 내게 이렇게 농담했다. "사람이 갑자기 변하면, 죽을 때가 된 거라던데 너도 그런 거냐?"라고 말이다. 주위의 잦은 유혹과 회유도 끊이지 않았다. 그래도 내 마음은 흔들리지 않았다. 아니 흔들릴 수가 없었다. 또다시 예전으로 돌아가고 싶지는 않았다. 그리고 마침내 그 결실의 씨앗은 6개월 만에 싹을 틔웠다.

원고가 거의 마무리 될 무렵, 나는 출간 기획서를 작성했다. 여러 군데 출판사에 이메일로 보냈다. 그리고 고3 때 은행면접 시험을 마치고 결과를 기다릴 때의 초조한 심정으로 결과 회신을 기다리기 시작했다. 과연 보잘 것 없는 내 글을 알아보고 연락을 주는 출판사가 있을까 하는 의구심과 기대감이 내 머릿속을 휘감았다. 그러나 뜻밖에도 원고를 투고한 지 서너 시간도 지나지 않아 이메일과 전화가 오기 시작했다. 약 10여 군데의 출판사에서 출간 제의가 들어왔다. 그것도 책을 처음 내는 신인 작가한테는 파격적이라고 할 만한 조건들을 제시해 왔다. 물론 그중에는 정중한 거절의 메일도 있었다. "너무 고생해서 쓰신 글 감명 깊게 읽었습니다." "저희 출판사와는 출간 방향이 맞지 않습니다." "작가님이 보내주신 분야와 맞는 ○○○ 출판사를 추천 드린다."는 메일도 있었다. 나는 과연 이게 꿈인가 생시인가 하는 생각과 함께 몇 개월간 쏟아 부었던 피로를 말끔히 보상받는 느낌을 받았다. 주위의 축하 전화와 문자도 여러 번 받았다. 드디어 5월 30일 서울에 소재한 출판사 대표께서 직접 세종시에 있는 내 사무실을 방문했다. 난생 처음 '출판권 설정 계약서'라는 것을 보게 되었다. 물론 출판사 대표께서 먼저 검토해 보라고 이메일로 발송해준 내용이었다. 계약서에 내 도장을 날인하는 순간 나는 마치 큰 건물 하나를 내이름으로 명의 이전하는 것 같은 착각에 빠졌다.

지금 나의 목표는 매년 1~2권의 책을 써서, 60세가 되기 전에 10여 권의 책을 내는 것이다. 누구보다도 평범했던 내가 작가가 되리라고는 꿈도 꾸지 못했다. 나 역시 작가가 되기를 결심했으면서도 처음에는 반신반의했던 게 사실이었다. 그러나 꿈은 이루어졌다. 그것도 출판 계약 성사까지 불과 수개월 만에 이루어낸 결과였다. 나는 매일 글을 써나갔다. 틈틈이 독서도 했다. 동시에 '저자되기 과정'이라는 프로그램에 등록해서 작가로서의 과정을 체계적으로 배워 나갔다. '저자되기 과정'은 학생 시절로 돌아가서 나의 꿈을 향해 한 단계 한 단계 올라서는 과정이었다.

책을 쓰는 일은 결코 쉽다고만은 할 수 없다. 노력 없이 그냥 얻을 수 있는 것은 없다. 하지만 과정이 힘들수록 결과는 달콤하다. 성취감이 모여서 자신감이 된다. 처음에는 책 쓰기가 막막하고 어려울 수 있다. 쓰다보면 자신감과 성취감을 느낄 것이다. 최근에 읽은 책 중에 인상 깊은 구절이 있다. 거기에 나오는 한 구절을 소개하고자 한다.

"아이가 걸음마를 배울 때를 봐도 알 수 있다. 아이는 자꾸 넘어지지만 스스로 다시 일어나는 시행착오를 반복한다. 그러다가 어느 날 마침내 한 걸음을 걸었을 때 아이는 큰 기쁨을 느끼는 것이다. 두 손이 자유롭게 되었고 엄마가 옮겨 주지 않아도 혼자서 장소를 이동할 수 있게 된다. 이때 아이는 거의 유포리아Euporia, 행복과 도취 수준의 행복감을 느낀다고 한다."

– 『나를 사랑하게 하는 자존감』, 이무석 지음, 비전과 리더십

예비
작가의
마음자세

혹평이나 악플을 두려워 말자 ✏️

만약 우리가 겸허하다면 칭찬을 받든 비방을 당하든 신경 쓰지 않습니다. 만약 누군가가 비난한다고 해도 실망할 필요가 없습니다. 반대로 누군가가 칭찬한다고 해서 자신이 훌륭하다고 생각할 일도 아닙니다.

– 마더 테레사

최근 한 설문조사에 따르면 인생 2막을 앞둔 5060세대들의 약 30%가 앞으로 기회가 된다면 다른 일을 시작할 의향이 있는 것으로 조사됐다. 그리고 가장 선호하는 자격증으로는 전체의 35%가량이 '조리사 자격증'을 선호하고 있는 것으로 나타났다. 2위와 3위는 외국어 관련 자격증과 공인중개사 자격증이었다. 다양한 소셜 플랫폼이 활성화되면서 세대별, 연령별, 직업을 떠나서 누구나 글을 쓰고 함께 공유하는 시대가 되었다. 누구나 쓸 수 있고 누구든 작가가 될 수 있는 시대에 책을 내고 싶은 사람들은 점점 많아지고 있다. 독서율은 갈수록 떨어지고 있는데 책을 쓰려고 하는 사람들은 늘고 있다고 한다.

스마트 폰의 대중화와 인터넷의 발달로 SNS, 블로그, 페이스북, 카페 등을 통해 자신의 생각과 지식을 공유하고 나를 어필하는 일이 일상화되었다. 자기가 종사하고 있는 사업이나 상품을 홍보하는 경우도 있다. 하지만 인터넷 동호회나 카페에 가입해서 쌍방향 커뮤니케이션을 하는 경우도 많이 있다. 어떤 커뮤니티 게시판에서는 비슷한 처지의 사람들끼리 자신의 고민을 토로하고 상대방으로부터 위안을 받기 위해서 글을 쓰는 경우도 있다. 현대사회는 '소통능력'과 '공감 능력'이 중요한 키워드가 되고 있다. 대중들에게 나를 알리고, 나의 지식을 공유해서 많은 이들의 공감을 이끌어내는 최고의 마케팅 도구는 '글쓰기'와 '책 쓰기'라고 할 수 있다. 사람들 중에는 기분 내키는 대로 말하고 행동하며, 표정으로 내색을 하는 사람들이 있다. 이런 사람들은 다른 사람들의 조그마한 칭찬에도 기뻐서 어쩔 줄 몰라 하는 사람이다. 반대로 조그마한 악플이나 혹평에도 마음이 흔들리고 자책감을 느끼며 스스로를 방어기제 모드로 돌입시킨다. 작가가 되고자 하는 사람이라면 남들이 하는 칭찬이나 혹평에 휘둘리지 말아야 한다. 글 쓰는 것 자체를 즐기고 혹평이나 악플에 초연해야 한다.

예비 작가나 초보 작가일수록 모든 게 낯설고 어떻게 시작해야 될지 막막할 것이다. 내가 쓴 글이 타인의 비난이나 창피를 당하지 않을까 걱정되기도 할 것이다. 그러나 그것을 극복해야만 한다. 타인에 대한 두려움과 부끄러움을 벗어 던지지 못하면 글쓰기를 지속적으로 이어나갈 수 없다. 글쓰기를 배우더라도 글쓰기 실력이 늘 수가 없다. 그것을 이겨내고 꾸준하게 연습하고 훈련하며 내공을 쌓아가야만 한다. 어떤 분야든지 누구나 다 처음에는 부족할 수밖에 없다는 것을 인정하고 계속 실력을 축적해 나가야 한다. 사람들은 타인을 칭찬하고 격려하기보다는 폄하하고 비난하기를 즐겨한다. 인터넷에 글을 올리거나 책을 출간하면 제대로 읽어보지도 않은 채 무시하고 폄하하는 사람들이 있다. 물론 정당한 대안을 가지고 논쟁을 벌이는 것은 때때로 필요할 수도 있다. 그러나 제대로 알지도 못하면서 본인의 의견은 옳고 상대방 의견은 틀리다는 이분법적 논리를 가지고 있는 사람들이 있다. 작가라면 이러한 말들에 주눅 들거나 의기소침해하지 말아야 한다.

내 책의 독자가 비판이나 욕을 하지 않을까? 이것도 책이라고 냈느냐며 조롱과 비난이 쇄도하지 않을까? 원고를 완성해놓고 출판사에서 계약하지 못하면 어떻게 하나? 이러한 생각들은 예비 작가들의 공통된 고민이라고 생각된다. 지나친 자신감도 경계해야 하지만 소심한 마음도 작가로서는 극복해야 할 과제이다. 타인의 시선이 두려워 아무것도 하지 못하는 사람은 죽을 때까지 작가라는 타이틀을 얻을 수가 없다. 쇠는 두드릴수록 더 단단해 지듯이 타인의 혹평이나 악플을 견뎌낼 수 있는 담대함을 가져야 한다.

일본 에도시대 말기의 바쿠후幕府·막부 관리로 메이지 정부의 고급관리를 지낸 가쓰 가이슈의 말을 들어보자. "내가 행하는 모든 것은 나의 신념에 따른 것이다. 나를 폄하하든 칭찬하든 그 모든 것은 그의 마음이다. 나는 그것에 상관하지 않는다. 누가 어떤 말을 하고 지적하든 개의치 않는다."

지나친 욕심이나 기대를 갖지 말자 🖊

욕심이 크면 그 욕심을 채우기 위한 걱정이 생긴다. 걱정이 심하면 병이 되며 병이 나면 정신이 흐려진다. 또한 정신이 흐려지면 생각이 옳지 못해 경거망동을 일삼게 된다. 경거망동은 화근을 불러일으키고 화근은 병을 깊게 만들어 위와 장을 상하게 한다. 결국 욕심 때문에 육체도 정신도 성하지 못하게 되는 것이다.

— 한비자

시시각각 변화하는 세상에서 창의적이고 색다른 것, 누구나 공감할 수 있는 이야기가 각광받는 시대가 되었다. 빠르게 변화하는 세상 속에서 불안정한 삶을 이어가는 직장인의 가장 확실한 대안은 책 쓰기라고 할 수 있다. 인간이 하고 있는 많은 영역들이 기계와 로봇, 인공지능으로 대체되고 있다. 이제는 로봇이나 인공지능으로도 대체될 수 없는 인간만이 할 수 있는 고유한 영역을 개척해야 하는 시대에 직면하고 있다. 인간만이 할 수 있는 가치 있는 일에 대비하자. 책으로 자신을 어필하고 이것을 마중물 삼아 방송 출연, 강연가, 컨설턴트 등으로 이어질 수 있도록 최선을 다하자. 고액의 강연료와 출연료를 받는 사람 중에 책이 없는 사람은 찾아보기 힘들다. 책은 자신을 더욱 돋보이게 하고 해당 분야의 전문가로 인정받을 수 있는 도구이다. 자신이 현재 종사하고 있거나, 잘 알고 있는 전문지식을 바탕으로 책을 쓰면 더욱더 퍼스널 브랜딩에 성공할 수 있다. 책은 일반 대중들에게 자신을 홍보할 수 있는 '통로'이자 자신을 부각시켜 주는 강력한 '도구'인 셈이다.

본인의 이름으로 책을 낸다면 그것이 주는 효과와 파급력을 직접 경험해 볼 수 있을 것이다. 사람은 누구나 무한한 잠재능력을 가지고 있다. 책은 누구나 쓸 수 있다는 것을 명심하자. 다만, 책 쓰기도 일정한 기술과 프로세스가 필요하므로 그러한 기술을 익히도록 노력하자. 책 쓰기 전문가를 찾아 기술을 배워 시간을 아끼고, 열심히 노하우를 전수받아 시행착오를 줄인다면 책 쓰는데 소모되는 많은 시간을 단축할 것이다. 수영을 하고 스키를 탈 때도 혼자서 막무가내로 익히기 보다는 강사의 체계적인 강습과 훈련에 따른다면 더 쉽고 재미있게 익힐 수 있을 것이다.

남들과 차별화된 자신만이 가지고 있는 전문적인 지식, 인생경험, 인생스토리, 메시지를 잘 융합하여 자신만의 콘텐츠를 만들어 독자의 니즈에 맞게 기획해보라. 자신의 내면에 존재하는 잠재력을 하루빨리 깨우고 밖으로 끄집어내어 자신의 존재가치를 대중에게 알려야 한다. 작가는 타고나는 것이 아니다. 당신의 노력으로 만들어 내는 것이다. 책을 읽는 행위가 자기계발의 시작이라면 책을 쓰는 행위야말로 자기계발의 끝이라고 할 수 있다. 책을 읽는데서 그칠 것이 아니라 책을 쓰는 단계로 나아가야 한다. 책을 써낸 작가가 된 후에는 당신 주변에 많은 변화가 생길 것임을 확신한다. 장석주 작가는 『나를 살리는 글쓰기』에서 작가란 직업에 대해서 이런 말을 풀어 놓았다.

"작가란 직업은 글쓰기라는 특이한 노동으로 먹고사는 운명을 받아들여야 한다. 글을 쓰지 않는 작가는 작가가 아니다. 작가라면 자기의 욕망, 타성, 습관, 대인관계에 휘둘려서는 안 된다. 글쓰기는 그 모든 것들에 앞서야 한다. 작가에게 쓰는 일이란 유일한 갈망이고, 숭고한 소명이며, 그걸 하지 않고는 배길 수 없는 본성이어야 한다."

자신의 내면에 잠재되어 있는 무의식을 글로 풀어내는 것이 작가다. 멋진 문장을 구사하고 화려한 미사여구를 동원한다고 해서 좋은 문장이나 좋은 책이 아니다. 책을 읽는 독자가 작가의 마음과 생각을 느끼고 이해하며 공감대를 형성할 수 있어야 한다. 독자가 편하게 읽고 쉽게 이해할 수 있어야 한다. 그렇게 하려면 그러한 것들을 쏟아낼 수 있는 내공을 쌓아야 한다. 그러한 내공은 하루아침에 만들어지지 않는다. 꾸준한 훈련과 노력을 해야 하며 식지 않는 열정이 있어야 한다.

처음 책을 내려는 예비 작가나 초보 작가들은 빨리 책을 내서 부와 명예를 얻고 싶어 한다. 어떻게 보면 자본주의 사회에서 그 것이 인지상정일지도 모른다. 그러나 부와 명예의 추구가 책을 쓰 는 목적이 되어서는 안 되며 바람직하지도 않다. 그러한 목적으 로 책을 쓰다보면 정도를 걷기보다 일탈행위를 서슴지 않는다. 조 급한 마음에 본인의 뜻대로 되지 않으면 쉽게 포기해 버리기도 한다. 선한 목적으로 책을 내다보면 부와 명예는 부수적으로 들어 오는 부산물이라고 생각해야 한다. 지나친 욕심이나 기대를 갖는 것은 본인의 성장을 더디게 할 뿐이라는 것을 명심해야 한다. 진 정한 작가라면 부와 명예가 목적이 아니라 뚜렷한 소명의식을 가 지고 명확한 비전을 키워나가면서 끊임없이 책을 써 나가야 한다.

실패는 성공의 어머니다 🖉

인생에서 실패한 사람 중 다수는 성공을 목전에 두고도 모른 채 포기한 이들이다.

— 토마스 에디슨

'실패는 성공의 어머니'라는 에디슨의 말을 누구나 한 번쯤은 들어봤을 것이다. 실패를 통해서 성공을 이루고 성취감을 맛볼 수 있다. 실패는 누구나 할 수 있다. 그러나 실패했을 때 좌절하고 그대로 주저 않느냐 아니면 오뚝이처럼 다시 일어나 앞으로 나아가느냐 하는 선택은 본인에게 달려있다. 실패했더라도 거기에서 교훈을 얻고, 실패를 바로잡는 노력을 해야 한다. "매도 먼저 맞는 게 낫다."라는 말이 있듯이 어차피 실패할 거면 빨리 겪어 보는 것도 괜찮다. 실패해도 개의치 않고 다시 시도해보고 앞으로 나아가야 한다. 길이 없으면 길을 찾고, 찾아도 없으면 길을 만들면서 나아간다는 불굴의 정신을 가져야 한다. 사람은 모르는 것에 대해서 본능적으로 막연한 두려움을 느낀다. 알고 있으면 미리 대비할 수 있고 어느 정도 두려움을 극복할 수 있다. 책을 쓰는 일도 과정과 결과를 모르기 때문에 두려운 것이다. 강인한 마음을 가지고 이를 극복해야 한다.

세계에서 가장 많은 책을 읽은 사람은 누구일까? 기록으로 남아 있는 것은 없지만 아마도 1000여 가지가 넘는 발명품을 만들어 낸 토머스 에디슨이 손꼽히는 다독가가 아닐까 한다. 에디슨은 다양한 분야의 책을 읽으면서 폭넓은 지식을 습득했고 그것을 통해 수많은 아이디어를 얻을 수 있었다. 수많은 실패와 시행착오를 통해서 성공을 이룬 것이다. 실패를 두려워해서는 작가가 될 수 없다. 어떠한 변화가 일어나기 위해서는 임계점을 넘어야 한다. 물의 임계점은 100℃다. 이때부터 물은 펄펄 끓기 시작하며 액체가 기체로 변한다. 변화는 한순간에 일어나는 것처럼 보이지만 실제로는 축적의 시간이 필요하다. 사람들이 쉽게 포기하는 이유는 너무 조급함을 가지고 있기 때문이다. 곧바로 결과를 기대하고 뜻대로 되지 않는다고 쉽게 포기하는 것이다. 성공하기 위해서는 실패라는 과정과 시간이라는 숙성기간이 필요하다.

현재 성공자로 우뚝 서 있는 사람 중에 실패의 과정을 생략하고 정상에 서있는 사람은 아무도 없다고 봐야 할 것이다. 설혹 있다고 하더라도 그 사람은 운이 좋거나 다른 이유가 있을 것이다. 아무리 능력이 출중하다고 해도 하는 일마다 성공할 수는 없다. 많은 사람이 성공을 향해 엄청난 노력을 한다. 하지만 대부분은 성공의 문 앞에서 포기하고 만다. 이것을 극복하고 정상에 우뚝 서는 사람이 적기 때문에 성공자는 항상 위대하고 크게 보이는 것이다. 크고 작은 실패와 경험이 쌓여 더 큰 성공을 이루는 것이다. 살다 보면 누구나 경험할 수밖에 없는 것이 실패지만 문제는 실패를 한 후의 마음가짐일 것이다. 실패한 후에 어떠한 마음가짐을 가지느냐에 따라 인생의 성패가 달라진다. 남들보다 더 많이 실패한 사람은 더 많은 성공을 할 수 있는 유전자를 가지고 있다.

많은 사람들이 집에서 편안하게 배달시켜 먹을 수 있는 음식 중 무엇을 가장 선호할까? 아마 여러분들은 치킨이나 피자를 가장 먼저 떠올릴 것이다. 그 중에서도 치킨은 맥주와 궁합을 맞춰 한국인들이 가장 선호하는 음식이다. 어딜 가도 소규모 치킨집이나 BBQ, 페리카나, 굽네치킨, 교촌치킨 등 프랜차이즈 치킨집이 즐비하다. 치킨집이 우후죽순 늘어나는 것은 은퇴 후 생계형 창업으로 특별한 기술 없이도 쉽게 문을 열 수 있기 때문이다. 치킨을 좋아하지 않는 분도 길거리나 매장에서 KFC를 상징하는 마스코트 像과 사진하얀색 양복과 검정색 나비넥타이에 안경을 끼고, 콧수염과 턱수염을 기른 인자한 할아버지을 한번쯤 접해본 적이 있을 것이다. 바로 켄터키 프라이드치킨KFC을 설립한 미국의 기업가 커널 샌더스Colonel Sanders이다. 그는 1890년 미국 인디애나주 한 마을의 장로교 가정에서 3남매중 장남으로 태어났다. 어린나이에 아버지가 사망한 후, 일을 하는 어머니를 대신하여 어려서부터 요리를 하기 시작했다. 7학년 때 학교를 중퇴하고, 어머니가 재혼한 뒤 의붓아버지의 폭력을 피해 13살에 집을 나왔다. 가출한 후에는 페인트칠 하는 일과 농장 보조원으로 일했고, 장성한 후에는 타이어 영업, 보험판매원, 철도 공사원 등 다양한 일자리를 전전하였다.

1930년 켄터키주 코빈에서 작은 주유소를 시작하면서 많은 여행자들이 운전하는 중에 배가 고파도 음식을 먹을 마땅한 식당이 없다는 사실에 착안하여, 손님들을 대상으로 닭요리와 간단한 음식을 판매하기 시작했다. 그 후 약 10여 년간, 자신만의 독특한 닭고기 조리법을 개발하고 친절한 서비스로 승승장구하였다. 그러나 1939년 그가 운영하던 레스토랑과 모텔에서 화재가 발생하여 하루아침에 잿더미가 되었다. 이에 굴하지 않고 이듬해 140여 석 규모의 식당을 다시 열고 영업을 시작했다. 그러나 이마저도 1941년 제2차 세계대전과 여러 가지 경영의 어려움을 겪으면서 운영하던 식당마저 적자 더미에 쌓여 1955년에 문을 닫고 말았다. 그동안 모았던 재산은 모두 탕진되었다고 한다. 샌더슨은 65세의 늙은 나이에 새로운 도전을 하기로 결심하며 그의 요리법을 사줄 후원자를 모집하기 시작했다. 그는 천 번 넘게 식당 사업자들에게 문전박대를 당하거나 잡상인 취급을 받는 수모를 당했다. 이에 굴하지 않고 노력한 결과 기적적으로 후원자를 만나 오늘날 글로벌 기업인 KFC를 탄생시켰다. 70세를 바라보는 나이

였지만 어떤 어려움을 만나도 포기하거나 좌절하지 않고 닭튀김의 맛과 품질에 대한 자부심으로 오늘날 전 세계적인 프랜차이즈 브랜드를 성장시켰다. 샌더스는 "나는 남들이 포기할 만한 일에 포기하지 않았고, 포기하는 대신 무엇인가를 해내려고 애썼다"라고 했다. 시도해 보지도 않고 안 될 거라고 미리 자포자기 했다면 아무리 사소한 성공도 얻을 수 없다는 교훈을 우리에게 주고 있다.

공자 말씀에 "멈추지 않는 이상 얼마나 천천히 가는지는 문제가 되지 않는다."고 했다. 중간에 포기 하거나 좌절하지 않는 한 언젠가는 정상이라는 목표에 반드시 도달할 것이다.

성공한 사람의 인생 스토리를 들어보면 실패를 겪어보지 않은 사람이 없다. 그러나 그들은 절망하고 포기하기보다는 실패를 거울삼아 더 자신을 채찍질하고 앞으로 나아간 사람들이다. 한 번에 성공하거나 항상 성공하는 사람은 많지 않다. 수많은 실패를 통해서 배우고 또 다른 실패를 통해서 성장해 가는 것이다. 목표가 있는 사람은 얼굴에 생기가 돌고 목소리가 살아 있다. 어디로 가고 무엇을 해야 하는지 알기에 흔들림이 없다. 땅속 깊은 곳에 튼튼한 뿌리를 내리고 든든하게 서 있는 거목처럼 어떠한 비바람에도 흔들릴지언정 뿌리째 뽑히지는 않는다.

책 읽기는 책 쓰기의 필수조건이다 ✏

한 권의 책을 읽음으로써 자신의 삶에서 새 시대를 본 사람이 너무나 많다.

— 헨리 데이비드 소로우

이 세상에는 두 부류의 사람이 있다. 책을 읽어야지 하고 '생각'만 하는 사람과 책을 실제로 '읽는' 사람이다. 즉 주류독서인와 비주류비독서인다. 책을 읽어야지 생각만 하고 실천이 없는 사람은 운동을 하면 몸이 좋아진다는 이치를 알면서도 몸을 움직이지 않는 사람과 다름없다. 책을 읽어야지 하는 사람은 단행본 한 권조차도 부담이 되는 분량이지만 책을 실제 읽는 사람은 10여 권의 책도 부족함을 느낀다.

책을 읽다 보면 생각이 바뀌고 사고방식이 바뀌고 뇌가 바뀌며 우리의 운명이 바뀐다. 주변의 지인들을 살펴보면 알 수 있다. 독서의 필요성을 느끼면서도 여러 가지 바쁘다는 이유와 핑계들로 책을 멀리하고, 책 읽기가 일상의 우선순위에서 밀려져 가는 모습을 볼 수 있다. 우리는 책 읽는 것에 대해서 의무감을 가지거나 부담을 가져서는 안 된다. 하던 일을 먼저 끝내놓고 독서를 하려고 하지 말아야 한다. 독서를 먼저 하고 하루의 일과를 시작해야 한다는 마음가짐을 가져야 한다. 시간을 따로내서 책을 보려고 하면 쉽게 할 수 없는 것이 독서다. 한 권의 책을 다 읽을 요량으로 시간을 내려고 하면 평생 가도 책 읽을 시간을 확보하기가 쉽지 않다. 그냥 바쁜 일상에서 잠깐 틈이 날 때마다 단 한 문장이라도 읽어 나가면 된다.

책은 읽으면 읽을수록 의식이 확장됨을 경험할 것이다. 책은 술과 비슷한 성질을 가지고 있는 것 같다. 술은 먹으면 먹을수록 술에 취하고 기분이 좋아진다. 독서도 하면 할수록 내용에 취해서 마음이 안정되고 계속 읽고 싶은 생각이 든다. 책이 책을 부르는 것이다. 독서하는 시간은 자신의 내면으로 들어가 책을 쓴 저자와 깊은 공감을 나누고 서로 대화하는 시간이다. 만남은 우리가 눈앞에 보이는 외향적 만남도 있지만, 책을 쓴 저자와의 시공을 초월한 만남도 있다. 독서는 세상 모진 풍파가 닥쳐와 내 앞길을 막을지라도 헤쳐나갈 수 있겠다는 자신감을 불어 넣어 주는 촉매제다. 중국 전한 시대의 학자 유향劉向은 "책은 약과 같다. 잘 읽으면 어리석음을 치료한다."는 말을 남겼다. 몸과 마음이 지치고 힘들 때 책은 나를 위로해 주고 치료해주는 '만병통치약' 같은 존재다. 책은 나에게 뭐든 할 수 있다는 자신감과 열정을 주는 인생 최고의 멘토다. 책을 취미나 소일거리로 읽던 시대는 지났다. 후회 없는 인생을 살기 위해서도 필요하지만, 우리가 맡은 분야에서 살아남기 위해서 '생존 독서'를 해야만 한다.

우리는 하루 삼시 세끼를 먹는다. 식사를 의무감이나 부담감을 가지고 먹는 사람은 드물 것이다. 그냥 때가 되면 자연스럽게 찾게 되는 것이 한 끼 식사다. 요새 유행하는 혼밥혼자 먹는 밥도 있고 여럿이 함께 모여 먹는 집밥이나 식당 밥도 있다. 때로는 밥맛이 없어서 한 끼를 건너뛰거나 굶는 경우도 있지만 이는 예외에 속한다고 할 것이다. 독서도 이와 같이 의무감이나 부담감 없이 물 흐르듯 자연스럽게 일상과 하나가 돼야 한다. 다이어트를 위해 너무 적은 양의 칼로리를 섭취하는 것도 문제지만, 식탐이 심해서 과도한 양의 음식물을 폭풍흡입 하는 것도 문제다. 독서도 처음부터 너무 욕심이 지나쳐도 쉽게 지친다. 완전한 독서 습관을 들이기 위해 조금씩 양을 늘려가야 한다. 독서하는 습관이 익숙해진다면 하루 세끼 밥을 먹는 것처럼 자연스러워 질 것이다.

중국의 시성 두보는 "만 권의 책을 읽으면 글을 짓는 것이 신의 경지에 이른다."고 했다.

현재 두 번째 책을 집필 중인 저자는 하루 한 권 이상은 꼭 읽기로 마음먹고 지금 실천하고 있는 중이다. 매일 아침 사무실에 출근하기 두 시간 전쯤에 일어나 집중 독서를 실천하고 있다. 아침 이른 시간은 누구의 방해도 받지 않는 시간대이며 뇌가 활성화되어 머리에 쏙쏙 들어오는 느낌도 받는다. 또한 책을 읽으면서 좋은 문장이나 마음에 와닿는 문구가 있으면 노트에 기록하는 습관이 있다. 기록해둔 구절들은 나중에 직접 책을 쓸 때도 많은 도움을 받을 수 있다. 우리가 책을 읽는 이유는 지식과 정보들을 얻기 위해서 뿐만 아니라 내 삶의 변화를 주기 위해서다. 책을 읽다보면 의식 수준이 높아지고 본인의 행동이 바뀌며 일상의 많은 변화를 경험하게 될 것이다. 독서와 삶은 따로따로 분리된 것이 아니라 하나라는 것을 자각해야 한다.

우리가 읽은 책에 관해서는 중요한 내용과 느낌을 기록하는 습관을 가져야 한다. 그래야만 그 내용이 머릿속에 오래 남게 될 것이다. 책을 읽게 된 계기를 불문하고 책 속에 담긴 내용이 머릿속에 남아야 독서한 보람이 있고 가치가 있다. 그냥 맹목적인 독서보다는 집필할 책의 소재 거리로 생각하고 읽는다면 더 머릿속에 남는 것을 몸소 체험할 것이다.

책 읽기와 책 쓰기는 따로따로 하는 행위가 아니다. 책읽기를 통해 책을 쓸 소재와 아이디어를 찾아내는 것이다. 책을 많이 읽는다는 것은 책을 쓰기 위한 기초 체력을 기르는 것이다. 책도 읽지 않고 글을 쓰려는 행위는 기초 체력이 허약한 사람이 축구에서

드리블이나 트래핑 등의 기술을 배우는 거나 마찬가지다. 책을 쓰기 위해서는 풍부한 독해 능력이 필수적이다. 문장에 어울리는 단어를 적재적소에 나열하기 위해서는 많은 어휘 수를 알고 있어야한다. 책 쓰기에는 이밖에도 문장구사력, 논리적 사고 능력 등도 필요하다. 이 모든 것이 독서행위와 사고의 과정을 거쳐야 가능하다. 단어는 자음과 모음의 결합을 통해 생성되며 텍스트는 단어와 문장으로 이루어진다. 음식을 만들기 위해서는 기본적으로 재료가 있어야 한다. 아무리 훌륭한 주방장이라도 재료가 없으면 음식을 만들 수 없다. 재료는 음식을 만드는 데 있어 필수조건이다. 음식을 만들기 위해서 식재료가 필수이듯이, 책 읽기는 책 쓰기의 필수라고 할 것이다. 책 속에는 다양한 식재료가 있다. 만들고자 하는 음식의 종류에 따라 다양한 식재료가 필요하듯 지속적으로 책을 쓰려면 독서를 통해 다양한 식재료를 확보하고 있어야 한다.

글쓰기를 생활화하라

당신이 배를 만들고 싶다면, 사람들에게 목재를 가져오게 하고 일을 지시하고 일감을 나눠주는 일을 하지 말라. 대신 그들에게 저 넓고 끝없는 바다에 대한 동경심을 키워줘라.

― 생텍쥐페리

중국 송나라의 정치가 겸 문인이자 당송팔대가唐宋八大家 중 한 명인 구양수歐陽修는 글을 잘 쓰기 위해서는 삼다三多를 해야 한다고 했다. 다문多聞, 다독多讀, 다상량多商量이다. 즉 많이 듣고, 많이 읽고, 많이 생각하라는 뜻이다.

높은 건물을 짓기 위해서는 먼저 설계도와 조감도를 그리고 자재를 준비하고 터파기하는 과정들을 거쳐야 한다. 글을 쓰기 위해서는 매일 매일 조금씩이라도 쓰는 연습을 해야 한다. 우리는 학창시절에 한문이라는 과목을 배웠다. 빈 공책에다 획순에 따라 한자를 써가며 음發音과 훈訓뜻을 익혔다. 한자를 눈으로만 읽어보고 실제 써보는 연습을 하지 않는다면 정확한 글자를 쓰기가 쉽지 않다. 음은 어느 정도 알겠는데 막상 쓰려고 하면 제대로 써내기가 어렵다. 마찬가지로 아무리 많은 독서와 사색을 한다고 해도 글쓰기 연습을 하지 않으면 논리적인 글을 쓸 수 없다. 머릿속에서만 뱅뱅 돌 뿐이다. 매일 조금씩이라도 글을 쓰는 습관을 들이다 보면 서서히 발전해 가는 자신의 모습을 보게 될 것이다. 어떠한 내용을 쓸 것인지 딱히 생각나지 않는다면 우리가 학창 시절에 많이 했던 일기쓰기를 먼저 시작해보자. 아니면 일상의 소소한 일들을 기록으로 남겨보자. 어떠한 생각이 머릿속에 떠오르는 것하고 실제로 그것을 글로 써보는 행위는 천지차이다.

등고자비登高自卑라는 고사성어가 있다. 높은 곳에 오르려면 낮은 곳부터 시작해야 한다는 말이다. 글쓰기는 등산하고 비슷한 점이 많이 있다. 높은 산이든 야트막한 뒷동산이든 한 걸음 한 걸음 올라야 한다. 빨리 정상에 오르고 싶은 욕심에 한달음에 오르려고 하다가는 금세 지치기 마련이다. 뚜벅뚜벅 걷다보면 어느 샌가 정상의 자리에 올라서기 마련이다. 사람에 따라 도달하는 시간이 다를 뿐 중간에 포기하지 않는다면 언젠가는 꼭대기에 서게 된다. 정상에서 산 아래를 내려다보노라면 그동안 힘들었던 산행길이 어느덧 눈 녹듯 사라지고 오기를 잘했다는 생각을 갖기 마련이다. 글쓰기도 마찬가지다. 한 글자 한 글자 꾸준히 써나가야만 한다. 서두를 필요가 없다. 처음부터 무리한 욕심에 달려들다 보면 쉽게 지치기 마련이다. 산에 많이 올라본 사람은 등산기술이 몸에 배듯 글쓰기를 많이 해본 사람은 갈수록 필력이 느는 것을 체감할 것이다.

"구슬이 서 말이라도 꿰어야 보배다."라는 말이 있다. 아무리 많은 책을 읽고 다양한 인생 경험을 했더라도 실제로 글로 써봐야 한다. 고기도 먹어본 사람이 잘 먹듯, 글도 써본 사람이 잘 쓴다. 그리고 글은 쓰면 쓸수록 필력이 높아지고 안 쓰면 안 쓸수록 쇠퇴한다. 글쓰기는 논리적인 사고와 학습의 과정을 거치기 때문에 책읽기보다 몇 배는 기억력 향상에 도움이 된다. 글쓰기는 자신의 전문분야를 더욱더 빛나게 해주고 돋보이게 해 주는 도구이다. 글쓰기에는 높은 집중력과 몰입이 필요하다.

　일요일 밤 방송되는 개그콘서트에서 오랫동안 장수한 코너가 있었다. 김병만이 출연하는 '달인'이라는 코너였다. 처음에는 '달인을 만나다'라는 제목으로 방영되기 시작했다가, 해당 제목으로 바뀌어 방영되었다. 이 프로그램에서 김병만은 다양한 분야에 도전해서 실패하기도 하고 성공하기도 한다. 남들이 하기 힘든 것들을 척척 해내는 것을 보며 우리는 때때로 환호하며 박수를 보내기도 한다. 하지만 명심하라. 김병만도 처음부터 고수였던 것은 아니다. 십 수년 동안 남들보다 더 많은 연습과 단련을 통해서 다양한 분야의 달인에 도달할 수 있었던 것이다. 그렇게 쌓아온 내공과 실력이 축척되어 손쉽게 달인의 경지에 이를 수 있었던 것이다. 달인이라는 타이틀은 누구에게나 주어질 수 있지만 아무에게나 주어지지는 않는다.

윌리엄 홀은 "당신이 하기를 원하고 하려고 하는 의지가 있고 오랜 시간 동안 충분히 노력한다면, 그 일은 날마다 조금씩 함으로써 반드시 성취해 낼 수 있다."라는 명언을 남겼다.

우리가 하고자 하는 의지가 있고, 매일 조금씩이라도 포기하지 않고 꾸준하게 노력한다면 이 세상에 이루지 못할 것이 없다. 1993년 미국 콜로라도 대학교의 심리학자 앤더스 에릭슨K. Anders Ericsson은 '1만 시간의 법칙'이라는 논문을 발표했다. 어떤 분야의 전문가가 되기 위해서는 최소한 1만 시간 정도의 노력이 필요하다는 법칙이다. 1만 시간은 매일 3시간씩 노력할 경우 약 10년, 하루 10시간씩 투자할 경우 3년이 걸린다. 꾸준함과 성실함이 해당 분야의 전문가를 만들어 낸다. 성공한 사람들의 비결이 유전적 인자나 외적 환경뿐만 아니라 끊임없는 자기와의 싸움에서 일궈낸 값진 성과라는 것을 우리는 알 수 있다.

작가의 글쓰기도 꾸준함과 인내심을 필요로 한다. 운동선수가 날마다 일정한 시간을 정해놓고 체력향상을 위해 힘쓰듯이, 글쓰기도 날마다 같은 시간에 써나가는 습관을 들여야 한다. 본인은 문장력이 없다고 미리 겁낼 필요는 없다. 매일 정해진 시간에 책상에 앉아 책 쓰기에 몰두해 보라. 날마다 실천하는 실행력이 있어야 한다. 누구나 초보 시절을 이겨내며 전문가의 반열에 들어서는 것이다. 국내외를 막론하고 대문호라 불리는 작가들도 무명시절을 극복하고 최고의 경지에 올라 설 수 있었다. 쉼 없이 지속적인 글쓰기를 했기 때문에 가능한 일이다. 지속적인 글쓰기를 하기 위해서는 기본적인 체력도 갖추어야 한다. 좋은 영양분을 섭생하고 충분한 휴식과 질 좋은 숙면을 취하는 것도 필요하다. 일상생활에서 글쓰기를 우선순위에 두어야 한다. 타성에 젖거나 나쁜 습관에 빠져서는 안 된다. 수도자의 길은 아니더라도 자기 욕망을 절제하고 타인의 유혹을 견딜 수 있는 인내력도 필요하다.

출간기획서는 어떻게 작성할까?

Chapter 6

제목&부제 선정하기 🖉

자신의 약점이나 모자라는 점을 숨기고 감추기보다는 있는 그대로 드러낼 수 있는 용기를 가진 자에게는 결국 길이 열리게 될 것이다.

— 이드리스 샤흐

　책의 제목과 부제 정하기는 독자가 구매 여부를 결정하는데 매우 중요한 요소다. 바쁜 현대인들이 책 제목에 이끌려 바로 구매하는 경우도 흔히 있는 일이다. 나는 현재 몸담고 있는 부동산에 관련된 전문 서적을 쓰기로 결심했다. 그동안 쌓았던 실무를 이론에 적용하면 훨씬 시너지 효과가 나겠다는 생각이 들었다. 현업에 종사하면서 내 이름으로 된 책이 있다면 사람들로부터 더욱더 전문성을 인정받을 수 있겠다고 생각했다. 현업에서 보고 느꼈던 임대인과 임차인 사이에 발생하는 분쟁사례들을 모아 Q·A식으로 만들기로 했다. 책 내용은 그대로 두고 제목만 바꿔서 히트한 책들이 많이 있다. 책 제목을 선정할 때는 간결하면서도 임팩트 강한 제목이 좋다. 출판사 또한 제목만 보고 출간 기획서를 읽을 것인지 무시할 것인지를 판단하기도 한다.

☞ 좋은 제목의 조건.

1. 독자가 기억하기 쉬워야 한다.

2. 평범하지 않고 독특해야 한다. 그동안 사용하지 않은 주제나 반전을 불러올 수 있는 내용이어야 한다.

3. 현재뿐만 아니라 미래에도 지속성이 있어야 한다.

4. 상세하게 독자의 시선을 사로잡아야 하며 호기심을 불러일으켜야 한다.

5. 반드시 읽고 싶거나 내가 필요로 하는 주제여야 한다.

6. 짧고 간결해야 한다.

☞ 이 순간 사랑받고 있는 책 제목들

"21세기를 위한 21가지 제언."

"죽고 싶지만 떡볶이는 먹고 싶어."

"열두 발자국."

"초격차."

"나는 나로 살기로 했다."

"82년생 김지영."

"역사의 역사."

"나는 도서관에서 기적을 만났다."

"언어의 온도."

목차 작성하기 ✏️

뜨거운 가마 속에서 구워낸 도자기는 결코 빛이 바래는 일이 없다. 이와 마찬가지로 고난의 아픔에 단련된 사람의 인격은 영원히 변하지 않는다. 안락은 악마를 만들고 고난은 사람을 만드는 법이다.

— 쿠노 피셔

목차는 작가나 독자의 입장에서 매우 중요하다. 작가 입장에서는 본문 내용을 잘 쓰기 위한 가이드 역할을 한다. 책 쓰기의 절반을 차지하는 건물의 설계도이자 쉽게 목적지에 도달할 수 있게 안내 해주는 차량의 내비게이션이라고 할 수 있다. 독자 입장에서는 책을 구매하기 전 제목 다음으로 목차를 보고 결정한다고 한다. 건물을 지을 때 규모에 따라 우리는 먼저 설계도와 조감도를 만든다. 설계도는 집을 지을 때 절대적으로 필요한 계획서이다. 아무리 규모가 있는 건물이라도 설계도에 따라서 차근차근 공사를 진행하다 보면 어느새 건물은 완성된다. 책을 쓸 때도 건물의 설계도만큼이나 중요한 것이 목차다. 목차는 나무가 아닌 숲이다. 그만큼 목차의 중요성도 높다. 목차를 보았을 때 독자들이 이 책의 전체적인 방향과 구성에 대해 한눈에 파악할 수 있어야 한다. 책의 전체 윤곽을 파악하려면 일단 목차를 봐야 한다. 아무리 영양가 있고 맛있는 음식이라도 일단 눈으로 보는 비주얼이 좋고 코로 느끼는 향기가 있는 음식이라야 손님의 선택을 받는다. 책도 이와 마찬가지로 내용이 아무리 유익하더라도 제목과 목차가 독자의 흥미를 끌어야 읽고 싶은 마음이 생기고 자연스럽게 구매로 이어진다. 완성된 목차가 있어야 서론, 본론, 결론이나 기, 승, 전, 결 등의 문장 기법을 구성해서 내용을 완성하는 것이다.

목차를 구성하는 장 제목은 5장Chapter~6장Chapter으로 구성한다. 각 장에 들어갈 꼭지는 6~7개 정도로 한다. 전체적으로는 35~40꼭지 정도를 만드는 것이 좋다. 한 꼭지당 분량은 A4용지 평균 2장 반 정도로 하면 100장 정도의 원고 분량이 나온다. 목차는 제목에 맞는 주제로 장 제목, 꼭지 제목을 완성한다. 처음부터 완벽한 목차를 만들려고 하기보다는 원고를 써나가는 과정에서 수정 보완해 나간다는 생각으로 작성해야 한다.

〈목차작성 팁〉

1. 본문 내용은 살짝만 보여주고 목차를 통해 책을 빨리 읽고 싶은 충동을 느끼게 한다.

2. 시각적으로 읽기 쉽도록 짧고 간결하게 쓴다.

3. 이해하기 쉽고 편하게 읽힐 수 있어야 한다.

4. 각 꼭지에 들어갈 내용이 서로 중복되지 않고 일목요연해야 한다.

5. 목차만 보고도 본문 내용을 한 눈에 알 수 있도록 함축적으로 작성하자.

6. 사람의 감성을 자극할 수 있는 내용이어야 한다.

7. 핵심 주제가 모두 포함되어야 한다.

8. 맞춤법이나 띄어쓰기에 오류가 없어야 한다.

서문 작성하기 ✏️

해보지 않고는 당신이 무엇을 해낼 수 있는지를 알 수가 없다.

- 프랭클린 아담

서문은 저자가 독자들에게 보내는 초대장이자 안내서이다. 저자와 독자와의 첫 만남이다. 사람의 첫인상이 상대를 평가 하는데 있어 중요한 요소이듯, 강한 인상을 풍기는 서문은 독자로 하여금 책을 구매하게끔 결정하는 중요한 역할을 한다. 독자들이 왜 이 책을 읽어야 하는지? 안 읽으면 어떤 손해가 생기고 읽으면 큰 보상이 있다는 생각이 들도록 하라. 작가가 심혈을 기울여 쓴 책이라도 예비 독자들이 구매해서 읽지 않으면 책으로서의 가능과 가치를 상실한 것이다. 책 쓰기가 작가의 자기만족을 위해서 쓰는 경우도 있지만, 이는 극히 일부분이다. 오히려 작가는 책을 읽는 독자를 위해 존재하는 하나의 직업이다. 서문을 통해 독자들이 책을 구매해서 읽을 수 있도록 최선을 다해야 한다. '관중이 찾아 주

지 않는 프로야구는 공놀이에 불과하다'고 말한 어느 프로야구 선
수의 말과 같다고 할 것이다. 몇 가지 서문작성 스킬을 소개하고
자 한다.

〈서문 작성 스킬〉

1. 멋진 인용구나 질문으로 시작하라.

2. 결론부터 던져라. 서론이 너무 길면 독자들은 지루함을 느끼고 구
   매를 포기한다. 즉, 미괄식 문장이 아닌 두괄식 문장이 되게 하라.

3. 너무 잘 쓰려고 하지 마라. 인간적인 정감을 느끼고 공감대를 형
   성할 수 있는 문장을 선택하라.

4. 누구나 쉽게 이해하고 흥미를 느낄 수 있도록 짧고 간결하게 써라.

5. 본문을 빨리 읽고 싶은 호기심을 불어 넣어라.

6. 설명보다는 묘사를 하라.

7. 글은 말하듯이 자연스럽게 써야 한다. 부자연스럽거나 꾸밈이 없어
   야 한다.

본문 쓰기 ✏️

누군가를 정복할 수 있는 사람은 강한 사람이지만 자신을 정복할 수 있는 사람은 강력한 사람이다.

- 노자

우리는 학교 교육을 통해 글 쓰는 방법을 배웠다. 글에는 여러 가지 얼개structure가 있다. 예컨대 3단 얼개서론-본론-결론, 4단 얼개기-승-전-결, 5단 얼개주의-흥미-욕구-기억-실천 등이다. 많은 사람들이 이러한 방식을 고수하고 있다. 이렇게 결론을 끝에 두고 문장을 구성하는 방식을 미괄식 글쓰기라고 한다. 한국을 비롯한 동아시아 국가들이 예로부터 채택하고 있는 글쓰기 방식이다. 이와 반대로 영미 문화권에서 보편화 되어 있는 글쓰기 방식은 두괄식 글쓰기이다. 문장의 결론을 앞에 두는 방식이다. 전문가들이나 글을 전문적으로 쓰는 사람들은 미괄식 글쓰기보다는 두괄식 글쓰기를 많이 사용한다. 직장에서 보고서를 작성하거나 프레젠테이션을 할 때도 두괄식으로 쓰는 것이 바람직하다고 본다. 우리가 상사에게 구두로 보고할 때도 장황하게 늘어놓는 것보다 먼저 결론을 말하고 거기에 이르게 된 경위를 말해야 한다. 글을 쓰는 과정은 하나의 노동이다. 초보 작가들은 막상 글을 쓰려고 키보드에 손을 얹어 봐도 무슨 말부터 써야할지 막막하다. 화면을 보면 커서만 깜빡깜빡하며 빨리 내용을 입력하라고 재촉하지만 무엇을 써야 할지 모르겠다. 책 쓰기는 결국 무언가 쓰는 과정이다. 일단 무조건 써야 한다. 생각하지 않고 첫 문장을 썼으면 바로 다음 문장을 쓴다. 잘 모르거나 막히면 그 문장을 비워두고 계속 쓴다. 순서에 상관없이 써지는 대로 쓰고 생각나는 대로 쓰면 된다. 쓰다가 맘에 안 들면 다시 지우면 된다. 무언가 입력한 게 있어야 지울 수도 있고 수정할 수도 있다. 일단 몇 줄이라도 입력한 게 있어야 그것을 바탕으로 꼬리에 꼬리를 물고 다음 글이 써질 것이다.

우리 뇌는 일단 시동을 걸어줘야 한다. 자동차를 운행하려면 운전석에 앉아 벨트를 매고 일단 시동을 걸어야 한다. 시험공부를 하려면 일단 책상에 앉아 책을 펼치고 공부를 시작해야만 한다. 시동도 걸지 않고 차가 움직이기를 바라거나 공부를 시작하지도 않고 책상만 깨끗하게 정리한다고 무슨 소용이 있겠는가. 일단 쓰다 보면 한 장이 두 장 되고 두 장이 책 한 권 분량의 원고지가 되는 때가 있을 것이다. 또한 글은 최대한 쉽게 써서 누구나 이해하고 공감할 수 있게 하는 것이 좋은 글이다. 지나친 외래어나 본인만이 알 수 있는 전문용어 등의 사용은 책을 읽는 독자들로 하여

금 지루하고 따분하게 만들 수 있다. 글을 쓰는 나의 입장이 아닌 책을 읽는 독자의 입장에서 감동을 느끼고 내가 쓴 글에서 동질감을 느껴야 한다. 책을 쓴다는 것은 타인을 위한 배려에서 시작해야 한다. 우리는 학창 시절에 문체라는 걸 배웠다. 화려체와 건조체, 강건체와 우유체, 만연체와 간결체다. 그러나 이는 학문적인 분류일 뿐 여기에 연연할 필요도 없고 쓰다보면 서로 뒤섞이기도 한다. 일단 초고를 완성했다면 서너 번에 걸쳐 불필요한 내용을 삭제하거나 적절한 내용을 보강하는 퇴고의 과정을 거쳐야 한다. 이를 통해 원고를 마무리하면 탈고가 된다. 인간은 심리학적으로 새로움을 추구하는 마음, 위험을 회피하려는 마음, 경쟁에서 이기고 싶은 마음 등 세 가지 마음을 가지고 있다고 한다. 책 쓰기는 일상에서 하지 않았던 새로움을 추구하는 마음이다. 우리의 마음속 기저에 깔려있는 본능적인 일이다. 일단 쓰고 보는 것이 중요하다.

본문은 한글 파일, MS워드, PDF 파일로 작성하면 된다.

여백 : 상하 15mm, 좌우 30mm
글씨체 : MS 워드 바탕글에 한글 휴먼명조체, 맑은 고딕 등
글씨크기 : 큰제목 15pt, 소제목 13pt, 본문 10~11pt
줄 간격 : 160%

〈본문 쓰기 지침〉

1. 작가의 입장이 아닌 독자의 입장에서 글쓰기를 하라.

2. 긴 문장을 피하고 짧은 단문을 사용하라. 불필요한 문장과 표현들은
   피하라.

3. 말하고자 하는 주제를 분명하고 명확하게 써라.

4. 문장을 억지로 꾸미거나 치장하지 말고 간결하게 써라. 물 흐르듯
   이 자연스럽게 써라.

5. 전문적인 용어나 어려운 표현은 되도록 피하고, 쉽고 정확한 문장
   을 골라서 써라.

6. 단문을 쓰고 중문을 피하라. 특히 한 문장 내에서의 중문은 좋지
   않다.

7. 수동형의 표현보다는 능동형의 문장을 자주 사용해라.

8. 부정적인 단어는 피하고 긍정적으로 써라.

9. 꾸미는 말이나 수식어는 최소화한다. 의미가 잘 전달되도록 구체
   적으로 쓴다.

10. 핵심주제를 말하듯이 쓴다.

11. 독자의 호기심을 자극할 수 있고 흥미를 유발할 수 있는 문장을 선
    택하라.

12. 독특한 비유를 통해 독자의 호기심을 자극하라.

13. 명사형보다는 동사형 표현을 사용한다.

14. 문장의 앞뒤가 자연스러운 호응관계를 이루도록 한다.

15. 오랫동안 기억에 남도록 그림을 그리듯 한다.

16. 접속사나 부사 등은 되도록 피한다.

17. 독창적이고 참신한 주제를 선택한다.

18. 올바른 어휘를 사용한다.

19. 비문법적인 표현의 사용을 지양한다.

출간기획서 작성하기 🖊

내가 세계를 알게 된 것은 책에 의해서였다.

- 사르트르

    회사에 입사하려면 보통 이력서와 자기소개서를 작성하여 제출한다. 기업 인사담당자는 서류를 먼저 검토한 후 대상자에게 서류전형 합격을 통보하고 면접과 신체검사 일정을 잡는다. 구직자와 회사의 첫 대면은 이력서와 자기소개서로부터 시작된다. 마찬가지로 저자와 출판사의 첫 대면은 보통 출간기획서로부터 시작된다. 대부분의 출판사는 사전에 저자와의 직접 면접은 생략하고 작가가 보낸 출간기획서를 심사하여 출간 여부를 결정한다. 따라서 출간기획서는 무엇보다 심혈을 기울여 작성하고 출판사에 투고해야 한다. 출간 기획서는 책을 출간하기 위해 저자가 밑그림을 그리는 매우 중요한 작업이다. 출판사와 정식 계약을 체결하고 책이 출간되기 위해서는 이 과정이 반드시 필요하다. 내가 쓴 원고가 아무리 훌륭하고 가독성이 있다고 해도 출판사의 벽을 넘지 못하면 책은 출간할 수 없다. 물론 금전적인 여유가 있는 저자라면 자비 출간이 가능하다. 그렇지 않고 출판사에서 기획출간 하기를 원한다면 반드시 출판사의 벽을 넘어야 한다. 저자가 널리 지명도가 있고 출간 경험이 풍부하다면 출판사에서 선 인세를 지불하면서 원고가 나오기를 기다리는 경우도 있다고 한다. 반면, 처음 책을 내는 무명작가의 원고를 계약하자고 달려드는 출판사는 많지 않을 것이다. 그러나 원고가 매력적이고 판매 부수가 좋을 거라고 예상된다면 분명 계약을 원하는 출판사가 있을 것이다. 완성된 원고는 전부 다 출판사에 보낼 필요는 없고 핵심적인 내용을 뽑아 출간기획서를 작성한다. 출간기획서를 출판사에서 검토하고 원고가 채택되면 서로의 조건을 조율하고 출간 절차로 들어가는 것이다. 물론 일부 출판사는 전체 원고를 요구하기도 한다. 전체 원고를 통해 출간여부를 결정하겠다는 것이다. 세부항목별 출간 기획서 작성 요령을 살펴본다.

〈세부항목별 출간기획서 작성 요령〉

● 제목부제 : 책의 제목과 부제를 적는다. 책의 제목이나 부제만 봐도 책이 의도한 바가 무엇인지 알 수 있고 독자를 한 번에 사로잡을 수 있는 내용으로 정한다. 독자들로 하여

금 내 책을 선택하게끔 하는 최초의 관문이 제목과 부제이다. 한 가지 제목으로 정할 수도 있고, 예상 제목 2~3가지를 함께 적을 수도 있다. 출간되는 책의 제목은 저자가 원하는 제목으로 확정된다. 하지만 출판사와의 협의를 통해 바꿀 수도 있다. 조사 결과에 의하면 서점에 서 우연히 책의 제목이나 목차 등을 보고 구매하는 독자들은 전체 구입자의 30~40%에 달한다고 한다. 그만큼 책의 표지 디자인이나 제목은 출판사에서도 중요하게 생각한다. 출판사가 모든 편집과 디자인, 교정 작업등을 마치고 원고를 인쇄소에 넘기는 그 직전에도 바뀔 수 있는 것이 책의 제목이다. 인쇄소에 원고가 넘겨져 책을 찍기 시작하면 방법이 없지만, 그전까지는 대체가 가능하다. 책의 제목을 정할 때는 전문가인 출판사와 상의하는 것은 물론이고 최대한 많은 수의 주변 지인들에게도 자문을 구해보는 것이 좋다. 지인들은 독자의 입장에서 출판사나 저자와는 다른 시각으로 볼 수 있다. 인터넷에 접속해서 열심히 손품을 팔고 대형서점에 방문해서 발품을 팔아 벤치마킹하는 일도 게을리 하지 말아야 한다. 책은 제목에 살고 제목에 죽을 수 있다는 생각을 깊이 인식하고 출간 구상부터 최종 인쇄 돌입 직전까지 고심을 거듭해야 한다. 김난도 작가의 《아프니까 청춘이다》와 혜민 스님의 《멈추면 비로소 보이는 것들》

은 300만 부 넘게 판매된 초대형 베스트셀러다. 이 책들은 애초에 출판사에 투고된 원고의 가제가 출간 직전 바뀌어 출간된 대표적인 사례이다. 해외에서는 켄 블랜차드의 《칭찬은 고래도 춤추게 한다》라는 책이 있다. 이 책은 처음에 《칭찬의 힘You Excellent》이란 제목으로 출시되어 크게 빛을 보지 못했다. 출판사는 고심한 끝에 책 제목을 바꾸어 재출간하기로 결정했다. 제목을 바꾸어 출간해서 베스트셀러가 되었으며 지금도 꾸준하게 독자들의 사랑을 받는 스테디셀러가 되었다. 물론 본문 내용은 전혀 수정된 게 없었다. 결국 내용은 변함없이 제목만 바뀌었음에도 판매 부수에 큰 영향을 미쳤다는 것은 그만큼 제목의 중요성을 시사한다고 볼 수 있다. 이런 이유 때문에 출판사는 표지 디자인과 함께 책의 제목을 선정하는데 많은 시간과 노력을 기울이고 있는 것이다. 제목은 결국 사람으로 비교하면 신체의 얼굴이라고 할 수 있다. 또한 제목을 정할 때는 짧고 간결하면서도 명확해야 한다. 누구라도 쉽게 기억하고 오래도록 기억될 수 있어야 한다. 국적을 초월한 세계적인 기업들의 이름을 들어보면 짧고 기억에 오래 남는다는 것을 알 수 있다. 삼성, 현대, LG, 벤츠, BMW, 구글, 소니 등을 봐도 알 수 있다. 이와 같이 독자를 강력하게 끌어당길 수 있는 독특하고 강렬한 인상의 제목은 판매부수에 많은 영향을 미친다고 볼 수 있다.

● 저자소개 : 저자 프로필은 간략하고 인상 깊게 작성하고, 있는 그
　　　　　　대로 솔직하게 써라. 회사 이력서에 적는 것처럼 나열
　　　　　　식이 아닌 독특하고 개성 있게 편집자의 눈에 띄게 작
　　　　　　성한다. 솔직하면서도 자신을 포장하되 절대 자기 자
　　　　　　랑을 해서는 안 된다. 남다른 스토리나 특별한 인생
　　　　　　경험, 자기만의 메시지는 플러스 요인이 될 수 있다.

● 기획 의도 : 저자가 이 책을 쓰게 된 동기나 의도를 자세하게 적
　　　　　　는다. 다른 책들과 비교해서 어떠한 차별화된 장점이
　　　　　　있는지도 간결하고 인상적으로 작성한다.

● 핵심 주제 : 저자가 말하고자 하는 의도가 무엇인지 서너 가지로
　　　　　　요약하여 대표적인 것을 적는다.

● 타깃 독자 : 이 책을 읽었으면 하는 독자층과 어떤 독자들이 읽으
　　　　　　면 도움을 받을 수 있는지 구체적으로 기술한다.

● 책의 장점 및 차별성 : 이 책을 독자들이 읽으면 어떠한 장점이 있
　　　　　　　　　　　으며 책을 통해 얻게 되는 것은 무엇이 있
　　　　　　　　　　　는지, 다른 책들과는 어떠한 차별이 있는
　　　　　　　　　　　지를 적는다.

● 경쟁도서 분석 : 기존에 나와 있는 비슷한 부류의 책들을 약 세 권
　　　　　　　　정도만 선정하여 경쟁 도서의 내용, 공통점, 차
　　　　　　　　이점 등을 자세히 적어본다.

● 마케팅 전략 : 예전의 저자들은 오로지 책 쓰기만 전념해서 출
　　　　　　　판사에 원고를 넘겨주고 편집 미팅 서너 번만 하
　　　　　　　면 끝이었다. 책이 출간된 후 홍보나 마케팅은 주
　　　　　　　로 출판사 몫이었지만 이제는 저자도 함께 노력해
　　　　　　　야 한다. 저자가 출판 기념회나 강연, 블로그 마케
　　　　　　　팅을 통해서 책의 인지도를 끌어 올리면 책 판매에
　　　　　　　많은 긍정적 효과를 줄 수 있다. 더 이상 홍보와 마
　　　　　　　케팅은 출판사만의 몫이 아니라는 것을 기억하자.

● 홍보문구 : 독자들 마음을 사로잡을 수 있는 책을 홍보하는 캐치
　　　　　　프레이즈 몇 개를 선정해서 작성하면 된다.

● 원고완성 및 기타사항 : 언제까지 집필을 완성할 수 있는지 마감
　　　　　　　　　　　　일자, 총 페이지 수, 글자 크기포인트, 출
　　　　　　　　　　　　간 희망일 등을 적는다.

● 목 차 : 목차는 책의 제목과 함께 편집자가 가장 중요하게 보는 항
　　　　　목이다. 또한 출판사와 저자와의 계약 여부나 독자의 구

매 여부를 결정짓는 중요한 요소다. 집짓기로 말하면 대들보나 뼈대에 해당하는 부분이다. 책 쓰기를 준비하는 단계에서부터 초고를 써 내가기 시작한다. 그리고 원고를 쓰는 중에도 목차 내용은 언제든지 변경이 가능하다. 원고를 탈고하는 순간까지도 끊임없이 생각하고 수정해야 한다. 순서에 따라 차례대로 적는다. 목차가 완성됐으면 목차에 맞는 내용의 글을 속도감 있게 써 내려가야 한다.

● 프롤로그 : 책의 인사말이나 서문에 해당한다. 독자와 저자와의 첫 만남의 장이며 책의 콘셉트와 책 전개 방향을 간략하게 소개하는 장이다. 머리말에는 저자가 이 책을 쓰게 된 동기와 배경을 설명하는 자리다. 아울러 이 책은 누구에게 어떤 도움을 주기 위해서 썼다는 내용이 들어가야 한다. 책을 쓰는 목적은 해당 분야의 전문가가 본인의 지식이나 정보를 전달하고자 하는 경우와 불특정 대중의 독자에게 삶의 활력을 불어넣어 감동을 주기 위한 목적으로 집필한다. 책을 구매하고자 하는 독자들은 먼저 목차를 살펴보고 이 책이 어떤 내용일 것 이라는 것을 짐작한 후에 머리말을 읽어보고 본인에게 도움이 된다고 생각되면 최종적으로 구매를 결정하는 것이다. 책 제목, 머리말, 목차는 편집자와 독자를 사로잡는 결정적 요소다.

● 샘플 원고 : 각 장이나 절의 핵심적인 내용을 서너 줄로 요약해서
　　　　　　　적도록 한다. 출판사 편집자 마음을 사로잡을 수 있
　　　　　　　는 중요 내용들을 첨부하도록 한다.

● 기 타 : 저자 연락처, 출판사에 요청할 사항 등을 적는다.

　☞위에 있는 내용들을 15~20매 정도로 작성하여 출판사에 이메
　일로 발송하도록 한다.

〈출간기획서 작성법〉

● 정해진 틀에 내용을 채워 넣어라.
● 솔직하게 내용을 채워라.
● 질문이라고 생각하고 대답해라.
● 나만의 차별성을 더해라.

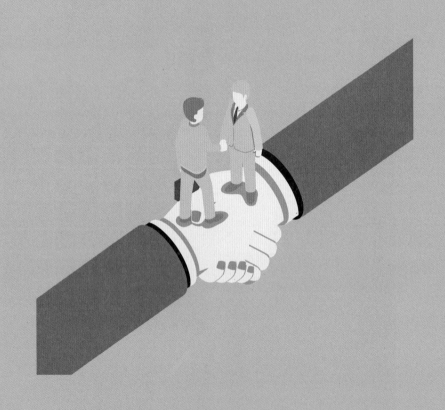

어떤
출판사와
계약할까?

Chapter
7

좋은 출판사는 따로 있다 ✏️

한아름의 나무도 티끌만한 싹에서 생기고 9층의 높은 탑도 흙을 쌓아서 올렸고, 천 리 길도 발밑에서 시작된다.

— 노자

우리 인간사는 관계로 이루어져 있다. 부모와 자식 간의 관계, 부부간의 관계, 친구 간의 관계, 직장 동료와의 관계 등이다. 이 같은 관계 속에서 서로 좋은 인연이 있는가 하면 끝이 좋지 않은 악연도 있다. 물론 내가 직접 정할 수 없는 부모자식간의 천륜도 있지만 대부분의 관계는 내가 선택하고 상대방이 선택하는 양방향 사이클이다. 따라서 결과에 대한 책임도 오롯이 나의 몫이 된다. 어떤 책을 선택하고 끝까지 읽을 것인지는 오로지 독자의 몫이다. 저자와 독자와의 만남도 인연이 있어야 이루어진다. 출판사 역시 나와 궁합이 맞는 출판사가 따로 있다. 물론 처음에는 좋은 인연으로 출발했는데 악연으로 끝나는 경우도 있다. 반면, 처음에는 큰 기대를 하지 않았는데 더 좋은 인연으로 발전할 수도 있다. 어떤 출판사와 계약을 맺고 책을 출간할 것인지는 저자로서 굉장히 중요한 선택이다. 어떤 출판사와 관계를 맺느냐에 따라 짧게는 수개월에서 길게는 수년까지 공을 들인 저자의 작품이 세상에 빛을 보게 될 수도, 암흑 속에 묻히게 될 수도 있는 것이다.

책을 출간하는 과정은 전체적인 구상과 구성 단계를 비롯해 초고 쓰기와 여러 번의 퇴고 과정을 거쳐 최종적으로 탈고를 마치는 것으로 이루어진다. 이후에는 출판사와의 계약, 편집 및 디자인, 마케팅 등의 지난한 과정들이 기다리고 있다. 이러한 과정들을 거쳐 고생해서 쓴 책들이 세상에 나오게 되면 마치 자식을 낳은 것처럼 그 기쁨은 이루 말할 수 없다. 특히 처음 책을 출간하는 예비 작가들은 본인의 첫째 아이를 출산 하는 양 가슴 설레는 기다림과 기대가 남다르다. 따라서 저자들은 원고를 투고하기 전에 좋은 출판사를 선정해야만 귀하고 예쁜 자식을 만나 볼 수 있다. 물론 본인만 일방적으로 출판사를 선택하는 것은 아니다. 출판사도 좋은 저자를 만나기 위해 그만큼 노력하고 심혈을 기울인다. 출판사와의 인연은 철저히 비즈니스에 바탕을 두고 있다. 출판사와 계약을 마치고 정식 원고를 투고했는데 결과물이 기대이상으로 나올 수도 있지만 미흡한 부분이 보일 수도 있다. 책이 예상보다 늦게 출간되거나, 편집이나 디자인이 마음에 들지 않거나, 오·탈자도 눈에 띄고, 종이의 질이 좋지 않을 때는 많이 아쉬울 수밖에 없다. 저자가 심혈을 기울여 탈고한 원고인데 역량이 부족한 출판사를 만나 아까운 원고를 사장시키는 결과가 발생하기도 한다. 특히 예비 작가들은 출간에 대한 경험이 전혀 없기 때문에 이런 저런 걱정이 많을 것이다. 가수가 능력 있는 작곡가를 만나면 히트곡을 발표할 수 있는 확률이 높다. 마찬가지로 저자도 능력 있는 출판사를 만나면 책의 발행을 통해 작가의 인지도 상승과 인세수입이라는 두 마리 토끼를 잡을 수 있다.

지금 출판업은 허가제가 아닌 등록제라 출판사를 설립하고자 하면 손쉽게 신고하고 설립할 수 있다. 국내에는 대략 수만 개의 출판사가 등록돼 있는 것으로 파악된다. 이 가운데 실제 책을 발행한 실적이 있는 출판사는 약 20% 정도라고 한다. 많은 출판사 가운데 굴지의 중견 회사를 제외하고는 대부분 5인 이하의 중소기업 형태의 업체들이라고 한다. 국내 출판시장이 포화 상태다 보니 출간계약과 관련하여 피해야 할 출판사도 있고 저자에게 도움이 되는 유리한 출판사도 분명히 있다. 출판사에 대해 옥석을 가릴 수 있는 안목을 길러야 한다. 내용이 좋고 대중성 있는 원고를 가지고 있다면 다양한 출판사 관계자로부터 접촉 제의가 올 것이다. 처음부터 예비 작가에게 높은 인세와 적극적인 광고 마케팅을 지원해 주는 출판사를 찾기란 쉽지가 않다. 무명작가는 이를 어느 정도 감내해야만 한다. 처음 책을 내려는 예비 작가들은 욕심내지 말고 작은 규모의 출판사라도 출간 계약을 체결하는 것이 바람직하다. 한두 차례 출간을 해 보면 출판에 대한 흐름을 읽을 수 있는 능력도 생기고 어떻게 원고를 작성해야 독자들로부터 좋은 반응을 얻을 수 있는지도 알 수 있을 것이다. 출판사 선정 팁을 몇 가지만 나열해 보자. 저자의 경험을 바탕으로 좋은 출판사와 피해야 할 출판사 선정기준을 살펴보고자 한다.

◼ 저자와 함께할 수 있는 출판사

첫째: 저자와 원고에 대한 깊은 애정과 관심이 있느냐이다. 저자가 출간기획서를 작성해서 여러 출판사에 이메일로 발송했을 때 출판사의 반응은 각양각색이다. 어떤 출판사는 아예 회신이 없는 곳도 있고, 어떤 출판사는 출판사의 출간방향과 맞지 않아 아쉽다고 표현하기도 한다. 저자의 원고에 큰 감동을 받아서 책을 출간하고 싶다고 긍정적 회신을 주는 출판사도 있다. 원고를 집필한 저자의 노고를 진심으로 축하해주고 예쁜 책을 만들어서 보답해주겠다고 진심을 다하는 출판사도 있다.

둘째: 내 원고와 출판사의 궁합이다. 대부분의 출판사들은 전문영역을 가지고 있다. 자기개발과 경제경영 분야만을 다루는 곳도 있고, 어린이나 청소년을 대상으로 하는 도서만 출간하는 곳도 있다. 소설이나 시 등 문학작품을 주로 다루는 곳이 있고, 고전이나 어학분야 도서만 출간하는 곳도 있다. 본인이 작성

한 원고가 어떤 분야인지 확인해보고 그에 맞는 출판사에 투고해야만 계약하자는 전화나 이메일을 받을 수 있을 것이다. 이를 위해서는 평소에 어떤 출판사에서 어떤 장르의 책을 출간하는지, 책의 디자인이나 편집은 어떤지 관심을 가지고 메모를 해 놓는 것이 좋다. 궁합이 맞는 출판사와 서로 협업한다면 많은 독자들로부터 책이 선택받을 수 있고 대중에 대한 저자의 인지도도 많이 올라갈 것이다.

셋째: 일반 대중에 대한 평판이 좋고 인지도가 있는 출판사인지도 따져 보라. 사람마다 장·단점이 있듯이 출판사도 잘하는 분야가 있는가 하면 취약한 부분도 있다. 오랜 경험이 있는 출판사나 메이저급 출판사들은 소규모의 출판사에 비해서 편집이나 디자인, 마케팅이나 영업, 기획력에서 뛰어난 실력을 보일 수 있다. 따라서 저자가 원하는 좋은 책을 만들고 많은 판매부수를 기록할 수 있는 가능성이 높다. 이러한 곳들은 베스트셀러 best seller · 어떤 기간 동안 가장 많이 팔리는 책나 스테디셀러steady seller · 오랜 기간에 걸쳐 꾸준히 팔리는 책를 꾸준하게 배출하고 축적된 노하우와 풍부한 경험이 있을 것이다. 출판에 대한 전문성과 함께 공격적인 마케팅으로 저자의 인지도를 높여 주고 어느 정도의 인세로 저자의 수입에 도움을 줄 수도 있다. 또한 독자들이 책을 선정할 때도 출판사의 브랜드를 보고 구매하는 경우가 많기 때문에 출판사의 역량도 중요하게 봐야만 한다. 그렇다고

무조건 대형 출판사들이 좋다는 의미는 아니다. 역량 있는 출판사는 출간하는 책들이 많기 때문에 그만큼 소홀히 하는 부분도 있을 것이다. 반면에, 소규모의 출판사는 출간하는 책이 상대적으로 적기 때문에 모든 역량을 집중할 수 있는 장점도 있을 것이다. 그러나 예비 작가라면 책을 이용해 나의 인지도를 높이고 책을 통해 돈을 벌겠다는 욕심은 일단 버리는 것이 좋다.

■ 되도록 피해야 할 출판사

첫째: 저자에게 일정부분 비용을 요구하는 영세 출판사. 출판사 사정이 얼마나 열악하면 저자에게 출판 비용을 부담시키겠는가. 이런 곳은 책이 출간돼도 종이의 질이나 편집·디자인 등에 문제가 있을 수 있다. 책이 완성되었을 때 내용은 좋은데 형편없이 만들어지면 책의 내용이 묻히고 만다.

둘째: 계약금이나 인세, 발행부수 등이 일반적인 곳보다 터무니없이 낮은 곳. 본인이 예비 작가라 하더라도 좋은 원고를 가지고 있다면 출판사와 여러 면에서 유리한 조건으로 계약할 수 있으니 비교하고 평가해 봐야 한다.

셋째: 독자에게 유익한 책을 보급한다는 마음보다는 책 출간을 돈벌

이의 수단으로 삼는 출판사. 책을 내는 저자들은 빨리 출간하고 싶은 욕심에 덜컥 계약을 해 놓고 나중에 후회하는 일이 생길 수도 있다. 특히 첫 번째 책을 내는 예비 작가일수록 '출판권 설정 계약서'를 꼼꼼히 체크해 보고 계약서에 사인을 해야 한다.

출판사 명단 확보하는 방법 🖉

뜨거운 가마 속에서 구워낸 도자기는 결코 빛이 바래는 일이 없다. 이와 마찬가지로 고난의 아픔에 단련된 사람의 인격은 영원히 변하지 않는다. 안락은 악마를 만들고 고난은 사람을 만드는 법이다.

                                                                        – 쿠노 피셔

출간 기획서를 정성껏 작성했으면 되도록 많은 출판사 주소^{이메}^일를 확보해야 한다. 대부분의 출판사들이 이메일을 통해서 출간 기획서를 접수한다. 예전에는 작가가 직접 출판사를 찾아가 원고를 접수했다고 하는데 이제는 그런 번거로움이 없어진 것이다. 처음 책을 출간하고자 하는 분들은 인터넷이나 오프라인 강의 등을 통해 작가되기 과정 등을 청강하기도 한다. 이때 강의를 진행하는 강연자 측에서 출판사 명단을 제공해 주는 경우도 있다. 책 쓰기 관련 책을 집필한 저자가 부록으로 출판사 명단을 게재하는 경우도 있다. 이러한 경우가 아니라면 본인이 손품과 발품을 팔아 출판사 명단을 채집해야 한다. 먼저 노트를 구비하여 집 근처에 있는 대형서점을 방문한다. 어느 책이건 맨 앞부분이나 뒷부분에는 출판사 연락처와 이메일 주소가 나온다. 먼저 출판사 연락처와 이메일 주소를 노트에 옮겨 적는다. 서점에서 직접 적기가 곤란하면 사진을 찍어 집에 와서 깨끗하게 정리해도 된다. 비고란을 만들어 책 제목도 적어놓고 어떤 장르의 책을 출간하는 출판사인지도 메모해 둔다. 집 근처에 대형 서점이 없다면 공공 도서관이나 지역 도서관을 방문해도 상관없다. 본인이 책을 계속 낼 생각이라면 출판사 연락처는 많이 확보할수록 유리하다. 그래야 더 많은 출판사에 원고를 투고할 수 있고 그 다음 책을 집필하고 투고할 때에도 유용하게 사용할 수 있다.

출판사를 사로잡는 원고 투고 방법

그 어떠한 고통이나 슬픔, 곤경을 이겨 나가는 데에 있어서, 마지막으로 의지하는 것은 자기 자신의 힘 이외에는 없다.

— 스마일즈

출간 기획서를 작성하고 많은 출판사 명단을 확보했다면 이제 실질적으로 출판사에 이메일을 발송해 보자.

1. 본인의 콘셉트와 맞는 여러 출판사에다 〈출간기획서〉를 발송한다. 본인의 원고가 어떤 장르나 분야에 속하는지를 확인하고 해당 출판사에 투고하도록 한다. 현재도 존재하고 있는 출판사인지 확인하는 것도 중요하다. 인터넷을 통해 출판사 이름을 검색해 보고 최근까지도 계속 출간을 하고 있는지 확인해 본다. 원고를 보냈는데 출판사가 문을 닫았거나 메일 주소가 맞지 않다고 반송되는 경우도 있기 때문이다. 이메일로 보낼 때는 한 출판사에만 투고하는 것처럼 정성껏 보내야 한다. 우리가 단체문자를 받으면 읽고 싶은

마음이 반감되듯이 출판사도 저자가 단체로 원고를 보냈다고 생각되면 담당자들이 성의 없는 투고라고 생각할 것이다. 네이버에서 이메일을 발송할 때 수신인받는 사람은 한 번에 최대 100개까지 입력이 가능하다. 받는 사람 바로 옆에 보면 '개인별 체크란'이 있다. 그곳을 체크해서 보내면 받는 사람을 한 명으로 지정해서 보낸 걸로 나타난다.

2. 원고는 주로 월요일 아침 직원들 출근시간에 맞춰 투고하는 것이 좋다. 월요일은 한 주를 시작하는 요일이며 직원들은 출근해서 메일을 확인하는 일부터 시작한다. 주말에 보내거나 저녁에 보내면 이메일이 쌓여서 뒤로 밀려가게 된다. 하루에도 수십 통의 이메일을 받아보는 출판사 입장에서는 최근의 이메일을 먼저 열어볼 것이다. 출간기획서를 보낼 때는 1~2주일 정도 시차를 두고 1차, 2차, 3차 등으로 나누어 보낸다. 출판사에서도 원고를 검토할 시간이 필요하고 연락이 오면 순차적으로 편집자를 만나서 내게 유리한 조건의 출판사와 계약을 체결하면 된다.

3. 수십 군데의 출판사에 원고를 보냈는데 연락이 없다면 시간을 두고 원고를 다시 한번 재검토해 봐야 한다. 편집자의 입장에서 내출간기획서에 무엇이 문제인가를 검토해 보고 수정한 후에 다시 보내도록 한다. 수십 군데를 보냈는데도 연락이 없다고 포기하거나 좌절해서는 안 된다. 기존에 유명작가로 활동하고 있는 분들도 수십 번 수백 번의 거절을 당한 후에 지금과 같은 정상의 자리에

올라와 있는 것이다. 원고 투고 후에는 반드시 계약이 성사된다는 긍정적인 마음을 갖고 여유 있게 기다려야 한다. 너무 조급한 마음을 가져 일상생활에 지장을 초래해서는 안 된다. 좋은 원고를 투고했다면 출판계약을 하자는 긍정적인 답변을 반드시 받게 될 것이다.

원고를 투고한 후에는 출판사로부터 다음과 같은 다양한 반응을 얻을 수 있다.

- 첫째: 묵묵부답. 출간기획서를 작성하여 출판사에 투고해 보면 응답률은 평균 10%에도 못 미친다고 볼 수 있다. 아예 답신조차 없는 곳이 대부분이다.

- 둘째: 계약하자는 전화 또는 메일. 예비 작가이고 초보 작가라도 대중성이 있고 좋은 원고라면 많은 출판사에서 응답이 온다. 출간에 따른 모든 비용은 출판사가 부담하는 경우가 대부분이나 일부 출판사는 작가에게 비용 부담을 지우는 경우도 있다.

- 셋째: 거절 메일 또는 문자. 출판사와 출간방향이 맞지 않다거나 출간할 여력이 없어서 죄송하다는 회신.

- 넷째: 검토해 보겠다는 문자. 관련된 부서의 직원들 회의를 거쳐 추후에 답변을 주겠다는 회신. 검토해 보겠다는 문자는 대개 거절의 의미로 생각하면 된다.

● 다섯째: 원고 모두를 보내달라는 문자. 가지고 있는 원고 모두를 보내주면 검토해 보겠다는 회신.

최고의 조건으로 출판사와 계약하고 출간하기

행복이란 스스로 만족하는 점에 있다. 남보다 나은 점에서 행복을 구한다면, 영원히 행복하지 못할 것이다. 왜냐하면 누구든지 남보다 한두 가지 나은 점은 있지만, 열 가지 전부가 남보다 뛰어날 수는 없기 때문이다. 그렇기 때문에 행복이란 남과 비교해서 찾을 것이 아니라, 스스로 만족할 수 있는 것이 중요하다.

– 알랭

　출판권 설정 계약서에 날인하기 이전에 여러 출판사와 접촉하여 구두로 서로의 조건을 제시하고 절충점을 찾아 저자에게 유리한 계약을 성사시켜야 한다. 이러한 과정을 거쳐 정식으로 출판권 설정 계약서를 작성하면 된다. 계약서는 출판사와 저자가 법적으로 서로가 지켜야 할 내용들을 세부적으로 정리한 문서이다. 계약서 양식은 출판사마다 조금씩 다를 수 있다. 출판권 설정 계약서를 보면 보통 저작권자저자는 '갑'이라 칭하고 출판권자출판사는 '을'이라 칭한다.

　〈출판권의 존속기간〉
　저작자가 스스로 그 저작물을 출판할 권리 및 저작자로부터 저작물을 출판할 권리를 인수한 자가 그 저작물을 출판할 수 있는 권리를 출판권이라고 한다. 출판사는 저자와의 계약에 의해서 저작물을 복제 및 배포할 독점적 권리를 갖는다. 보통 출판권은 초판 발행 후 5년간 출판사가 가지며 계약 기간 만료일 3개월 전까지 어느 한쪽에서 문서에 의한 통고를 할 경우 갱신 또는 해제될 수 있다.

〈원고의 인도와 발행〉

저작물의 출판을 위해 필요한 완전한 원고 및 자료를 저자가 출판사에 인도하는 날짜를 말한다. 저자는 원고 및 자료를 최종적으로 출판사에 보내기 전까지 몇 번이고 수정과 다시보기를 반복한다. 출판사에서 책을 발행하는 시점은 보통 '저자로부터 완전 원고를 인도받은 날로부터 12개월 안에 본 저작물을 발행한다'라고 되어있지만 실제로는 2~3개월 정도 소요된다고 보면 된다.

〈저작물의 내용에 따른 책임〉

저작권은 문학·학술 또는 예술의 범위에 속하는 창작물의 창작에 대하여 책을 집필한 저작자가 취득하는 권리를 말한다. 저자가 집필한 저작물의 내용이 제3자의 권리를 침해하여 출판사나 제3자에게 손해를 끼칠 경우에는 저작자가 민·형사상의 책임을 진다.

〈인세〉

저작물의 출판이나 발매를 조건으로 출판사로부터 저작자에게 지급되는 출판권 설정 대가_{사용료}를 말한다. 예비 작가들은 보통 부수 당 6~8퍼센트 정도의 인세를 받는다. 인쇄 부수가 일정 수준을 넘어가면 보너스 형태인 러닝 개런티를 받기도 한다. 초판 발행에 대한 인세는 판매 부수와 관계없이 저작자에게 1~2개월 이내에 지급하는 것이 보통이다. 나머지 인세 지급 시 계약금은 공제하고 지급한다. 유명한 베스트셀러 작가들은 책이 출간되기도 전에 선 인세를 받기도 한다.

〈계약금〉

출판권 설정 계약서 작성 후 저자에게 지급하는 금액이다. 보통 초보 작가들은 50만~100만 원 정도를 계약금으로 받는다.

〈구입 할인가격〉

저자가 직접 책을 구입할 때 출판사에서 할인해 주는 가격을 말한다. 보통 저자가 직접 구매 시 정가대비 30~40% 할인된 가격으로 구입할 수 있다.

〈저자 증정 부수〉

책이 발간되면 저자에게 무료로 증정하는 책의 수량을 말한다. 보통 초판 1쇄 발행 시 5~10부를 증정하고 개정판 발행 시 5

부 정도를 증정한다. 책이 출간되면 지인들에게 책 홍보도 해야
되므로 저자에 따라 많은 부수가 필요할 수도 있다. 이 부분은
계약서에 날인하기 전에 출판사와 충분히 상의하는 것이 좋다.

〈개정판, 증보판〉
저자는 출판사의 사전 동의 없이 본 저작물의 개정판이나 증보
판을 발행하거나 제3자로 하여금 발행하도록 할 수 없다는 조
항이 들어간다.

〈발행부수〉
요즘 대부분의 출판사들은 무명작가일 경우 초판으로 1000~
2000부 정도를 발행한다. 출판계가 불황인 탓에 위험을 피하기
위한 대책이다. 유명 베스트셀러 작가들은 초판에 1만 부 이상
발행하는 경우도 있다.

출판권 설정 계약서는 일반 계약서와 마찬가지로 2부를 작성하
여 날인한 후에 한 부는 출판사, 한 부는 저자가 보관한다. 계약서
는 훗날 법적인 분쟁이 발생할 경우에 중요한 근거 자료가 되므
로 내용을 꼼꼼하게 읽어본 후에 날인을 하고 소중하게 보관해
야 한다. 이러한 행정적인 절차가 끝났다면 출판사와 저자는 공동
운명체라는 인식을 가지고 좋은 책을 만들고, 최대한 많은 부수가
독자의 선택을 받을 수 있도록 서로가 최선을 다해야 한다.

부록
출간일기 📖

저자의 첫 책 쓰기 출간일기 ✏️

"이 세상에 공짜 선물은 없다"라는 말이 있다. 책을 내는 일도 마찬가지다. 저자가 되려면 시간과 돈과 에너지를 쏟아부어야 한다. 아프리카 속담에 "빨리 가려면 혼자 가고, 멀리 가려면 함께 가라"는 말이 있다. 혼자서 하는 것은 너무나 오랜 시간이 필요하다. 기왕에 작가가 되기로 결심했다면 혼자 가지 말고 책 쓰기 강좌를 듣거나 책 쓰기 학교에 입학해 볼 것을 추천한다. 요새는 대학이나 지방자치단체에서 운영하는 평생교육원등을 이용하면 저렴한 가격으로 강좌를 들을 수 있다. 물론 주변에 아는 작가가 있다면 조언을 받는 것도 괜찮은 방법이다. 이번 장은 본인이 저자 되기 과정에 등록하고 책이 인쇄되기까지의 주요 과정을 담았다. 출간일기를 통해 저자가 책을 쓴 과정을 생생하게 느끼고 간접 체험을 할 수 있을 것이다. 저자의 체험담을 통해 처음 책을 내려는 분들은 시행착오와 귀한 시간을 단축할 수 있을 것이다. 저자의 경험담을 통해 책을 쓰고 출간하는 일이 '누구나 할 수 있는 일이지만 아무나 할 수 있는 일은 아니다'라는 것을 깨닫게 될 것이다. 책을 쓰는 과정에서 궁금한 사항이 있으신 분들은 저자에게 이메일로 문의주시기 바란다.

* e - mail: hjs3721@naver.com

● 나의 미래를 고민하다(18년 1월 2일)

현재 나는 세종시에서 부동산 중개업을 영위하고 있다. 한때 부동산을 운영하면 돈을 많이 벌던 시절도 있었다. 물론 누구나 다 노다지를 캐는 황금알을 낳는 거위는 아니지만 예전부터 부동산에 종사했던 분들을 보면 단기간에 엄청난 부를 이룬 분들도 많이 있다. 그러나 현재는 부동산중개업도 블루오션이 아닌 레드오션으로 분류되는 직업이다. 50대 중반인 나는 나의 미래를 고민하기 시작했다. 과연 현실에 만족할 것인가? 아니면 새로운 길을 개척할 것인가? 내가 몇 살까지 이 업을 유지할 수 있을까? 며칠을 고민한 끝에 일단 책 읽기부터 하자는 결심을 하고 책을 대량으로 주문해서 사무실과 집에 여기저기 쌓아 놓고 미친 듯이 독서를 시작했다. 책 속에 분명히 길이 있을 것이라는 확신을 가지고 있었다. 책을 읽다 보니 책 읽는 속도도 느리고 책을 빨리 읽고 싶은 욕심에 일단 속독법을 배우기로 결심했다.

● 속독법 과정에 등록하다(2월 10일)

서울에 있는 속독법 학원에 등록했다. 수업은 3주 과정이었으며 매주 토요일에 3시간씩 이론과 실습을 병행했다. 속독법 과정을 수료할 때쯤에는 읽는 속도가 약 2배 이상 향상되었다. 속독법 과정을 마치고 나서 책 읽기에 더 흥미를 느끼고 독서에 매진했다. 나는 하루에 8개의 신문을 구독한다. 아침 7시쯤 사무실에 출근해서 저녁 8시쯤 퇴근할 때까지 시간이 많은 날은 10시간 정도를 집필활동, 독서, 신문읽기에 투자한다. 집에 퇴근해서 취침하기까지 약 2시간 정도를 더 독서에 투자했다. TV를 시청하거나 지인들과의 만남도 거의 갖지 않았다.

● 본격적인 책 쓰기를 시작하다(3월 8일)

그동안 책 읽기에 집중하다 보니 새로운 욕심이 생겼다. 책을 읽다 보니 나도 내 이름 석 자가 들어간 책을 한번 내 보고 싶다는 욕심이 들기 시작했다. 내 생애 첫 책은 지금 몸담고 있는 부동산 관련 전문서적 으로 결심했다. 부동산 현업에 종사하다 보니 임대인과 임차인 사이에 발생하는 다양한 분쟁과 다툼을 수시로 목격했다. 중간자 입장에서 조율도 해 주고 상담도 해 주었지만 근본적인 해법이 될 수는 없었다. 계약서를 작성할 때 임대인과 임차인 상호간에 조금만 더 주의를 기울이면 상당한 민원이 해소되리라는 생각이 들었다. 또한 인터넷에 돌아다니고 있는 잘못된 정보만을 믿고 대응하는 임대인과 임차인을 보면서 이분들에게 실질적 보탬이 될 수 있는 책을 써야겠다는 결심을 하게 되었다. 평균적으로 하루에 6시간 정도는 집필에 투자할 수 있는 시간이 생겼다. 집필기간이 길어지면 사람이 나태해지고 늘어질 수 있어 3~4개월 안에 끝내자는 목표를 가지고 본격적으로 써 나가기 시작했다. "작가가 되고 싶으면 무엇을 하든, 이두 가지를 해야 한다. 책을 많이 읽고 많이 쓰는 것이다." 스티븐 킹의 말처럼 작가가 되려고 하면 책 쓰기뿐만 아니라 다양한 분야의 책을 읽어야 한다. 인풋이 있어야 아웃풋이 있는 것이다. 세상사 모든일이 시간과 노력과 에너지가 필요하다. 가뭄이 들어 비를 원하면 기우제를 지내듯, 내 이름이 각인된 책을 얻고자 한다면 시간과 정성과노력을 들여야 한다.

● 저자되기 과정에 등록하다(4월 23일)

본격적으로 책 쓰기를 시작한 지 약 한 달이 지났다. 그러나 생애 첫책을 내는 예비 작가라서 어떤 식으로 출판사에 원고를 투고하는지? 원고를 투고한 이후 출간 절차는 어떻게 되는지? 책은 어떤 식으로써야 하는지? 모든 것이 뜬구름 잡는 격이었다. 주변 지인 중에 작가나 출판업계 종사자 등은 전혀 없었다. 어떻게 하면 작가가 될 수 있을까 하고 인터넷과 각종자료를 찾아보기 시작했다. 요새는 작가가되고자 하는 분들이 많아서 이들을 대상으로 작가과정을 개설해 운영하는 전문 프로그램들이 많이 있다. 서울과 수도권을 중심으로 '책쓰기 학교', '저자되기 프로젝트', '책 쓰기 교실' 등의 타이틀로 강의하기도 한다. 이러한 저자되기 강의를 듣고자 할 때는 강사가 충분히 믿을 만한 경험과 실력을 갖춘 곳인가 사전에 충분히 살펴봐야 한다. 전문 강사의 강의수준, 수강금액, 수강기간은 다 천차만별이다. 계약서 작성 시 여러 가지 사항을 충분히 살펴본 후에 참여를 결정해야 후회할 일이 없다. 어떤 분야에 익숙해지거나 전문가가 되기 위해서는 많은 시간과 노력을 투자해야 한다. 그러나 시간과 노력을 투자해서 이룰 수 있는 일이 있는가 하면 타인의 도움 없이 성취하기가 쉽지 않은 분야도 존재한다. 높은 산에 처음 오르는 등반 초보자라면 전문가의 도움을 받아야 안전하게 등산과 하산을 마칠 수 있다. 물에 들어가면 맥주병처럼 가라앉는 수영 초보자라면 수영강사의 강습을 통해 발차기 요령부터 차근차근 수영 영법을 배워야만 최단 시간 내에 중급자의 반열에 올라설 수 있을 것이다. 책 쓰기 또한 나 혼자 하기보다는 전문가의 도움을 받아야 시간과 돈과 에너지 낭비를 줄일 수 있다. 누군가의 도움을 받고 함께한다면 그 목적지에 의외로 수월하게 도달할 수 있을 것이다. 당장 투자하는 돈이 부담되는 금액일지라도 장기적으로 생각하면 훨씬 이익이라는 것을 깨닫게 될 것이다. 물론 경제적인 논리에 따라 '최소의 비용으로 최대의 효과'를 거둔다면 그것처럼 유익한 일은 없을 것이다. 그러나 세상에 공짜 점심은 없다. '싼 게 비지떡'이라는 속담도 있다. 적당한 선에서의 비용부담은 각오하자 그것이 긴장감도 조성하고 의지도 북돋우는 결과가 될 것이다. 그러나 여기서 분명하게 알아둘 것이 있다. 목적지에 수월하게 도달하도록 도움을 줄 수 있는 전문가가 옆에 있더라도 실제 그 목적지에 도달해야 하는 사람은 정작 본인 자신이라는 사실이다. 아무리 유능한 전문가가 옆에서 밀어주고 끌어 주더라도 정작 본인이 게으름을 피우거나 중간에서 포기해 버린다면 목적지에 도달할 수 없다. 저자도 이러한 사항을 염두에 두고 꼼꼼하게 비교 분석하여 선택한 곳은 서울시 강남구에 위치한 김병완 퀀텀칼리지다.

- 카페: http://cafe.naver.com/collegeofkim
- 전화번호: 02-556-6036
- 이메일주소: adqe57@naver.com/helloween70@hanmail.net

· 저자되기 과정 Start 1주차 : 주제 정하기(4월 27일)
드디어 저자되기 과정 8주가 시작되었다. 수업 시간은 매주 금요일 오전 10~13시까지 3시간씩 진행되었다. 사무실은 세종시에 위치해 있고 학원은 서울이라 매주 서울로 상경했다. 1주차는 내가 어떤 책을 쓸 것인지 주제를 선정하는 시간이었다. 그리고 주제가 정해졌으면 거기에 맞는 제목도 같이 결정하는 시간이었다.
Chapter 5 실전_책 쓰기 무작정 따라 하기 01 제목&부제 선정하기 수록

· 저자되기 과정 2주차 : 목차작성(5월 4일)
Chapter 5 실전_책 쓰기 무작정 따라 하기 02 목차 작성하기 수록

· 저자되기 과정 3주차 : 서문작성(5월 11일)
Chapter 5 실전_책 쓰기 무작정 따라 하기 03 서문 작성하기 수록

· 저자되기 과정 4주차 : 본문작성(5월 18일)

Chapter 5 실전_책 쓰기 무작정 따라 하기 04 본문 쓰기 수록

· 저자되기 과정 5주차 : 출간기획서 작성(5월 25일)

출간기획서는 저자와 출판사의 편집자가 비대면으로 만나는 첫 순간이다. 출판사는 저자의 이력이나 경력보다는 저자의 열정과 진심, 원고의 가치 등을 가지고 출간여부를 결정한다. 있는 그대로를 솔직하게 써 내려 가면 된다. 자신을 지나치게 자랑해서도 안 되지만 자신을 필요이상으로 낮출 필요도 없다. 솔직하되 자신을 포장하면 된다. 저자는 출간기획서 작성요령을 배우면서 출판사 원고 투고에 매진했다.

● 출간기획서를 출판사에 투고하다(5월 29일)

출간기획서 작성법을 배우고 며칠 동안 퇴고하는 과정을 거치며 본격적으로 출판사에 투고하기로 결정했다. 그동안 확보한 출판사 이메일을 정성껏 입력하기 시작했다. 오전에 약 50여 군데 출판사에 이메일을 발송했다. 보낸 지 서너 시간이 지나자 긍정과 부정의 이메일이 도착하기 시작했다. 그중에는 편집자께서 직접 전화를 걸어온 곳도 서너 군데 있었다. 그러나 아예 회신조차 없는 출판사가 더 많았다. 확률적으로 보면 응답률은 10% 미만이었다. 부정적 회신 내용은 대부분 출판사의 출간방향과 맞지 않는다는 정중한 거절 문자였다. 그러나 여기에 실망하거나 기죽을 필요는 없다. 현재 유명 작가로 활동하고 있는 많은 분들도 수십 수백 번의 거절의 아픔을 겪은

분들이다. 어차피 내가 좋은 원고를 가지고 있다면 나와 맞는 출판사를 꼭 만날 수 있다. 긍정적 회신 내용에는 출간기획서를 보고 너무 감동을 받았고 작가님의 열정이 묻어나는 원고라는 찬사의 글도 있었다. 총 10여 군데 출판사로부터 접촉을 받고 조건을 비교해 봤다. 그중에서 한 곳을 선택해 계약하기로 편집자와 구두 약속을 했다.

● 출판권 설정 계약서에 도장을 찍다(5월 30일)

출판 계약을 하기로 한 출판사 대표로부터 전화가 왔다. 내가 거주하고 있는 세종시로 계약서를 가지고 직접 방문하겠다는 연락이었다. 출판사는 서울에 소재하고 있었기 때문에 내가 올라갈 생각이었는데 내려온다니 황송한 마음이 들었다. 오후 2시쯤 되어 출판사 대표께서 사무실에 도착했다. 이메일로 미리 받아본 출판권 설정 계약서를 다시 한번 훑어봤다. 난생처음 보는 계약서였다. 계약서에 당당히 내 도장을 날인했다. 감개가 무량했다. 마치 건물 하나가 내 명의로 이전되는 느낌이었다. 그동안의 고생을 한순간에 보상받는 느낌이었다. 내가 작가가 됐다는 게 아직까지 실감이 나지 않았다.

● 계약축하 전화를 여러 곳에서 받다(5월 31일)

주변 지인들로부터 계약 축하 전화를 여러 통 받았다. 작가도 하나의 직업이다. 요새는 책 읽는 사람보다 글 쓰려는 사람이 많다는 얘기를 들었다. 컴퓨터와 인터넷의 발달로 누구나 본인의 소소한 일상을 인터넷에 올리기도 하고 본인의 직업을 이용하여 많은 지식과 정보들을 올리기도 한다. 그러나 정작 책을 내고 작가가 되기까지의 과정이 결코 수월하다고는 말할 수 없다. 그러다 보니 주변에 작가를 찾아보기는 쉽지 않다. 저자도 주변에 작가라는 직업을 가진 지인은 한 명도 없다. 그래서 작가가 탄생하면 가문의 영광이라고 하지 않는가. 주변 지인들도 내가 작가가 된 것에 대해 축하와 더불어 지인이 작가라는 게 자랑스럽다는 얘기들을 많이 해주었다.

● 저자되기 과정 6주차 : 본문작성(6월 1일)

원래 저자되기 교육과정은 8주로 예정되어 있었다. 그러나 출판사와 정식 계약을 맺은 상태라 8주까지의 과정을 수료할 필요는 없겠다고 대표께서 말씀하셨다. 그동안의 노고와 에피소드 등을 주고받으며 대표와 직원들과 함께 점심식사를 했다.

● 완성된 원고를 출판사에 발송하다(6월 6일)

완성된 원고를 읽고 또 읽어봤다. 오·탈자는 없는지, 맞춤법이나 띄어쓰기는 잘 돼 있는지, 문장에 오류는 없는지 10번 이상은 검토해본 것 같다. 읽으면 읽을수록 조금씩 수정할 부분이 눈에 띄었다. 원고를 출판사에 넘겨주기로 한 날짜다. 분신처럼 여겨지는 원고를 오후 늦게 출판사에 이메일로 발송했다. 모든 것이 나의 손을 떠난 것 같은 느낌이었다. 물론 책이 나오기까지 많게는 서너 번의 편집 미팅이 있을 수 있다는 얘기는 들었지만 홀가분한 느낌이었다.

● 출간 진행사항을 체크하다(6월 20일)

완성된 원고를 출판사에 발송한 지 2주가 됐다. 그동안 어떻게 진행되고 있는지 궁금해지기 시작했다. 출판사 대표는 책 출간까지는 2~3개월의 시간이 소요된다고 했지만 출간된 책을 빨리 보고 싶다는 생각이 머릿속을 떠나지 않았다. 마침 오늘이 계약금이 입금되는 날짜였다. 오후가 되어 출판사 대표에게 전화를 했다. 지금 책 편집 작업 중이며 예쁘게 만들어 드릴 테니 너무 걱정하지 말라는 답변이 돌아왔다. 1차 시안이 나오면 전화 준다는 말을 듣고 전화를 끊었다.

● 출판사로부터 문자 메시지를 받다(7월 16일)

그동안 내 책이 어떻게 진행되고 있는지 하루하루 궁금증이 엄습해 왔다. 마침 출판사 대표로부터 이틀 후에 본문 1교 PDF파일을 보내 준다는 문자를 받았다. 마감은 8월 5일 전·후 / 출간은 8월 10일 전·후로 생각하면 된다고 한다. 그 어떤 문자 메시지보다도 반가운 전령이었다.

● 출판사에서 첫 본문 1교 PDF 파일을 받아보다(7월 18일)

오랫동안 기다리던 본문 1교 PDF 파일이 출판사로부터 도착했다. 원고 전부를 출판사로 발송한지 43일 만이다. 작가들은 책이 한 권 출간하는 것을 어머니의 출산에 비유하곤 한다. 짧게는 몇 개월에서 길게는 몇 년에 걸쳐 작가가 혼신의 힘을 다해 쓴 원고이니 오죽하랴 싶다. 나 역시 출판사로부터 본문 1교 PDF 파일을 받아본 순간 몇 개월 동안 고생한 보람을 일시에 해소해 주는 느낌을 받았다. 이제 출산을 얼마 남기지 않은 내 자식을 병원에서 초음파로 완전한 형태로 확인하는 순간이라는 느낌이 들었다. 다행이 디자인이나 모든 것이 내 마음에 쏙 들었다. 출판사로부터 최종 교정이라 생각하고 2~3일에 걸쳐 검토 후 다시 보내 달라는 문자 메시지를 같이 받았다.

● 첫 본문 1교 PDF 파일을 수정하여 출판사에 발송하다(7월 19일)
출판사에서 온 본문을 꼼꼼히 검토하여 수정할 사항은 별도로 리스트로 작성했다. 띄어쓰기라든가 맞춤법 등과 병행에서 수정할 문장을 별도의 리스트로 만들어 출판사로 송부했다.

● 책날개에 들어갈 프로필 사진을 찍다(7월 28일)
책 표지나 책날개에 들어갈 프로필 사진을 찍기 위해 세종시 신도시에 위치한 사진관을 방문했다. 미리 예약을 하고 갔기 때문에 바로 촬영에 들어갈 수 있었다. 날씨가 더워서 캐주얼한 반팔만 입고 갔는데 양복을 입는 게 낫겠다는 사진사 말을 듣고 사진관에 있는 양복을 착용했다. 사진관은 주로 연예인이나 정치인들이 많이 와서 프로필 사진을 찍는다고 한다. 나도 유명인이나 된 것처럼 사진사가 시키는 대로 군말 없이 포즈를 취하기 시작했다.

● 책날개에 들어갈 저자 프로필 작성을 의뢰받다(8월 1일)
책이 언제쯤 출간될지 하루하루가 지루하게 흘러갔다. 빨리 책이 나와서 주변에서 축하받는 상상의 나래를 펴고 있을 즈음 출판사 대표로부터 전화가 왔다. 책날개 부분에 넣을 저자 프로필을 작성해 달라는 요청이었다.

● 표지 시안을 받고 검토의견을 전달하다(8월 2일)
드디어 책의 하이라이트라고 할 수 있는 표지 시안을 받았다. 사람의 얼굴에 해당하는 중요한 부분이다. 총 5가지의 시안이 도착했다. 내 의견을 전달하고 최종적으로는 출판사에서 결정하기로 했다.

● 표지 수정안과 내지 시안을 전송받다(8월 3일)
표지가 결정됐다. 책날개 부분에 들어갈 저자의 프로필 내용을 요청받고 이메일로 전송했다. 책표지부터 책 본문까지 모든 내용이 PDF 파일로 전송돼 왔다. 이제 책 출간이 코앞에 있다는 것을 실감할 수 있었다.

● 최종시안을 또 한 번 검토하다. 내용이 마감되고 인쇄에 들어가다(8월 6일)
이제 주사위는 던져졌다. 그동안 수개월에 걸쳐 진행됐던 모든 작업은 끝났다. 이제는 마감을 하고 인쇄에 들어갔다.

● 마침내 책이 세상 밖으로 나오게 되다(8월 10일)

내 이름 석 자가 선명하게 새겨진 책을 사무실에서 받아 봤다. 처음 책 쓰기를 시작하고 수정본을 검토하고 내 이름 석 자가 인쇄된 책이 나오기까지 5개월의 시간이 걸렸다. '과연 나도 작가가 될 수 있을까?' '내가 쓴 책이 출간될 수 있을까?' 이러한 걱정과 기우를 한 방에 날려 보낸 역사적(?)인 날이었다. 어머니가 10개월의 산고 끝에 자녀를 출산하듯이 나의 노력과 주위의 격려가 더해져 5개월의 고통 속에 빛을 보게 되었다. 초판은 2000부를 발행한다고 출판사에서 미리 알려줬다. 나는 계약금 100만 원을 공제하고 나머지 인쇄를 책으로 보내달라고 했다. 저자는 정가에서 할인된 70%의 가격으로 책을 살 수 있다고 한다. 박스로 6박스가 도착했다. 총 190권이었다. 책상과 책꽂이에 일단 진열해 놓았다. 아는 지인들과 임대인, 임차인들에게 홍보용으로 배포할 계획을 가지고 있었다. 서울에 있는 건물주께서 출간을 축하한다는 화분도 보내왔다. 이제야 작가가 됐다는 실감을 할 수 있는 시간들이었다.

● 지인들을 초대해 간단히 고사도 지내고 자축의 시간을 보내
  다(8월 11일)

식당에서 돼지머리와 고사떡을 준비하고 고사를 지냈다. 지인들을 초대해 고사를 지낸다는 것이 쑥스럽기도 했지만 태어나서 내 이름으로 된 책을 냈다는 것을 자축하는 의미의 시간이었다.

저자의 출간일지가 책을 출간하려는 예비 작가들에게 조금이나마 위로가 되고 희망이 됐으면 좋겠다. 출간된 책을 쓰다듬으며 남은 인생 후반부를 책 읽기와 책 쓰기를 게을리 하지 말아야겠다는 다짐을 해본다.

출간기획서 양식 및 실제 샘플

저자가 처음 책을 출간할 때 작성했던 출간 기획서 실제 샘플을 공개한다. 지면상 많은 부분을 생략했다. 출간기획서는 약 20~30여 장 내외로 한글이나 워드파일글자크기는 10pt로 정성껏 작성하여 출판사로 이메일로 발송한다.

📋 출간 기획서 (예시)

■ 구성항목

1. 제목(부제)

2. 저자 소개

3. 기획 의도

4. 핵심 주제

5. 타깃 독자

6. 책의 장점 및 차별성

7. 경쟁도서 분석

8. 마케팅 전략

9. 홍보 문구

10. 원고완성 및 기타사항

11. 목차

12. 프롤로그

13. 샘플원고

14. 에필로그

---

1. 제목 (부제)

집주인이 보증금을 안 주네요.

부제: 임대차 비밀 130여 가지 노하우

2. 저자소개 : 허 재 삼

　1965년 경기도 광명시에서 태어나 국민대학교 영문학과를 졸업하고 한때 잘나가던 은행원으로 생활하다 1997년 IMF라는 경제 위기를 맞아 명예퇴직이라는 인생의 첫 번째 시련에 부딪쳤다. 1년간을 무위도식하다 중견회사에 경리과장으로 입사하면서 두 번째 직장생활을 시작했다. 영원할 것 같았던 두 번째 직장도 그만두고 40대 중반에 공인중개사 자격시험을 패스해서 현재 부동산 전문가로 활동하고 있다. 한국공인중개사협회 조치원읍 부분회장을 맡아 개업공인중개사들의 애로사항 청취와 지역주민들을 위한 봉사 활동 등을 병행했다.

3. 기획 의도

　핵가족화와 1인 가구 증가 등으로 전·월세 형태는 증가하고 있는데 주거의 질은 떨어지고 힘없는 세입자들이 보증금을 지켜내기란 쉽지 않다. 집주인과 세입자간 분쟁이 발생해도 누구하나 속 시원하게 해법을 제시해 주는 사람도 없고, 인터넷에 떠도는 말들은 잘못된 상식이 많아 오히려 잘못된 가이드라인을 제공하고 있다.

4. 핵심 주제

- 부동산 전문가가 알려주는 임대차 분쟁 해결 비법 노하우

- 내 보증금을 안전하게 지켜내자.

- 내가 원하는 방을 제대로 알고 구하자.

5. 타깃 독자

1. 전국에 있는 임대인, 임차인상가 및 주택

2. 사회초년생, 향후에 방을 구하려는 예비 임차인

3. 부동산 전문가를 꿈꾸는 분

6. 책의 장점 및 차별성

1. 임대인, 임차인, 공인중개사들이 가장 궁금해 하는 항목 약 130여 가지를 뽑아 명쾌한 해법을 제시.

2. 부동산 전문가들도 잘 몰랐던 실제사례 내용들을 Q&A 형식 으로 쉽게 접근.

7. 경쟁 도서 분석

- 도서명(저자) / 출판사

주택 임대차 해설과 분쟁 해결하기 / 법문북스이종석 / 2017년 4월 15일 발행

● 내용: 대법원의 판례, 법제처의 생활법령, 대한법률구조공단의 상담사례 등 총 8장으로 나누어 문답식으로 해설.

● 공통점: 저자는 법원 종합민원실장 출신으로서 주택임대차, 이사, 강제경매 신청 등의 내용을 설명.

● 차이점: 본 저서는 실제 임대차 현장에서 발생하는 사례위주로 제작되어 실질적인 지침서로 활용할 수 있는 책이다.

8. 마케팅 전략

1. 10여 년간 개업공인중개사로 활동하면서 축적된 임대인·임차인 연락처약 3,000명를 활용하여 홍보활동.
2. 신규 계약서 작성 시 저자 사인이 들어간 책 홍보.
3. 소셜 네트워크SNS와 블로그 마케팅 및 홈페이지 운영.
4. 저자가 소속된 한국공인중개사협회 홍보활동.
5. 저자가 활동하고 있는 페이스북 홍보.
6. 김병완 작가 책 쓰기 혁명 facebook회원 수 1만여 명을 통한 홍보.
7. 김병완 작가 홈페이지방문자 16,000여 명를 통한 홍보.

9. 홍보문구

- 부동산 전문가가 알려주는 임대차 비밀 노하우.
- 이 책 한 권만 읽어도 당신의 보증금이 안전하다.

10. 원고 완성 및 기타사항

- ⊙ 원고 완성 – 2018년 6월 11일
- ⊙ 예상 페이지 – A4 용지 130여 장 분량10pt 기준
- ⊙ 예상정가
- ⊙ 판매부수

11. 목차

제1장 야호, 내 방 구하기 — 꼭 이것만은!

Q. 건물의 방향方向은 어디가 좋을까요?

제2장 이제 실전이다 — 계약체결 시 꼭 이것만은!

Q. 계약 체결 시 필수로 확인해야 할 사항이 있나요?

제3장 임대인·임차인 이것만은 짚고 넘어가자

3-1. 계약서 작성 및 입주단계예요. 첫 단추가 중요하죠!

Q. 불리한 독소조항 다 적어야 되나요?

누구나 알아야 할 부동산 이야기

지금 당신의 주거는 괜찮은가요?

주거 안정은 생활 안정, 건강과 직결되기에 무엇보다 중요합니다. 주택 공급은 차고 넘치지만 내 집 하나 없는 분들은 사는 게 불안의 연속입니다.

최근 서울에 소재한 다세대주택에서 1년간 월세를 내지 못해 강제로 쫓겨난 임차인이 건물주에게 앙심을 품고 2층 복도에 휘발유로 불을 질렀습니다. 소방차가 출동하고 신속한 구조 활동이 있었지만 임차인 여러 명이 다쳤다는 뉴스가 있었습니다.

최근 수도권에서는 주택 전세가격이 하락하면서 제때 전세금을 돌려받지 못하는 세입자들이 증가하고 있다고 합니다. 보증금이 전 재산이라고 할 수밖에 없는 세입자들은 제때 보증금을 돌려받지 못할까 전전긍긍하고 있습니다. 이른바 '역전세난'이 우려 됩니다.

처음 방을 구하러 다닐 때부터 고난의 시간은 시작됩니다. 집주인과 세입자 사이에는 정보 불균형이 발생하기 때문에, 방을 구하러 다니는 분들은 집에 대한 정보나 선택권의 폭이 넓지 않은 것이 사실입니다. 집의 하자를 숨기고 싶어 하는 임대인과, 빨리 계약서를 작성하고 부동산 중개보수 받으려는 공인중개사 사이에서 편안하게 집을 볼 수가 없습니다. 눈으로 대충 살펴보고 계약할 수밖에 없습니다. 하루에 대여섯 집을 보고 나면 힘도 들고, 보고 온 집들이 머릿속에 가물가물하고, 집들이 뒤섞여 헷갈리기 시작합니다. 이럴 때 이 책 속에 나와 있는 체크리스트를 미리 활용하면 집을 구하는 데 많은 도움이 됩니다.

출판사 리스트 및 투고 메일 주소 300 ✎

출간기획서 작성 후에는 가능한 한 많은 출판사에 보내는 것
이 좋다. 이론적으로는 내 원고와 같은 분야의 책을 출간하는 출
판사에 투고하는 것이 맞다. 출판사마다 전문분야_{인문사회분야, 경제}
_{경영, 자기개발서, 청소년, 아동, 건강서 등}가 다르기 때문이다. 그렇지만 그
렇게 고르다 보면 보낼 곳이 많지 않다. 예비 작가들은 책을 출간
하는 것을 목표로 최대한 많은 출판사에 원고를 보내는 것이 좋다.
현재는 출판사 출간방향과 맞지 않더라도 향후에 출판사 경영방
침이 바뀔 수도 있기 때문이다. 물고기를 잡으려면 작은 그물을
사용하는 것보다 넓은 그물을 사용하는 것이 물고기를 잡을 가능
성이 크기 때문이다. 독자들에게 참고가 될 만한 출판사 리스트
를 제공한다. 아래에 수록된 이메일 주소뿐만 아니라 틈 날 때마
다 더 많은 출판사 이메일을 확보하기 바란다.

출판사명	이메일 or 홈페이지 주소
초록비책공방	jooyongy@daum.net
(주) EK BOOK	ekbooks@naver.com
(주)이레미디어	iremedia@naver.com
21세기북스	book21@book21.co.kr
가나북스	sh119man@naver.com
가나셀북	gnbooks@hanmail.net
가디언	kweak@naver.com
가나출판사	admin@anigana.co.kr
가람누리	garamnuri@hanmail.net
강현출판사	oods1205@hanmail.net
개마고원	webmaster@kaema.co.kr
갤리온	wjgalleon@gmail.com
거름	keorum1@naver.com
거송미디어	geosong39@naver.com
건설도서	ksdsksds@hitel.net
겸지사	hanjja@hanmail.net
걷는나무	walkingbooks@naver.com
경당	kdpub@naver.com
경문북스	kms2004@kyungmoon.com
공감의 기쁨	godswin@paran.com
공명	gongmyoung@hanmail.net
공작	gonjac@msn.com
과학기술	canenet1297@naver.com
글과생각	walkart@naver.com
글로벌,필통	sunwoo1882@daum.net
글로벌컨텐츠	tohong@paran.com
글로벌컨텐츠	edit@gcbook.co.kr
글항아리	bookpot@hanmail.net
기전연구사	kijeonpb@naver.com
길벗	gilbut@gilbut.co.kr
꾸리에북스	courrierbook@naver.com
꿈결	ggumgyeol@naver.com
길벗어린이	gilbut_kid@naver.com
김영사	books@gimmyoung.com
까치글방	kachisa@unitel.co.kr
꼬레알리즘	dosadol@hanmail.net

출판사명	이메일 or 홈페이지 주소
나남출판사	edit@nanam.net
나라원	narawon@narawon.co.kr
나래북	scrap30@msn.com
나래북	naraeyearim@naver.com
나름북스	narumbooks@gmail.com
나무를심는사람들	nasimsabooks@naver.com
나무물고기	kkomos@hanmail.net
나무발전소	mysoso@hanmail.net
나무발전소	tpowerstation@hanmail.net
나무생각	tree3339@hanmail.net
나무의마음(문학동네)	sunny@munhak.com
나무수	book@100doci.com
나비의 활주로	udeng7076@naver.com
나비의활주로	butterflyrun@naver.com
난다(문학동네)	blackinana@hanmail.net
낭만북스	imwoo528@gmail.com
넥서스	secretary@nexusbook.com
느린북스	papafish@hanafos.com
능률교육	minjung@neungyule.com
니케북스	uniswing@naver.com
다른	khc15968@hanmail.net
다반	davanbook@naver.com
다인미디어	leeboung322@naver.com
다프넷	difnet@difnet.co.kr
다할미디어	dahal@dahal.co.kr
달	dal@munhak.com
대림북스	daerimbooks@naver.com
댄스토리	denstory@rpcorp.co.kr
더디퍼런스	wearebooks@naver.com
더난출판	book@thenanbiz.com
더부크	radioor@hanmail.net
더숲	theforestbook@naver.com
더좋은책	bookstory@naver.com
도서출판 생각나눔	bookmain@think-book.com
도서출판 신생	w441@chollian.net
도어즈/씨앤톡	seentalk@naver.com

출판사명	이메일 or 홈페이지 주소
도어즈Biz(씨앤톡임프린트)	talktotext@naver.com
도토리창고	risubook@hanmail.net
돋을새김	doduls@naver.com
돌베게	book@dolbegae.co.kr
동녘	editor@dongnyok.com
동아시아	eai@eai.or.kr
두드림미디어	dodreamedia@naver.com
두란노출판사	vision@duranno.com
두레	dourei@chol.com
라면과커피	sangkyunna@hotmail.com
라온북	raonbook@naver.com
라운지b	pua@hanmail.net
라의눈	eye_of_ra@naver.com
라이스메이커	ricemaker2011@gmail.com
라이온북스	lionbooks@naver.com
라이프맵	editor@kpi.or.kr
랭컴	elancom@naver.com
럭스미디어	chmlee@gmail.com
레드박스	kju@chungrim.com
레드스톤	redstonekorea@gmail.com
루이엔터테인먼트	ployd@naver.com
리더북스	leaderbooks@paran.com
리드잇	pacemaker386@gmail.com
리베르	skyblue7410@hanmail.net
리북스커뮤니티	www.rebooks.co.kr
리즈앤북	riesnbook@paran.com
마더북스	motherbooksceo@gmail.com
마로니에북스	infomaster@maroniebooks.com
마음산책	maum@maumsan.com
마음세상	maumsesang@naver.com
마음지기	maum_jg@naver.com
마음의숲	maumsup@naver.com
맘에드림	nurio1@naver.com
매일경제신문	cg2000@naver.com
매경출판	publish@mk.co.kr
머니플러스	pullm63@empal.com

출판사명	이메일 or 홈페이지 주소
먼못	dukeart@naver.com
먼빛으로	bclee1972@hanmail.net
메디치미디어	medici@medicimedia.co.kr
메이데이	maydaypub@daum.net
메디치미디어	medici01@hanmail.net
멜론	mellonml@naver.com
문진미디어	smhong@moonjin.com
문학과지성사	moonji@moonji.com
문학동네	editor@munhak.com
미래의창	miraebookjoa@naver.com
바다출판사	badabooks@gmail.com
반니	book@banni.kr
바보스탁	babostock_co@naver.com
밝은세상	wsesang@korea.com
배영교육	2001jch@hanmail.net
백마출판사	toklee@naver.com
범우사	bumws@korea.com
법문북스	www.lawb.co.kr
베가북스	vegabooks@naver.com
베가북스	info@vegabooks.co.kr
베프북스	befbooks75@naver.com
보누스	soribooks@hanmail.net
보리	bori@boribook.com
북두출판사	bogdoo@chol.com
북로그컴퍼니	blc2009@naver.com
북로드	book@ibookroad.com
북스톤	bookstones@naver.com;
북씽크	kangnaru0708@daum.net
북하우스	editor@bookhouse.co.kr
북허브(박찬후대표님)	book_herb@naver.com
분도출판사	seoul@benedict.co.kr
비제이퍼블릭	junepk@bjpublic.co.kr
비즈니스 북스	bb@businessbooks.co.kr
비즈니스맵	editor@kpi.or.kr
비즈토크북	www.vtbook.co.kr
비즈니스북스	bb@businessbooks.co.kr

출판사명	이메일 or 홈페이지 주소
비즈니스맵	editor@kpi.or.kr
비즈토크북	www.vtbook.co.kr
비즈니스북스	bb@businessbooks.co.kr
비타북스	vbook@chosun.com
뿌리와 이파리	puripari@hanmail.net
사월의책	hahaha@aprilbooks.net
사계절	skj@sakyejul.co.kr
새잎	saeib@saeib.com
샘터사	book@isamtoh.com
생각비행	ideas0419@hanmail.net
서른세계의 계단	pathtolight@naver.com
수엔터	sooentert@naver.com
수오서재	info@suobooks.com
수출판사(허밍버드)	book@100doci.com
수필과비평사	shina321@chol.com
쉼	shwimbook@hanmail.net
시간여행	jisubala@hanmail.net
시간의물레	timeofr@naver.com
시공사	janghada@sigongsa.com
쌤앤파커스	book@smpk.kr
씨알맘	momohc@hanmail.net
쌤앤파커스	info@smpk.kr
아라크네	arachne@arachne.co.kr
아롬미디어	arommd@hanmail.net
아르테	artebooks1@gmail.com
아름다운사람들	books777@naver.com
아름드리 미디어	arumdrimedia@gmail.com
아리샘	areesem@gmail.com
아시아	bookasia@hanmail.net
아이엠북	imbook@imbook.net
아폴로	apollobooks@naver.com
안그라픽스	agbook@ag.co.kr
안뜰	book@antteul.com
알다	pkw4968@hanmail.net
앨리스	artbooks21@naver.com
알마	alma@almabook.com

출판사명	이메일 or 홈페이지 주소
얄라셩	jhd252525@naver.com
양철북	tindrum@tindrum.co.kr
어문학사	am@amhbook.com
어바웃어북	witchmaya@naver.com
어젠다	agendabooks@naver.com
에디터	azi9@naver.com
어크로스	acrossbook@gmail.com
에르디아	leescom@leescom.com
엘빅미디어	lbigmedia@naver.com
엘스비어코리아	book.kr@elsevier.com
예문사	yms1993@chol.com
예인	biyeh@plutomedia.co.kr
예지	hkj12@yahoo.co.kr
오늘의책	merechi@naver.com
오리진하우스	originhouse@naver.com
오마이북	book@ohmynews.com
오우아(문학동네)	pro@munhak.com
오월의봄	navisdream@naver.com
웅진지식하우스	http://www.wjthinkbig.com
원앤원북스	khg0109@1n1books.com
윌북	willbook@naver.com
윌북	http://blog.naver.com/willbooks
유아이출판사	university.on.the.internet@gmail.com
유원북스	koomalli@naver.com
율리시즈	misungkm@hanmail.net
은진미디어	rhkrghktlr@hanmail.net
은행나무	ehbook@ehbook.co.kr
을유문화사	eulyoo1945@gmail.com
을유문화사	www.eulyoo.co.kr
이가출판사	ega11@hanmail.net
이김북스	jplus114@hanmail.net
이너북	innerbook@naver.com
이다미디어	idamedia77@hanmail.net
이담북스	ksibook1@kstudy.com
이제이북스	ejbooks@korea.com
이와우	editorwoo@hotmail.com

출판사명	이메일 or 홈페이지 주소
이지스퍼블리싱	nlrose@easyspub.co.kr
이지앤	esien@naver.com
이지스퍼블리싱	www.easyspub.com
이지출판	easybook@paran.com
이치	bookswin@unitel.co.kr
이코북	ecobook@paran.com
이콘(웅진)	book@econbook.com
이팝나무	nanal21@hanmail.net
이한미디어	chanki@ehan.co.kr
이후BOOKS	ewhobooks@gmail.com
작가정신	jakka@jakka.co.kr
지상사	jhj-9020@hanmail.net
지식공간	hyun@jsgg.co.kr
지식공간	nagori2@gmail.com
지식채널	whitetv@naver.com
지식프레임	editor@jisikframe.com
창의와소통	cybust@naver.com
창해	chpco@chollian.net
창해출판사	chpco@chol.com
채륜	chaeryunbook@naver.com
채움북스	midorisoo@empal.com
책과 나무	booknamu2007@naver.com
책과책사이	cjb1617@hanmail.net
책나무	poet22c@naver.com
책만드는집	chaekjip@chol.com
책문	www.cyber.co.kr
책보출판사	libora@hanmail.net
책비	readerb@naver.com
책세상	bkworld11@gmail.com
책으로 여는 세상	editorluna@daum.net
책이 있는 마을	bookvillage1@naver.com
책찌	bookzee@naver.com
처음북스	cheombooks@cheom.net
천년의상상	imagine1000@naver.com
철수와영희	chulsu815@hanmail.net
청년정신	pricker@empal.com

출판사명	이메일 or 홈페이지 주소
청어람미디어	chungaram@naver.com
청출판	abc337@paran.com
초록물고기	greenfishbook@hanmail.net
카르페디엠	sonlover@naver.com
카리스	mrhowl@hanmail.net
케루빔	mrhowl@hanmail.net
카시오페아	cassiopeiabook@gmail.com
케이디북스	bookkd@naver.com
클라우드북스	cloud@cloudbooks.co.kr
클리어마인드	gobs108@hanmail.net
타래	taraepub@nate.com
타임교육	timebookskr@naver.com
타임비즈	timebookskr@gmail.com
타임스퀘어	kjun@timesq.co.kr
태웅출판사	taewoongpub@hanmail.net
태인문화사	conadian2003@hanmail.net
토담미디어	chalkack@yahoo.co.kr
토네이도	otherself@tornadobook.com
토토북	totobook@korea.com
토트	thothbook@naver.com
파라북스	hohoho4u@hanmail.net
필로소픽	ebizbooks@hanmail.net
하늘아래	haneulbook@naver.com
학지사	hakjisa@hakjisa.co.kr
한겨레출판사	book@hanibook.co.kr
한경비피	ma0707ma@naver.com
한길사	hangilsa@hangilsa.co.kr
한국경제신문	bp@hankyoung.com
한림출판사	info@hollym.co.kr
한문화 멀티미디어	one@hanmunhwa.com
한빛비즈	hanbitbiz@hanb.co.kr
한산	hansan1@hanmail.net
한언	haneon@haneon.com
행복에너지	ksb6133@naver.com
행복에너지	www.happybook.or.kr / ksbdata@daum.net
행복한나무	e21chope@hanmail.net

출판사명	이메일 or 홈페이지 주소
행복한미래	ahasaram@hanmail.net
허밍	humming0211@naver.com
허원미디어	dayonha@hanmail.net
홍익출판사	editor@hongikbooks.com
황금부엉이	somibol@goldenowl.co.kr
효형출판	marketing@hyohyung.co.kr
후마니타스	j000911@naver.com
휴	happylife@hanibook.co.kr
휴머니스트	humanist@humanistbooks.
휴먼앤북스	hbooks@empal.com
휴먼큐브(문학동네)	forviya@munhak.com

에필로그

2011년에 개봉한 한국 영화 〈최종병기 활〉을 얘기해 보자. 마지막 장면에서 주인공인 조선최고의 신궁 남이^{박해일}가 유일한 피붙이인 누이 자인^{문채원}을 청나라 정예부대 명장 쥬신타^{류승룡}로부터 구하고 죽어가면서 독백하는 마지막 장면이 나온다.

"두려움은 직시하면 그뿐, 바람은 계산하는 것이 아니라 극복하는 것이다."

영화의 시대적 배경은 50만 포로가 끌려간 1636년의 병자호란이다. 치열했던 전쟁의 한 복판에서 역사가 기록하지 못한 위대한 신궁의 이야기다. 역적의 자손이자 조선 최고의 신궁 주인공 남이가 말하는 "두려움은 직시하면 그뿐"이라는 말은 두려움의 존재는 외적인 실체가 있는 것이 아니라 자신의 마음에 달려 있다는 것이다.

인생은 고난의 연속이다. 시련이나 고난은 살아가는 동안 항상 우리 곁에 도사리고 있다. 사람에 따라 고난의 크기만이 다를 뿐이다. 문제는 시련이나 고난을 두려워하고 피하려는 우리의 태도라고 할 수 있다. 인간은 현실에 안주하고 편안함을 추구하려고 한다. 적당히 게으르고 싶고, 적당히 재미있게 살려고 한다. 그런 '적당히' 살려고 하는 마음이 우리의 귀중한 시간을 낭비하고 나약한 마음을 갖게 한다. 작은 시련 앞에서도 흔들리고 좌절하고 만다. 시련은 자신이 극복하지 않으면 굴복당한다. 만약 인생이 항상 수월하고 편하기만 하다면 우리의 인생은 너무 밋밋하지 않은가. 인생이 언제나 쉽게만 풀린다면 시련을 극복하는 과정도 없을 것이고 발전할 수 있는 동력도 없을 것이다. 무언가를 배우거나 변화할 필요성도 느끼지 못할 것이다. 우리는 매일 매일이 새로워져야 한다. 어제와 같은 오늘, 오늘과 같은 내일을 사는 것은 사는 것이 아니다. 오늘은 어제보다 한 걸음 더 앞으로 나아가야 하고 내일은 오늘보다 두 걸음 앞에 전진해 있어야 한다.

비온 뒤에 땅이 굳어지고 따뜻한 햇살을 마음껏 즐길 수 있을 것이다. 인생을 살다 보면 가파른 절벽에 직면할 수도 있고 거친 물살을 헤엄쳐 강을 건너야 할 때도 있다. 실패를 겪을 때마다 발전의 기회로 생각하고 오히려 감사하라. 실패는 당신을 더욱 강하게 만들 것이다. 세상에는 두 부류의 사람이 존재한다. 성공한 사람을 질투의 눈으로 바라보는 사람과 그들을 롤모델 삼아 자신의 성공을 이룩하기 위해 최선을 다하는 사람. 어떤 일에 실패하더라도 마음을 다져 먹고 원인을 분석해서 다시 도전하라. 그렇다면 자신이 원하는 것을 반드시 이뤄낼 수 있다. "천리 길도 한 걸음부터"라는 속담이 있다. 책을 쓰고자 하는 예비 작가들이 가져야 할 마음자세라고 생각한다.

옛말에 '하충부지빙夏蟲不知氷, 고선지부지설苦蟬之不知雪'이란 말이 있다. '여름 벌레는 얼음을 모르고, 여름 매미는 겨울눈을 모른다.'는 뜻이다. 여름 한철 세상에 나와 서늘한 나무 그늘에 앉아 여름 내내 울다가 겨울이 오기 전에 생을 마치는 매미가 한겨울 펑펑 쏟아지는 눈을 어떻게 알 수 있을 것인가. 마치 바닷속에 사는 물고기가 바닷속 자기가 사는 곳이 전부라고 생각하는 것과 같은 이치이다. 자기만의 고정관념에 빠져 있거나 다른 세상을 실제 경험해보지 못한 사람은 그 세계에서 펼쳐지고 있는 희로애락을 알 수 없다. 우리들도 실제 작가의 삶을 살아 보기 전에는 작가의 세계를 상상만 할 뿐 알 수가 없다. "왜 살아야 하는지 이유를 아는 사람은 어떤 어려움도 견뎌낼 수 있다." 철학자 니체의 말을 통해 작가를 꿈꾸는 모든 분들이 책을 쓰는 과정에서 어떤 어려움이 있더라도 포기하지 말고 시련 앞에 당당히 맞서서 성공하는 삶을 살기를 기원한다. 감사합니다!

'행복에너지'의 해피 대한민국 프로젝트!
〈모교 책 보내기 운동〉

대한민국의 뿌리, 대한민국의 미래 **청소년·청년**들에게 **책**을 보내주세요.

많은 학교의 도서관이 가난해지고 있습니다. 그만큼 많은 학생들의 마음 또한 가난해지고 있습니다. 학교 도서관에는 색이 바래고 찢어진 책들이 나뒹굽니다. 더럽고 먼지만 앉은 책을 과연 누가 읽고 싶어할까요?
게임과 스마트폰에 중독된 초·중고생들. 입시의 문턱 앞에서 문제집에만 매달리는 고등학생들. 험난한 취업 준비에 책 읽을 시간조차 없는 대학생들. 아무런 꿈도 없이 정해진 길을 따라서만 가는 젊은이들이 과연 대한민국을 이끌 수 있을까요?

한 권의 책은 한 사람의 인생을 바꾸는 힘을 가지고 있습니다. 한 사람의 인생이 바뀌면 한 나라의 국운이 바뀝니다. **저희 행복에너지에서는 베스트셀러와 각종 기관에서 우수도서로 선정된 도서를 중심으로 〈모교 책 보내기 운동〉을 펼치고 있습니다.** 대한민국의 미래, 젊은이들에게 좋은 책을 보내주십시오. 독자 여러분의 자랑스러운 모교에 보내진 한 권의 책은 더 크게 성장할 대한민국의 발판이 될 것입니다.

도서출판 행복에너지를 성원해주시는 독자 여러분의 많은 관심과 참여 부탁드리겠습니다.

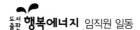
도서출판 **행복에너지** 임직원 일동

출간후기

독서와 글쓰기를 통해 삶을 다시 개척한 허재삼 저자,
독자에서 저자로 나아가는 그의 삶에 박수를 보내며
예비저자 분들의 작가활동을 기대합니다.

권선복
도서출판 행복에너지 대표이사

고대 로마의 문인이자 철학자인 키케로는 말했습니다. "책 없는
방은 영혼 없는 육체와 같다. 그만큼 독서가 중요하다는 말입니
다. 키케로를 비롯한, 수많은 위인들 역시 독서의 중요성을 얘기
했습니다. 하지만 오늘날 사람들의 모습은 어떠한가요. 지하철 안
에서도 사람들은 스마트 폰만 들여다보고 있을 뿐, 책을 읽는 사
람은 어디에도 보이지 않습니다. 이제는 너무나 당연해져버린, 일

상적인 풍경입니다. 통계자료에 따르면, 고교생 7명 중의 1명은 3년 동안 책 한권도 읽지 않는다고 합니다. 사교육과 입시제도에 짓눌려, 교사와 학생 모두 중요성을 잊어가고 있습니다.

이 책을 쓴 허재삼 저자는 이러한 현실을 안타깝게 여깁니다. 그는 독자들에게 독서를 권하며 독서의 유익함에 대해 얘기하고 있다. 독서를 망설이는 이에게는 용기를, 독서와 담을 쌓은 이에게는 좋은 본보기를 전한다. 가히 독서전도사라고 할 만합니다. 저자는 여기에서 그치지 않고 한발 더 나아가 저자되기를 권유합니다. 저자는 이렇게 말합니다. "내가 만약 작가의 길을 걷지 않고 현실에 안주하는 삶을 살았다면 변화 된 지금의 내 모습은 어디에서도 찾아볼 수 없을 것"이라고 말입니다. 인생의 변화를 꿈꾸는 가장 빠른 지름길, 바로 독서와 글쓰기겠지요. 원고작성부터 출간까지의 과정, 내 책 쓰기 저자와 함께라면 어렵지 않을 것입니다.

내 책 쓰기를 통해 인생의 변화를 꿈꾸시는 독자 분들, 당신도 작가가 될 수 있습니다. 예비 저자 분들에게 행복과 지성이 팡팡팡 샘솟길 기원합니다.

하루 5분 나를 바꾸는 긍정훈련

행복에너지

**'긍정훈련'당신의 삶을
행복으로 인도할
최고의, 최후의'멘토'**

'행복에너지
권선복 대표이사'가 전하는
행복과 긍정의 에너지,
그 삶의 이야기!

**인터파크
자기계발 분야 주간
베스트 1위**

권선복 지음 | 15,000원

권선복
도서출판 행복에너지 대표
지에스데이타(주) 대표이사
대통령직속 지역발전위원회
문화복지 전문위원
새마을문고 서울시 강서구 회장
전) 팔팔컴퓨터 전산학원장
전) 강서구의회(도시건설위원장)
아주대학교 공공정책대학원 졸업
충남 논산 출생

책 『하루 5분, 나를 바꾸는 긍정훈련 - 행복에너지』는 '긍정훈련' 과정을 통해 삶을 업그레이드하고 행복을 찾아 나설 것을 독자에게 독려한다.

긍정훈련 과정은[예행연습] [워밍업] [실전] [강화] [숨고르기] [마무리] 등 총 6단계로 나뉘어 각 단계별 사례를 바탕으로 독자 스스로가 느끼고 배운 것을 직접 실천할 수 있게 하는 데 그 목적을 두고 있다.

그동안 우리가 숱하게 '긍정하는 방법'에 대해 배워왔으면서도 정작 삶에 적용시키지 못했던 것은, 머리로만 이해하고 실천으로는 옮기지 않았기 때문이다. 이제 삶을 행복하고 아름답게 가꿀 긍정과의 여정, 그 시작을 책과 함께해 보자.

『하루 5분, 나를 바꾸는 긍정훈련 - 행복에너지』